DIANA PALMER
Secretos entre los dos

Editado por Harlequin Ibérica.
Una división de HarperCollins Ibérica, S.A.
Núñez de Balboa, 56
28001 Madrid

© 2008 Diana Palmer. Todos los derechos reservados.
SECRETOS ENTRE LOS DOS, Nº 80 - 1.5.09
Título original: Fearless
Publicada originalmente por HQN™ Books.
Traducido por Carlos Ramos Malave

Todos los derechos están reservados incluidos los de reproducción, total o parcial. Esta edición ha sido publicada con permiso de Harlequin Enterprises II BV.
Todos los personajes de este libro son ficticios. Cualquier parecido con alguna persona, viva o muerta, es pura coincidencia.
™TOP NOVEL es marca registrada por Harlequin Enterprises Ltd.
® y ™ son marcas registradas por Harlequin Enterprises Limited y sus filiales, utilizadas con licencia. Las marcas que lleven ® están registradas en la Oficina Española de Patentes y Marcas y en otros países.

I.S.B.N.: 978-84-671-7300-0
Depósito legal: B-12428-2009

In memoriam:
James M. Rea, abogado
Mi primer jefe

CAPÍTULO 1

—No pienso ir —murmuró Gloryanne Barnes.

El detective Rick Márquez, alto y delgado, se quedó mirándola con severidad.

—De acuerdo, no vayas. No hay problema. Tenemos una bolsa para cadáveres de tu tamaño en la oficina del forense.

Glory le lanzó un pedazo de papel arrugado a través del escritorio.

Él lo atrapó con una mano y arqueó una ceja.

—La agresión a un agente de la ley...

—No me recites la ley —respondió ella mientras se ponía en pie—. Yo puedo citar de memoria todos los precedentes legales.

Bordeó el escritorio lentamente; estaba más delgada que de costumbre, pero seguía resultando atractiva con aquel traje beis. La falda le llegaba hasta debajo de las rodillas, y llevaba unos zapatos de tacón alto que realzaban lo que se veía de sus piernas. Se sentó en el borde del escritorio. Tenía las mejillas ligeramente sonrojadas debido a la discusión, pero también a algo más preocupante. Su pelo era rubio y muy largo; lo llevaba suelto, de modo que le caía por la espalda hasta casi la cintura. Tenía los ojos de un color verde pálido y una frente ancha, así como una boca perfecta bajo su nariz recta. Nunca usaba maquillaje, ni le hacía falta. Su complexión no tenía fallos, y sus labios eran de un malva natural. No ganaría ningún concurso de belleza, pero era atractiva cuando sonreía. Aunque no sonreía mucho últimamente.

—No estaré más segura en Jacobsville de lo que lo estoy aquí —dijo ella, recurriendo al mismo argumento que había empleado en las últimas diez ocasiones.

—Sí lo estarás —insistió él—. Cash Grier es el jefe de policía. Eb Scott y sus compinches ex mercenarios también viven ahí. Es un pueblo tan pequeño que reconocerían a un forastero inmediatamente.

Glory frunció el ceño. Sus ojos, enmarcados tras las gafas que llevaba ocasionalmente en sustitución a las lentillas por la vista cansada, parecían pensativos.

—Además... —Rick utilizó la carta de la suerte—... tu médico dijo que...

—Eso no es asunto tuyo —lo interrumpió ella.

—¡Lo es si apareces muerta sobre tu mesa! —exclamó él, enojado por su testarudez—. ¡Eres la única testigo que tenemos de lo que dijo Fuentes! ¡Podría matarte para que no hablaras!

Glory apretó los labios.

—He recibido amenazas de muerte desde que salí de la

universidad y acepté el puesto de ayudante del fiscal –respondió ella–. Va con el trabajo.

–La mayoría de la gente no habla literalmente cuando amenaza con matarte –dijo él–. Fuentes sí. ¿Tengo que recordarte lo que le pasó a tu compañero de trabajo, Doug Lerner, hace dos meses? Mejor aún, ¿quieres ver las fotos de la autopsia?

–No tienes ninguna foto de autopsias que no haya visto ya, detective Márquez –dijo ella tranquilamente, cruzando los brazos sobre sus pechos pequeños y firmes–. No me sorprendería.

Rick emitió un gruñido que expresaba su frustración. Se metió las manos en los bolsillos y le permitió ver durante un segundo la pistola automática del 45 que llevaba en el cinturón. Su pelo negro, casi tan largo como el suyo, estaba recogido a la altura de la nuca en una coleta. Tenía unos ojos negros azabache y una piel bronceada, por no mencionar su boca ancha y sensual. Era muy guapo.

–Jason dijo que me conseguiría un guardaespaldas –dijo ella cuando el silencio se volvió incómodo.

–Tu hermanastro tiene sus propios problemas –respondió él–. Y tu hermanastra, Gracie, no nos sería de ninguna ayuda. ¡Está tan atolondrada que apenas recuerda dónde vive la mitad del tiempo!

–Los Pendleton han sido buenos conmigo –los defendió–. Odiaban a mi madre, pero yo les gusto.

Casi todo el mundo había odiado a su madre, una persona antisocial que había maltratado físicamente a Glory desde su nacimiento. Su padre la había llevado a urgencias media docena de veces, alegando caídas y otros accidentes que dejaban hematomas muy sospechosos. Pero, cuando acabó con una cadera rota tras un brote de ira, por fin intervinieron las autoridades. Su madre fue acusada de maltrato infantil y Glory testificó en su contra.

Por entonces, Beverly Barnes ya tenía una aventura con Myron Pendleton y él era multimillonario. Le consiguió un equipo de abogados que convencieron al jurado de que el causante de las lesiones había sido el padre de Glory, y que ésta había mentido por miedo a él. El resultado fue que a Beverly se le retiraron los cargos. El padre de Glory, Todd Barnes, fue arrestado, juzgado y condenado por maltrato infantil, a pesar de la desgarradora defensa que Glory hizo de él. Pero, aunque su madre había quedado exculpada, el juez no pareció convencido de que Glory pudiera estar a salvo con ella. Glory se trasladó a un hogar de acogida a los trece años, decisión que no agradó a su madre.

Cuando Beverly se casó con Myron Pendleton, por insistencia de éste, intentó recuperar la custodia de Glory, pero el mismo juez que había llevado el caso contra el padre de Glory le negó la custodia a Beverly. Según dijo, así la niña estaría a salvo.

Lo que el tribunal no sabía era que Glory corría más peligro en el hogar de acogida donde había sido enviada, bajo la custodia de una pareja que apenas se ocupaba de los seis niños de los que era responsable. Sólo les interesaba el dinero. Dos de los chicos mayores de la misma casa siempre intentaban acariciar a Glory, cuyos pechos habían comenzado a desarrollarse. El acoso se prolongó durante varias semanas y culminó en una agresión que la dejó magullada y traumatizada, así como temerosa de cualquier hombre. Glory se lo había dicho a sus padres de acogida, pero ellos contestaron que se lo estaba inventando. Furiosa, Glory marcó el número de emergencias y, cuando llegó la policía, salió corriendo frente a su madre de acogida y prácticamente se lanzó a los brazos de la mujer policía que había ido a comprobar su situación.

Llevaron a Glory a urgencias, donde un médico, horrorizado por lo que vio, le dio a la policía suficientes pruebas para acusar a los padres de acogida de negligencia; y a los dos adolescentes, de agresión e intento de sodomía.

Pero los padres de acogida lo negaron todo y dijeron que Glory había mentido al asegurar que su madre abusaba de ella. De modo que regresó a la misma casa, donde la situación se convirtió en una pesadilla. Los dos adolescentes querían venganza, al igual que los padres, pero por suerte estaban bajo detención temporal, esperando a que se celebrara la vista oral. Los padres, sin embargo, no, y estaban furiosos. De modo que Glory se mantuvo cerca de las dos niñas pequeñas, ambas de menos de cinco años, y de las que se había hecho responsable. Agradecía que necesitaran tanto cuidado. Eso la salvaba del castigo, al menos durante los primeros días de vuelta en la casa.

Jason Pendleton odiaba a su madrastra, Beverly. Pero sentía curiosidad por su hija, sobre todo después de que un amigo, que trabajaba como agente de la ley en Jacobsville, se pusiera en contacto con él para contarle lo que le había ocurrido a Glory. La misma semana que ella regresó al hogar de acogida, él envió a un investigador privado para comprobar su situación. Lo que descubrió le puso enfermo. Su hermana Gracie y él fueron en persona a la casa de acogida después de leer el informe policial detallado del investigador sobre el incidente; el cual, por supuesto, negaron los padres. Señalaron el intento de Glory de culpar a su madre por los abusos y que había acabado con su padre en prisión, donde fue asesinado por otro preso seis meses después.

El día que llegaron los Pendleton, los dos adolescentes que habían acosado a Glory regresaron al hogar de acogida a la espera de que se celebrara el juicio. Glory había estado huyendo de ellos todo el día. Ya le habían rasgado la blusa y causado varios hematomas. Una vez más, tenía miedo de llamar a la policía. Así que Jason la encontró escondida y llorando en el armario del dormitorio que compartía con las dos niñas pequeñas. Tenía moratones en los brazos y sangre en la boca. Cuando él entró, Glory se acobardó y comenzó a temblar por el miedo.

Años más tarde, Glory aún recordaba la ternura con que la había tomado en brazos y se la había llevado de aquella casa. La colocó suavemente en el asiento trasero de su Jaguar, con Gracie, y después volvió a entrar en la casa. Su rostro bronceado parecía severo y constreñido cuando regresó. No dijo una sola palabra. Simplemente puso el coche en marcha y se llevó a Glory de allí.

A pesar de la rabia apenas contenida de su madre por tener a Glory en la misma casa donde ella vivía, le dieron a la niña su propia habitación, entre la de Gracie y la de Jason, y no le permitieron a la madre acercarse a ella. En una de sus peleas más sonadas, Jason había amenazado con pedirles a sus abogados que reabrieran el caso del maltrato infantil. A él no le cabía duda de que Glory estuviera diciendo la verdad sobre quién era el auténtico maltratador. Beverly había salido de la habitación hecha una furia y sin contestar a las amenazas de Jason. Pero dejó en paz a Glory.

Fue una época mágica para la niña, pues al fin pertenecía a una familia que la valoraba. Incluso Myron disfrutaba de su compañía.

Después de que Beverly muriera inesperadamente de una apoplejía cuando su hija tenía quince años, la vida de Glory comenzó a aproximarse a la normalidad. Pero el trauma de su infancia tuvo consecuencias que ningún miembro de su familia adoptiva había anticipado.

Su cadera rota, a pesar de dos operaciones y una placa de acero, nunca volvió a ser la misma. Tenía una cojera pronunciada que ningún fisioterapeuta podía curar. Y había algo más; en su familia había antecedentes de hipertensión, y Glory lo había heredado. Nadie dijo que el estrés de su infancia hubiese desencadenado su predisposición genética hacia la enfermedad, pero Glory pensaba que así era. Durante el último año en el instituto, comenzó a tomar medicación. Con sobrepeso, tímida, introvertida e incómoda con los chicos, se convirtió en el blanco de los abusones. Las demás chicas se reían de ella. Llegaron incluso a colgar mensajes falsos sobre ella en Internet y una chica creó un club dedicado exclusivamente a ridiculizarla.

Jason Pendleton lo descubrió. Una de las chicas fue acusada de acoso y los padres de la otra amenazaron con demandar. El abuso cesó. En su mayor parte. Pero Glory acabó sintiéndose sola y fuera de lugar allá donde iba. Su salud, que nunca era buena, le hizo perder muchas clases durante aquella época. Perdió peso. Era una buena estudiante y sacó unas notas excelentes a pesar de todo aquello. Fue a la universidad y después a la escuela de derecho con la ayuda de sus hermanastros; se graduó cum laude. Después comenzó a trabajar en la fiscalía de San Antonio. Cuatro años más tarde, ya era muy respetada y tenía un impresionante historial de condenas contra pandilleros y, más recientemente, contra traficantes de drogas. Su problema de peso había quedado en el pasado, gracias a un buen dietista.

Pero en su vida privada, estaba sola. No tenía amigos íntimos. No podía confiar en la gente, sobre todo en los hombres. Su infancia traumática la había predispuesto a sospechar de todos, en especial de los varones. Tenía amigos varones, pero nunca había tenido un amante. No lo deseaba. Nadie se acercaba lo suficiente a Glory Barnes como para hacerle daño.

Y ahora aquel testarudo detective de San Antonio estaba intentando obligarla a dejar su trabajo y a irse a un pequeño pueblo para esconderse del capo de la droga al que había condenado por distribuir cocaína.

Fuentes era el último de una larga lista de traficantes que habían cruzado la frontera para entrar en Texas, y había ampliado su territorio de acción con la ayuda de sus socios en las calles. Uno de ellos, con la promesa de Glory de que sería inmune, había testificado en el juicio y, a pesar de sus millones, el zar de la droga se había enfrentado a quince años en una prisión federal por distribución de cocaína. Un jurado indeciso lo había dejado en libertad.

Tras perder el caso, Glory estaba sentada en el vestíbulo cuando Fuentes salió de la sala del tribunal. No pudo resistirse a fanfarronear sobre su victoria. Se sentó a su lado y la amenazó. Tenía contactos por todo el mundo y podría hacer que mataran a cualquiera, incluso a policías. Según dijo, tan sólo dos semanas antes había contratado a un asesino a sueldo para deshacerse de un sheriff local muy persistente. Glory sería la siguiente si no dejaba de investigarlo, aseguró con una sonrisa arrogante. Por desgracia para él, Glory llevaba puesto el micrófono que había utilizado durante el juicio. Su arresto se había producido al día siguiente.

Y su furia había llegado lejos. De hecho, alguien había disparado a Glory al salir del juzgado hacías dos días, y había estado a punto de alcanzarla en la cabeza. Ella se había girado para buscar su autobús en el momento en que el asaltante disparó. Había estado tan cerca que el detective Márquez estaba decidido a no dejarle correr el riesgo una segunda vez.

—Incluso aunque acabe conmigo, sigues teniendo la cinta —dijo ella.

—La defensa jurará que ha sido manipulada —murmuró él—. Por eso el abogado no lo usó como prueba.

Glory maldijo en voz baja. Tenía un color más intenso que de costumbre.

Como si le hubieran leído el pensamiento, la puerta se abrió y entró Haynes con un vaso de agua y un bote de pastillas. Sy Haynes era la ayudante administrativa de Glory, una auxiliar jurídica con la lengua afilada y la autoridad de un sargento.

—No te has tomado la pastilla hoy —murmuró mientras abría el bote y le colocaba una a Glory en la mano—. Un episodio al mes es suficiente —añadió, refiriéndose a lo que el médico de Glory había determinado como posible ataque al corazón leve producido por la presión del juicio. Tras realizarle unas pruebas, habían detectado un problema que podría necesitar cirugía si Glory no se tomaba la medicina, continuaba con su dieta baja en grasas y adoptaba un estilo de vida menos estresante.

Márquez quería que se marchase de la ciudad y ella no quería irse. Pero lo que el médico le había dicho no era algo que quisiera compartir con Márquez o con Sy. Le había dicho que, si no salía de la ciudad y adoptaba un modo de vida más o menos sedentario, tendría un infarto severo y moriría en mitad del juzgado.

Glory se tragó la pastilla.

—Estas malditas píldoras llevan un diurético —dijo irritada—. Tengo que ir al cuarto de baño cada pocos minutos. ¿Cómo voy a llevar un caso si tengo que levantarme seis veces cada hora?

—Ponte un pañal —contestó Haynes, imperturbable.

Glory le dirigió una mirada de odio.

—El abogado no quiere que te mueras en el juzgado —insistió Márquez ahora que tenía refuerzos—. Puede que no vuelvan a elegirlo. Además, le gustas.

—Le gusto porque no tengo vida privada —contestó Glory—. Me llevo los documentos del caso a casa cada noche. Echaría de menos gritarle a la gente.

—Puedes gritarles a los trabajadores de la granja orgánica de los Pendleton en Jacobsville —le aseguró Márquez.

—Al menos sé algo sobre agricultura. Mi padre tenía un pequeño huerto... —Glory se cerró como una flor. Aún le dolía, después de todos esos años, recordar cómo se lo llevaron, vestido con un mono naranja mientras ella lloraba y le rogaba al juez que lo dejaran en libertad.

—Tu padre estaría orgulloso de ti —intervino Haynes—. Sobre todo ahora que has limpiado su nombre de los cargos de maltrato infantil.

—Pero eso no me lo devolverá —dijo ella, y entornó los ojos—. Pero al menos han encontrado al hombre que lo mató. Ya nunca saldrá de la cárcel. Si alguna vez se presenta frente al tribunal de la condicional, yo estaré allí sentada, con fotos de mi padre, en cada vista oral durante el resto de mi vida.

No lo dudaban. Glory era una mujer vengativa, a su manera tranquila.

—Vamos —dijo Márquez—. De todos modos necesitas un descanso. Jacobsville es un lugar tranquilo.

—Tranquilo —repitió ella—. Seguramente. El año pasado hubo un tiroteo en Jacobsville con unos traficantes que pasaban cientos de kilos de cocaína y secuestraron a un niño. Dos años antes de eso, los hombres del capo Manuel López fueron tiroteados en su propiedad en Jacobsville, donde sus guardaespaldas habían acumulado montones de marihuana.

—No han disparado a nadie en dos meses —le aseguró Márquez.

—¿Y si me reconoce algún traficante que quede suelto?

—No te buscarán en una granja. San Antonio es una ciudad grande, y tú eres una de tantas ayudantes del fiscal

—señaló él–. Tu cara no es tan conocida ni siquiera aquí, y desde luego no en Jacobsville. Has cambiado mucho desde que ibas a la escuela allí. Incluso aunque alguien te recuerde, será por el pasado, no por el presente. Serás una delicada mujer de San Antonio con problemas de salud que cultiva verduras y fruta gracias a sus amigos, los Pendleton –vaciló un instante–. Y una cosa más. No puedes admitir que estás emparentada con ellos, o ni siquiera que los conoces bien. Nadie en Jacobsville, salvo el jefe de policía, sabrá a qué te dedicas realmente. Te daremos una coartada que cualquier persona suspicaz pueda corroborar. Es infalible.

—¿No dijeron eso del Titanic?

—Si va, yo tengo que ir con ella –dijo Haynes con firmeza–. No se tomará la medicina si no se lo recuerdo cada día.

Antes de que Glory pudiera abrir la boca, Márquez negó con la cabeza.

—Ya va a ser suficientemente duro ayudar a Glory a encajar –le dijo a Haynes–. Si te lleva consigo, puede que el miembro de alguna banda, que no te habría reconocido a ti sola, identificara a la ayudante que va al juzgado con ella casi todos los días. Prácticamente todas las bandas están implicadas en el tráfico de drogas.

—Tiene razón –admitió Glory–. Me encantaría que vinieras conmigo, Haynes, pero es muy arriesgado.

Haynes pareció desdichada.

—Podría disfrazarme.

—No –dijo Márquez–. Eres de más utilidad aquí. Si alguno de los otros abogados descubre algo sobre Fuentes, podrás hacerme llegar la información a mí.

—Supongo que tienes razón —dijo Haynes, y miró a Glory con una sonrisa amarga—. Tendré que encontrar otro jefe mientras tú estás fuera.

—Jon Blackhawk, de la oficina del FBI, está buscando otra ayudante —sugirió Márquez.

Haynes lo miró con odio.

—Nunca conseguiría a otra en esta ciudad. No después de lo que le hizo a la última.

Márquez trató de mantenerse serio y dijo:

—Estoy seguro de que fue un terrible malentendido.

Glory no pudo evitar carcajearse.

—Menudo malentendido. Su ayudante pensaba que era muy atractivo y le invitó a cenar a su casa. Blackhawk tuvo que llamar a la policía y la denunció por acoso sexual.

Márquez soltó la carcajada que había estado aguantándose.

—Era una hermosa rubia con un cociente intelectual muy alto. Incluso su propia madre se la había recomendado para el puesto. Blackhawk telefoneó a su madre y le contó que su última ayudante había intentado seducirlo. Su madre le preguntó cómo. Y ahora está escandalizada por lo que hizo su hijo y tampoco le habla. La chica era la hija de su mejor amiga.

—Pero sí retiró la denuncia por acoso —señaló Glory.

—Sí, pero ella dejó el trabajo de todos modos y se conectó a Internet para contarles a todas las mujeres de San Antonio lo que Blackhawk le había hecho —dijo Márquez—. Apuesto a que le saldrán canas antes de conseguir una cita en esta ciudad.

—Le está bien empleado —murmuró Haynes.

—Oh, pero la cosa empeora —añadió Márquez con una sonrisa—. ¿Recordáis a Joceline Perry, que trabaja para Garon Grier y otro de los agentes locales del FBI? Pues le dieron el trabajo de Jon a ella.

—Oh, cielos —murmuró Haynes.

Joceline era algo así como una leyenda local entre los ayudantes administrativos. Era famosa por su agudeza y por negarse a realizar trabajos que consideraba que estuvieran por debajo de su posición. Haría que Jon Blackhawk se subiera por las paredes. Dios sabía lo que le haría después de que la otra secretaria se marchara.

—Pobre hombre —murmuró Glory, pero sonrió.

Haynes miró a Glory con preocupación.

—¿Qué vas a hacer en la granja? No se te ocurrirá salir al campo a arar, ¿verdad?

—Claro que no —le aseguró Glory—. Sé hacer conservas.

—¿Cómo? —preguntó Haynes.

—Sí —respondió Glory—. Meter frutas y verduras en tarros herméticos para que no se estropeen. Puedo preparar mermelada, jalea, encurtidos y todo tipo de cosas.

Márquez arqueó una ceja.

—Mi madre solía hacerlo, pero sus manos ya no son lo que eran. Es un arte.

—Una habilidad valiosa —dijo Glory.

—Tendrás que llevar vaqueros y un aspecto menos elegante —le dijo Márquez—. Nada de trajes en la granja.

—Viví en Jacobsville cuando era pequeña —le recordó Glory con una sonrisa forzada, sin molestarse en dar más detalles. Márquez era lo suficientemente mayor como para conocer su historia. Por supuesto, había mucha gente que no lo sabía, ni siquiera allí–. Encajaré.

–¿Entonces irás? –insistió Márquez.

Glory se echó hacia atrás sobre el escritorio. Llevaba las de perder. Probablemente tuvieran razón. San Antonio era una ciudad grande, pero ella llevaba dos años viviendo en el mismo edificio y todo el mundo que vivía allí la conocía. Sería fácil de encontrar si alguien preguntaba. Si la mataban, Fuentes quedaría en libertad y más gente sería asesinada en su búsqueda de riqueza.

Si su médico tenía razón, y era un buen médico, la mudanza en ese momento podría salvarle la vida, tal y como estaba. No podía admitir lo asustada que estaba por el diagnóstico. A nadie. Las chicas duras como ella no se quejaban de sus problemas.

–¿Y qué hay de Jason y Gracie? –preguntó de pronto.

–Jason ya ha contratado a un pequeño ejército de guardaespaldas –le aseguró Márquez–. Gracie y él estarán bien. Eres tú quien les preocupa. Todos estamos preocupados por ti.

Glory respiró profundamente y dijo:

–Supongo que un chaleco antibalas y una pistola no te convencerían para que me quedara aquí, ¿verdad?

–Fuentes tiene balas que penetran los chalecos, y nadie en su sano juicio te daría un arma.

–De acuerdo –dijo ella–. Iré. ¿Tengo que encargarme de la granja?

–No, Jason ha contratado a un administrador –contestó Márquez–. Un tipo extraño. No es de Texas. No sé dónde lo habrá encontrado Jason. Es... –estuvo a punto de decir que el administrador era una de las personas más desagradables y taciturnas que había conocido, a pesar de que a los empleados de la granja les gustaba. Pero tal vez no fuera el mejor momento para decirlo–. Es muy bueno dirigiendo a la gente –dijo en su lugar.

–Mientras no intente dirigirme a mí, supongo que no habrá problema –dijo ella.

–Él no sabrá nada sobre ti, salvo lo que le diga Jason –le aseguró él–. Jason no le habrá dicho por qué estás allí, y tú tampoco puedes hacerlo. Al parecer, el administrador también acaba de sufrir un duro golpe en la vida, y ha aceptado el trabajo para superarlo.

–Una granja agrícola –murmuró ella.

–Conozco un refugio de animales –respondió Márquez irónicamente–. Necesitan a alguien que dé de comer a los leones.

–Con mi suerte –dijo Glory–, intentarían alimentar a los leones conmigo. No, gracias.

–Es por tu propio bien –dijo Márquez–. Lo sabes.

–Sí –contestó ella con un suspiro–. Supongo que sí –se apartó del escritorio–. Toda mi vida me he visto obligada a huir de los problemas. Esperaba que al menos esta vez pudiera quedarme y luchar.

–Bonita frase –musitó Márquez–. ¿Quieres que te preste mi espada?

–Tu madre nunca debió darte esa espada escocesa –le dijo Glory–. Tuviste suerte de que convencieran al oficial de policía para que retirase los cargos.

Márquez pareció ofendido.

–Aquel tipo forzó la cerradura y se coló en mi apartamento. Cuando me desperté, estaba metiendo mi ordenador portátil en una bolsa para llevárselo.

–Tenías una pistola –señaló ella.

–Se me olvidó y esa noche la dejé en la guantera del coche. Pero la espada estaba colgada justo sobre el cabecero de la cama.

–Dicen que el ladrón saltó por la ventana cuando vio la espada –le dijo Glory a Haynes, que contestó con una sonrisa.

–Mi apartamento está en el bajo –les informó Márquez.

–Sí, pero perseguiste al ladrón por la calle sin... –Glory se aclaró la garganta–. Bueno, sin el uniforme.

–Me arrestaron por exhibicionismo –murmuró Márquez–. ¿Puedes creerlo?

–¡Claro que puedo! ¡Estabas desnudo! –respondió Glory.

–¡Cómo duermo no tiene nada que ver con el hecho de que aquel tipo me estaba robando! Al menos lo atrapé y lo inmovilicé cuando el coche patrulla me vio. Le dije al agente quién era yo, y me pidió ver mi placa.

Glory se llevó la mano a la boca e intentó contener la risa.

–¿Y le dijiste dónde estaba la placa? –preguntó Haynes.

–Le dije dónde podía metérsela si no arrestaba al ladrón –contestó Márquez–. En cualquier caso, llegó otro coche patrulla y se colocó tras él. Fue entonces cuando un agente me reconoció.

–Una mujer agente –le dijo Glory a Haynes con una sonrisa.

Márquez se sonrojó.

–La bolsa del ladrón me resultó de gran utilidad –murmuró–. Al menos pude regresar a mi apartamento. Pero la noticia se extendió y a la tarde siguiente yo era poco menos que una celebridad.

–Qué pena que no lo captara la cámara de seguridad del coche patrulla –dijo Haynes riéndose–. Podrían haberte sacado en la serie *Cops*.

–¡Me robaron! –exclamó Márquez.

–Bueno, al final no pudo quedarse con nada de lo que se llevó, ¿no es cierto? –preguntó Haynes.

–Cuando lo plaqué, se cayó sobre mi portátil nuevo –dijo Márquez–. Rompió el disco duro y perdí todos mis archivos.

–Supongo que nunca habrás oído hablar de una copia de seguridad, ¿verdad? –intervino Glory.

–¿Quién puede imaginar que puedan entrar a robar en el apartamento de un policía?

–Tiene sentido –admitió Haynes.

–Supongo.

Márquez miró el reloj y dijo:

–Tengo que estar en el juzgado esta tarde para testificar en un caso de homicidio. Puedo decirle a mi jefe que te vas a Jacobsville, ¿verdad?

–Sí –contestó Glory con un suspiro–. Me iré mañana por la mañana. ¿Necesito una carta de recomendación o algo?

–No. Jason le dirá al administrador que vas. Puedes quedarte en la casa que hay en la propiedad.

–¿Y dónde se hospeda el administrador? –preguntó ella.

–También en la casa –contestó él, y levantó una mano antes de darle tiempo a quejarse–. Antes de que digas nada, hay un ama de llaves que vive en la casa y cocina para él.

Eso la relajó, pero sólo un poco. No le gustaban los hombres desconocidos, sobre todo de cerca. Decidió que, a pesar del calor veraniego, metería en la maleta un pijama de algodón bien grueso y una bata larga.

Jacobsville parecía mucho más pequeño de lo que recordaba. La calle principal seguía casi igual que cuando ella vivía allí. Estaba la farmacia donde su padre compraba las medicinas. Más allá el café que Bárbara, la madre de Márquez, había regentado desde tiempos inmemoriales. También estaban la ferretería, los ultramarinos y la boutique de ropa. Todo seguía igual. Sólo la propia Glory había cambiado.

Cuando dobló la esquina y empezó a circular por la estrecha calle pavimentada que conducía a la granja de los Pendleton, comenzó a sentir náuseas. Lo había olvidado. La casa era la misma que había compartido con sus padres, hasta que el carácter temperamental de su madre había destrozado a la familia. Hasta ese momento, no había pensado en lo difícil que le resultaría vivir allí de nuevo.

El viejo árbol de pecanas del jardín seguía allí. Lo divisó antes de ver el buzón junto a la entrada. Años atrás, había colgado un columpio de aquel árbol.

La auténtica sorpresa resultó ser la casa. Los Pendleton debían de haber invertido mucho dinero en remodelarla, pues la vieja casa de madera de Glory se había convertido en una elegante casa victoriana de color blanco. Había porche largo y ancho con un columpio, un sillón y varias mecedoras. Detrás de la casa había un gran almacén de acero donde los trabajadores guardaban las cajas llenas de maíz, guisantes, tomates y otros productos procedentes de los campos que rodeaban la casa; campos que parecían extenderse varios kilómetros.

Aparcó bajo otro árbol de pecanas y apagó el motor. Su pequeño sedán contenía casi todas sus pertenencias mundanas. Salvo los muebles, y ni siquiera había considerado la idea de llevarlos consigo. Iba a mantener su apartamento en San Antonio. Tenía el alquiler pagado durante seis meses, cortesía de su hermanastro. Se preguntó cuándo podría regresar a casa.

Abrió la puerta y salió del coche. Justo en ese momento vio a un hombre alto, de pelo negro y bigote, bajando los escalones de la entrada. Tenía una cara fuerte y un cuerpo atlético. Caminaba con elegancia tal que parecía deslizarse. Parecía extranjero.

Vio a Glory y su expresión tensa se volvió aún más reservada. Se acercó a ella con pasos rápidos y elegantes. A medida que se acercaba, Glory vio que sus ojos eran negros como el azabache. Sintió que era el tipo de hombre que una jamás desearía encontrarse en un callejón oscuro.

El hombre se detuvo frente a ella y contempló su coche destartalado, sus gafas, su pelo rubio revuelto y su ropa modesta.

—¿Puedo ayudarla? —le preguntó fríamente.

Glory se apoyó en la puerta del coche y dijo:

—Soy la envasadora.

—¿De qué? —preguntó él, aparentemente extrañado.

–¿Perdón? –respondió ella, más extrañada aún.
–¿Embajadora de qué?
–¿Me toma el pelo?

«Increíble», pensó. Hasta ese momento, no había imaginado que los ojos de un hombre pudieran brillar con tanta furia...

CAPÍTULO 2

El hombre apretó la mandíbula.

—Señorita, no estoy de humor para juegos —dijo con un inglés fuertemente acentuado.

—¿Juegos? —dijo ella—. Es usted quien ha empezado. Estoy aquí para ayudar con el envasado. Jason Pendleton me ofreció el empleo.

—¿Cómo?

—Que me dio el trabajo —respondió ella, y frunció el ceño—. ¿Está usted sordo?

El hombre dio un paso hacia ella y Glory se pegó más a la puerta del coche.

—¿Jason Pendleton le ha ofrecido un trabajo aquí?

—Sí, así es —respondió Glory. Tal vez el humor no fuese el mejor recurso en aquella situación—. Dijo que necesitaban a alguien para envasar la fruta. Yo puedo preparar confituras y jaleas. Y también sé envasar verduras.

Era evidente que no le hacía gracia su presencia allí.

—Jason no me ha dicho nada.

—Me dijo que le llamaría esta noche. Está en Montana, en una feria de ganado.

—Sé dónde está.

A Glory le dolía la cadera, pero no quería mencionarlo. Ya estaba bastante irritado.

—¿Quiere que duerma en el coche? —le preguntó educadamente.

El hombre pareció darse cuenta de dónde estaban, como si hubiera perdido el hilo de pensamiento.

—Le diré a Consuelo que prepare una habitación para usted —dijo sin demasiado entusiasmo—. Ella es la que se ha estado encargando de las jaleas y las confituras. Es una nueva gama de productos. Tenemos una planta procesadora para las verduras. Si lo de las frutas tiene éxito, lo añadiremos a la planta. Consuelo dice que la cocina es lo suficientemente grande para preparar muestras de los productos.

—No me pondré en su camino —prometió ella.

—Entonces venga. Se la presentaré antes de marcharme.

Quiso preguntarle si iba a dejar el trabajo tan pronto sólo para no tener que trabajar con ella. Era una pena que no tuviera sentido del humor.

Glory se dio la vuelta y sacó del coche su bastón con la cabeza del dragón roja. Tenía un paragüero lleno de bastones, de todos los estilos y colores. Si tenía que estar discapacitada, al menos podía llevarlo con elegancia.

Cerró la puerta del coche y se apoyó en el bastón.

La reacción del hombre fue inexplicable. Frunció el ceño.

Glory esperó a que hiciera algún comentario sobre su discapacidad.

Pero no lo hizo. Simplemente se dio la vuelta y comenzó a caminar hacia la casa. Glory reconoció aquella expresión. Era compasión. Apretó los dientes con fuerza. Si se ofrecía para ayudarla a subir los escalones, le daría un bastonazo en la rodilla.

Tampoco hizo eso. Pero sí le abrió la puerta malhumorado.

«Genial», se dijo a sí misma mientras entraba en el recibidor. «Supongo que a partir de ahora nos comunicaremos por signos».

El hombre la condujo a través de un salón con el suelo de madera, después por un pasillo con lo que parecían ser despensas a ambos lados, hasta llegar a una enorme cocina con electrodomésticos nuevos, una mesa grande con sillas, una superficie de trabajo y cortinas de encaje amarillo en todas las ventanas. El suelo era de linóleo con un dibujo de piedra. Los armarios eran de roble, espaciosos y fáciles de alcanzar. Había una encimera que iba desde el lavavajillas y el fregadero hasta los fogones. El frigorífico estaba apartado en una esquina. Como si hubiera ofendido a la cocinera y hubiera sido exiliado, pensó Glory.

Una mujer pequeña y morena, con el pelo recogido en una coleta que le caía por la espalda, atada por cuatro partes con lazos rosas, se volvió al oír las pisadas. Tenía la cara redonda y los ojos oscuros y risueños.

—Consuelo —dijo el hombre—, ésta es la nueva envasadora.

Consuelo arqueó las cejas.

–Le he dicho que soy la envasadora y me ha confundido con embajadora –le dijo Glory a la mujer.

Consuelo tuvo que contener la risa.

–Ésta es Consuelo Águila –dijo él–. Y ésta es... –se quedó callado, porque no sabía quién era la recién llegada.

Glory esperó a que continuara. No estaba dispuesta a ayudarle.

–¿No le has preguntado cómo se llama? –preguntó Consuelo, y se dirigió a Glory con una gran sonrisa–. Eres bienvenida aquí. Me vendrá bien tu ayuda. ¿Cómo te llamas?

–Gloryanne –contestó ella–. Gloryanne Barnes.

–¿Quién te puso el nombre? –preguntó el hombre arqueando las cejas.

–Mi padre –contestó ella con solemnidad–. Pensaba que tener un hijo era una ocasión gloriosa.

Sintió curiosidad por su expresión. Parecía reticente a añadir más.

–¿Sabes quién es? –preguntó Consuelo, señalando al hombre.

Glory apretó los labios y negó con la cabeza.

–¿Ni siquiera te has presentado? –preguntó Consuelo.

–No va a trabajar conmigo –contestó él secamente.

–Sí, pero va a vivir en la casa...

–No me importa dormir en el coche –dijo Glory apresuradamente.

–No seas absurda –gruñó él–. Tengo que ir a la ferretería a comprar más estacas para las tomateras –le dijo a Consuelo–. Dale una habitación y dile cómo trabajamos aquí.

Glory abrió la boca para criticar su actitud, pero él se

dio la vuelta y salió de la habitación sin decir nada más. La malla metálica de la puerta de entrada sonó con fuerza cuando salió.

—Bueno, es un encanto, ¿verdad? —dijo Glory con una sonrisa—. Estoy deseando instalarme y convertir su vida en una desgracia.

Consuelo se rió.

—No es tan malo —dijo—. No sabemos por qué aceptó el puesto cuando el señor Wilkes renunció. El jefe, el señor Pendleton, que vive en San Antonio, nos dijo que Rodrigo había perdido a su familia recientemente y que estaba de luto. Vino aquí para rehacer su vida.

—Oh, Dios mío —dijo Glory—. Lo siento. No debería haber sido tan sarcástica con él.

—A él le da igual —dijo Consuelo—. Trabaja como un tigre. Nunca es cruel ni brusco con los hombres que trabajan en los campos. Es un hombre culto, creo, porque le encanta escuchar DVDs de ópera y de música clásica. Pero una vez, tuvimos a un trabajador que se metió en una pelea con otro hombre, y Rodrigo intervino. Nadie lo vio moverse, pero en un abrir y cerrar de ojos el agresor estaba tendido en el suelo con muchos hematomas. Los hombres no le dan razones a Rodrigo para ir tras ellos desde que ocurrió aquello. Es muy fuerte.

—¿Rodrigo? —Glory murmuró el nombre. Tenía cierta dignidad.

—Rodrigo Ramírez —contestó Consuelo—. Trabajaba en un rancho de ganado en Sonora, según dijo.

—¿Es de México?

—Creo que nació allí, pero no habla de su pasado.

—Su acento es muy ligero —musitó Glory—. Creo que habla español.

—Español, francés, danés, portugués, alemán, italiano y, entre todas las cosas, apache.

Glory estaba confusa.

—Con un talento así, ¿lleva una granja en Texas?

—Yo también hice esa observación —dijo Consuelo riéndose—. Me hizo pensar que había trabajado de traductor, pero no dijo dónde.

—Bueno —dijo Glory con una sonrisa—. Al menos éste va a ser un trabajo interesante.

—¿Conoces al jefe, Jason Pendleton?

Glory asintió.

—Bueno, más o menos —rectificó rápidamente—. Tenía más relación con su hermana.

—Ah. Gracie —Consuelo volvió a reírse—. Una vez vino con él. Había un gato con una pata rota tendido junto a la carretera; un gato abandonado que solía venir por aquí. Gracie lo recogió, con la sangre y todo, e hizo que Jason la llevara al veterinario más cercano. Llevaba un vestido de seda que a mí me habría costado dos meses de mi sueldo, pero no le importó. Lo que importaba era el gato. Debería casarse. Cualquier hombre sería muy afortunado de tener una esposa como ella.

—No quiere casarse —dijo Glory—. El verdadero padre de Gracie era un auténtico diablo.

—Querrás decir el padre de Gracie y de Jason...

Glory negó con la cabeza.

—Jason y Gracie no están emparentados. El padre de Gracie murió cuando ella era una adolescente. Su madrastra se casó con el padre de Jason. Entonces la madrastra murió y el padre de Jason se casó de nuevo –no añadió que el padrastro de Jason era también su padrastro. Era complicado.

Consuelo se quitó el delantal y dijo:

–Voy a mostrarte la habitación de invitados –se dio la vuelta y entonces recayó en el bastón, que estaba medio escondido tras la pierna de Glory–. Oh, deberías habérmelo dicho. No te habría tenido de pie mientras chismorreaba. Debe de dolerte.

–No me he dado cuenta. De verdad.

–Al menos la habitación está en el piso de abajo –dijo Consuelo. La condujo de vuelta hasta el salón y, desde allí, a través de una puerta que daba a otro vestíbulo. Allí había un cuarto de baño que daba a una pequeña habitación con papel azul en las paredes.

–Es preciosa –dijo Glory.

–Es pequeña –comentó Consuelo–. Rodrigo la eligió para él, pero le dije que él necesitaba más espacio. Tiene dos ordenadores y varios equipos de radio. Dice que es un hobby. Hay un pequeño escritorio en el estudio que él utiliza, pero prefiere su dormitorio cuando repasa las cuentas.

–¿Es antisocial?

–No se relaciona con mujeres –contestó Consuelo, y frunció el ceño–. Aunque una vez vino a verlo una hermosa rubia. Parecían muy cercanos. Se lo pregunté, pero ignoró la pregunta. No habla de sí mismo.

–Qué extraño.

–¿Tú no estás casada, o prometida?

Glory negó con la cabeza y dijo:

—Yo no quiero casarme. Nunca.

—¿No quieres tener hijos?

—No sé si debería intentar tenerlos —contestó Glory—. Tengo un... problema médico. Podría ser peligroso. Pero, dado que tampoco confío mucho en los hombres, probablemente sea lo mejor.

Consuelo no hizo más preguntas, pero su actitud hacia Glory fue dulce.

La granja era enorme. Tenía varios campos, cada uno con su cosecha, y las plantaciones estaban hechas de tal forma que siempre había algo listo para ser recolectado. En aquel momento estaban ocupándose de los árboles frutales. Melocotones y albaricoques, nectarinas y kiwis eran lo primero en ser recolectado. Los manzanos eran de una variedad que maduraba en otoño. Entremedias había frambuesas, moras y fresas.

—¡Voy a estar ocupada! —exclamó Glory cuando Consuelo señaló los diversos campos.

—Las dos lo estaremos. Estaba pensando en dejar este trabajo. Es demasiado para una sola mujer. Pero las dos creo que podremos hacerlo. Las confituras, las jaleas y los encurtidos nos proporcionarán buenos ingresos si se venden bien. Son populares entre los turistas. También suministramos a la floristería local, y se utilizan para las cestas de regalo. Tenemos una planta procesadora para las verduras orgánicas y una tienda *online*. Pero a nuestros envasados especiales aún les queda mucho por progresar. De momento sólo he conseguido hacer lo típico; compota de fruta y mermeladas. Me encantaría preparar también pequeños lotes de maíz orgánico, así como de guisantes y judías, pero generalmente hacen eso a granel en la planta procesadora. Además, eso requiere ollas a presión, y más tiempo del que yo he tenido desde que Rodrigo se hizo cargo. Ese hombre es como una dinamo.

–Las ollas a presión me ponen nerviosa –dijo Glory.

–Todos hemos oído historias sobre cómo pueden explotar –dijo Consuelo riéndose–. Pero estamos en una nueva era. Actualmente las fabrican con muchas medidas de seguridad. En cualquier caso, aquí no las usamos. Deja que te enseñe en qué estamos trabajando. Es un trabajo fácil.

Efectivamente, el trabajo era fácil. A Glory le dolía la cadera, y pasaba parte de su tiempo con una manta eléctrica. Pero Consuelo le encontró un taburete y ella se adaptó a las exigencias físicas de su nuevo trabajo.

Rodrigo, sin embargo, no era fácil. Parecía como si Glory le hubiese caído mal desde el principio y como si estuviese decidido a dirigirle la palabra lo menos posible a lo largo del día.

Parecía pensar que ella era una persona inútil. Toleraba su discapacidad de manera impersonal, pero a veces la miraba como si sospechara que su cerebro estuviese guardado en un armario y sólo lo sacara de vez en cuando para sacarle brillo. Glory se preguntaba qué pensaría él si supiera a qué se dedicaba realmente y por qué había ido allí. Le sorprendía considerar cuál sería su reacción.

Un día, Rodrigo llevó a un hombre nuevo a casa y le dijo a Consuelo que se encargaría de supervisar a los trabajadores, pues él tenía que ausentarse el fin de semana. A Glory no le gustó el recién llegado. Parecía no mirar nunca a nadie a los ojos. Era pequeño y moreno, y siempre miraba descaradamente el cuerpo de Glory cuando hablaba con ella. Glory, que de por sí se sentía incómoda con hombres desconocidos, no podía evitar agobiarse.

Consuelo se daba cuenta, y se interponía entre el hombre y ella cuando éste se acercaba demasiado.

–No entiendo en qué estaría pensando Rodrigo para contratar a Castillo como ayudante –murmuró Consuelo cuando estuvieron las dos a solas en la cocina–. No me gusta tenerlo aquí. Estuvo en la cárcel.

–¿Cómo lo sabes? –preguntó Glory. Ella ya sabía la respuesta, pero se preguntaba si Consuelo simplemente lo habría intuido o si había alguna razón para aquel comentario.

–Los músculos de sus brazos y de su torso son enormes, y tiene tatuajes por todas partes –mencionó un tatuaje en particular que lo identificaba como miembro de una de las bandas callejeras más famosas de Los Ángeles.

Glory, que sabía mucho sobre bandas callejeras, se sorprendió ante los conocimientos de la mujer.

–¿Qué está haciendo aquí? –preguntó.

–No me atrevería a preguntar –fue la respuesta–. Habría que decírselo al señor Pendleton, pero perdería mi trabajo si lo mencionara fuera de esta casa. Tendremos que confiar en que Rodrigo sepa lo que está haciendo.

–Es un hombre extraño –advirtió Glory–. Rodrigo. Es

muy culto e inteligente. Apuesto a que podría trabajar en cualquier parte. Parece estar fuera de lugar en una granja agrícola.

Consuelo se carcajeó.

—Yo no le preguntaría nada que no tuviera que ver con la realización de mi trabajo —contestó—. De vez en cuando, se enfada por algo. Es elocuente con las malas palabras, y no tolera el trabajo mal hecho ni la tardanza. Un hombre al que vio bebiendo en el trabajo fue despedido ese mismo día. Es un capataz duro.

—Sí, eso me pareció al principio. No es feliz.

Consuelo la miró y asintió.

—Eres muy perceptiva. No, no es feliz. Y creo que normalmente no es una persona melancólica. Debía de querer mucho a su familia. Veo cómo se comporta con mi hijo, Marco, cuando viene a visitarme.

—¿Entonces tienes hijos? —preguntó Glory.

—Sí, un chico. Acaba de cumplir veintiún años. Lo adoro.

—¿Vive cerca de aquí?

Consuelo negó con la cabeza.

—Vive en Houston. Pero viene a verme cuando puede. Sobre todo cuando hay algún partido de fútbol en la televisión por cable; él no puede permitírselo, pero Rodrigo la instaló aquí para no perderse los partidos.

—¿Fútbol? —los ojos verdes de Glory se iluminaron—. ¡Me encanta el fútbol!

—¿De verdad? —Consuelo parecía entusiasmada—. ¿Qué equipo te gusta más?

—México —contestó ella—. Sé que debería apoyar a nuestro propio equipo en este país, pero me encanta el equipo mejicano. Tengo una bandera del equipo colgada en mi salón durante el Mundial y la Copita.

–Probablemente no debería contarte que estoy emparentada con un jugador de ese equipo.

–¿De verdad? ¿Con cuál?

Antes de que Consuelo pudiera contestar, entró Rodrigo. Se detuvo en el marco de la puerta y frunció el ceño al ver la sonrisa radiante de Glory.

–¿Qué he interrumpido? –preguntó con curiosidad.

–Estábamos hablando de fútbol –dijo Consuelo.

Rodrigo miró a Glory.

–No me digas que ves el fútbol.

–Siempre que puedo –contestó ella.

Emitió un sonido gutural, como una carcajada. Se giró hacia Consuelo y dijo:

–Estaré fuera el fin de semana. Dejo a Castillo al cargo. Si tenéis problemas con él, hacédmelo saber.

–Él no... –comenzó a decir Consuelo mirando a Glory.

–No nos molesta –la interrumpió Glory.

–Dado que no tenéis ningún contacto con él, no veo por qué iba a molestaros –le dijo Rodrigo–. Si me necesitáis, tenéis mi número de móvil.

–Sí –dijo Consuelo.

Rodrigo salió por la puerta sin decir nada más.

–¿Por qué no me has dejado decírselo? –preguntó Consuelo.

–Pensaría que me estaba quejando –contestó Glory–. Si Castillo me da problemas, yo me encargaré de él. No pienses que mi cadera me lo impide. Puedo cuidarme sola. Pero gracias por preocuparte.

Consuelo vaciló un instante y sonrió.

–De acuerdo. Dejaré que lo manejes a tu manera.

Glory asintió y regresó al trabajo.

Castillo no las molestó, pero sí tuvo una larga conversación con un hombre en una furgoneta blanca. Glory los observó desde la ventana de la cocina, asegurándose de que no se la viera desde allí. La furgoneta era vieja y destartalada, y el hombre al volante tenía tantos músculos y tatuajes como Castillo. Glory memorizó la matrícula del vehículo y después la anotó en un cuaderno, por si acaso.

Se dijo a sí misma que no debería desconfiar tanto de la gente. Pero sabía mucho sobre tráfico de drogas por los casos que había llevado, y tenía una especie de sexto sentido para distinguir a los «camellos» que transportaban cocaína, marihuana y metanfetamina de un lugar a otro. Muchos de esos «camellos» pertenecían a bandas callejeras que también ayudaban a distribuir el producto.

Consuelo y ella se mantuvieron ocupadas durante las dos semanas siguientes, a medida que iba entrando la fruta. Tenían cestas y más cestas, recolectadas por los trabajadores, que iban dejándolas en la cocina. Si Glory se había preguntado por qué había dos juegos de fogones, ya no le hacía falta preguntarlo. Estaban encendidos día y noche, mientras el dulce olor de las confituras iba inundando la casa.

Poco a poco, Glory se había acostumbrado a ver a Rodrigo en la cocina a la hora de las comidas. Él dormía en el piso de arriba, de modo que no lo veía por las noches. A veces lo oía caminando de un lado a otro. Al parecer, su habitación estaba justo encima de la suya.

Le sirvió a Rodrigo beicon, huevos y las galletas caseras que había aprendido a hacer de niña, porque Consuelo había tenido que ir a la tienda a comprar material, incluyendo tarros y tapas. Le sirvió café en una taza y la colocó sobre la mesa también. Ella ya había desayunado hacía tiempo, de modo que siguió pelando una cesta de melocotones.

Rodrigo la observó disimuladamente. Tenía el pelo trenzado, como de costumbre. Llevaba unos vaqueros viejos y una camiseta verde de manga corta que dejaba ver muy poca piel. No era una mujer guapa. Le resultaba poco interesante. Aunque eso no le importaba. Ahora que Sarina estaba casada y que Bernadette y ella ya no formaban parte de su vida, poco importaba ya. Había albergado la esperanza de que la reaparición del padre de Bernadette, Colby Lane, no alterase el vínculo que tenía con la mujer y con la niña. Pero en pocas semanas Colby y Sarina se volvieron inseparables. Habían estado casados años atrás y al parecer el matrimonio no había sido anulado. Fue como una muerte lenta para Rodrigo, que había formado parte de la familia de Sarina durante tres años. No pudo soportarlo. Por eso había aceptado aquel trabajo. Era una operación encubierta y peligrosa. Era conocido por los grandes capos de la droga, y su anonimato era muy débil desde que colaboró en la detención de Cara Domínguez, sucesora del famoso, y fallecido, capo Manuel López.

Rodrigo era agente de la DEA. Sarina, compañera de trabajo, y él habían trabajado para el departamento de Tucson durante tres años. Después les habían pedido ir a Houston para destapar una red de contrabando. Lo habían conseguido. Pero Colby Lane, que había ayudado a tender una trampa a los contrabandistas, se había marchado con Sarina y con Bernadette. Rodrigo se había quedado devastado.

Sarina le había prometido a Colby que abandonaría su puesto en la DEA y comenzaría a trabajar para el jefe de policía Cash Grier allí, en Jacobsville. Así que Rodrigo había pedido aquella operación encubierta, para estar cerca de ella. Pero Sarina había sido persuadida por la DEA para trabajar con Alexander Cobb en la oficina de Houston en otro caso. A Colby no le había gustado la idea. A Rodrigo, menos. Sarina estaba en Houston, y él estaba allí. Colby se había quedado en la empresa Ritter Oil en Houston como ayudante de seguridad de la empresa, mientras que Sarina regresaba a la oficina de la DEA. Bernadette estaba de nuevo en Houston y terminaría el año escolar en un lugar familiar.

Sarina había ido allí a darle la noticia. Había sido doloroso volver a verla. Ella sabía cómo se sentía; sentía pena por él. Pero eso no le servía de ayuda. Su vida estaba hecha pedazos. A ella le preocupaba que su anonimato fuese poco sólido y temía que pudiese ser asesinado si los capos de la droga lo encontraban. No importaba. Su cabeza tenía un precio en casi todos los países del mundo desde sus días como mercenario profesional. Aquel país era el único lugar que le quedaba donde no lo buscaban. Por otra parte, si seguía con ese trabajo lo más probable era que acabase muerto.

—No hablas mucho, ¿verdad? —le preguntó a la mujer que pelaba melocotones a su lado.

—No mucho, no —contestó ella con una sonrisa.

—¿Qué te parece el trabajo hasta ahora?

—Está bien. Y Consuelo me cae bien.

—Le cae bien a todo el mundo. Tiene un gran corazón.

Ella peló otro melocotón. Rodrigo se terminó el café y se levantó para servirse otra taza.

—No me importa hacerlo a mí —dijo ella al verlo—. Es parte de mi trabajo ocuparme de la cocina.

Él ignoró el comentario, se echó leche en el café y volvió a sentarse.

—¿Cómo te lesionaste la pierna?

Glory apretó los labios. No le gustaba recordar.

—Fue cuando era niña —contestó.

Estaba observándola de cerca.

—Y no hablas de ello, ¿verdad?

—No —contestó mirándole a los ojos—. No hablo de ello.

Rodrigo dio un trago al café y entornó los ojos.

—La mayoría de las mujeres de tu edad están casadas o salen con alguien.

—A mí me gusta mi propia compañía —dijo ella.

—No compartes cosas —respondió él—. No confías en nadie. Te lo guardas todo para ti, haces tu trabajo y te vas a casa.

Ella arqueó las cejas.

—¿Me estás haciendo un perfil psicológico?

Él se rió.

—Me gusta saber algo de la gente con la que trabajo.

—Tengo veintiséis años, nunca me han arrestado, odio el hígado, pago las facturas a tiempo y nunca he defraudado a Hacienda. Ah, y uso un treinta y ocho de zapatos, por si surge alguna vez.

Rodrigo volvió a reírse. Sus ojos oscuros parecían sorprendidos, vivos, atentos.

—¿Te parezco muy inquisitivo?

—Un poco —contestó ella con una sonrisa.

—Consuelo dice que hablas español.

—*Tengo que hablarlo* —contestó ella en español—. *Para hacer mi trabajo.*

—*¿Y cuál es tu trabajo, pues, rubia?* —respondió él con otra pregunta, también en español.

—Lo hablas muy bien —dijo ella involuntariamente—. A mí me enseñaron castellano, pero no consigo pronunciar bien la «c».

—Se te entiende —le dijo Rodrigo—. ¿Puedes leerlo y escribirlo?

Ella asintió y dijo:

—Me gusta leer en español.

—¿Qué te gusta leer?

Glory se mordió el labio inferior y le dirigió una mirada extraña.

—Bueno...

—Vamos.

—Me gusta leer sobre Juan Belmonte, Joselito y Manolete.

Rodrigo arqueó las cejas sorprendido.

—¿Toreros? ¿Te gusta leer sobre toreros españoles?

—Toreros antiguos —le corrigió ella—. Belmonte y Joselito torearon a principios del siglo veinte, y Manolete murió en la plaza en 1947.

—Es cierto —Rodrigo la observó por encima de su taza de café—. Estás llena de sorpresas. Fútbol y toros. Yo te habría tomado por una mujer a la que le gusta la poesía.

Si la hubiera conocido, si hubiera sabido de su estilo de vida, le habría sorprendido que hubiera considerado la idea de hacer un trabajo manual, y mucho menos de leer poesía. Le asombró aquel pensamiento.

—Me gusta la poesía —contestó. Y era cierto.

—A mí también —dijo él sorprendentemente.

—¿Qué poetas?

—Lorca.

—Escribió sobre la muerte de su amigo Sánchez Mejías en la plaza de toros.

—Sí, y murió en la guerra civil española pocos años después.

—Qué extraño —dijo ella, pensando en voz alta.

—¿Que lea a Lorca?

—Bueno, teniendo en cuenta lo que escribía, sí. Es una coincidencia, ¿verdad?

—¿A qué poetas lees tú? —preguntó él.

—Me gusta Rupert Brooke —de hecho, mientras miraba a Rodrigo, recordaba un poema en especial, sobre cómo la muerte encontraba al poeta mucho antes de que éste se cansara de contemplar al objeto del poema. Involuntariamente pensó que era agradable contemplar a Rodrigo. Era muy guapo.

—Me pregunto si estaremos pensando en el mismo poema —se preguntó él.

—¿Cuál tenías tú en mente?

—«La muerte me encontrará mucho antes de que me canse de mirarte» —comenzó a recitar en un tono sensual y ligeramente acentuado.

El melocotón que Glory estaba pelando se le cayó de las manos y rodó por el suelo de la cocina mientras ella miraba sorprendida al hombre que tenía sentado enfrente.

CAPÍTULO 3

Rodrigo se quedó mirándola con curiosidad. Era una contradicción. Parecía simple y dulce, pero era culta. Estaba seguro de que no era lo que parecía ser, pero era demasiado pronto para empezar a diseccionar su personalidad. Le interesaba, pero no quería que fuese así. Aún estaba llorando a Sarina. Aun así, le impresionaba que le gustaran los mismos poemas que a él.

Glory se levantó lentamente y recogió el melocotón. Lo tiró a la basura porque Consuelo había encerado el suelo aquella mañana y no quería que la fruta tuviera el más mínimo rastro de cera. También volvió a lavarse las manos.

–Me alegra ver que aprecias el peligro de la contaminación –dijo Rodrigo.

Ella sonrió.

–Consuelo me daría con la escoba si me pillara echando a la olla cualquier cosa que hubiera estado en el suelo, por muy limpio que estuviera.

—Es una buena mujer.

—Desde luego —convino Glory—. Ha sido muy amable conmigo.

Rodrigo se terminó el café y se puso en pie. Pero no se marchó.

—Uno de los empleados me ha dicho que Castillo te hizo cierto comentario sugerente cuando fuiste a pedirle más cestas para unas bayas con moho.

Glory lo miró con desconfianza. Había hablado seriamente con Castillo sobre su lenguaje grosero. Él simplemente se había reído. Se había enfadado mucho. Pero no quería ganarse una reputación de mentirosa. Había algo más que eso, por supuesto. Su madre no era la única persona que había abusado físicamente de ella. Los dos adolescentes del hogar de acogida la habían asustado y acosado durante meses, hasta que finalmente la atacaron. Como resultado de la violencia del pasado, se sentía incómoda y asustada en presencia de los hombres. Rodrigo no estaba cuando el nuevo empleado se le había insinuado, y Consuelo y ella no podrían haberse enfrentado con un hombre con los músculos de Castillo.

—Le tienes miedo —dijo Rodrigo, y se quedó observando su reacción.

Glory tragó saliva y apretó el cuchillo con fuerza. No quería admitirlo, aunque fuese cierto. Tenía miedo de los hombres. Le hería el orgullo tener que admitirlo.

—¿Fue un hombre el que te hizo eso? —preguntó él señalando su cadera.

—Fue mi madre —contestó ella.

Fuera cual fuera la respuesta que él esperaba, no era ésa.

—Dios santo, ¿tu madre?

—Sí —afirmó ella sin mirarle a los ojos.

—¿Por qué?

—Iba a matar a mi gato —dijo Glory, y volvió a sentir el dolor—. Intenté impedírselo.

—¿Con qué te golpeó?

El recuerdo aún resultaba doloroso.

—Con un bate de béisbol. Mi propio bate de béisbol. Jugué en el equipo de mi escuela durante un tiempo.

Oyó cómo Rodrigo tomaba aliento antes de hablar.

—¿Y el gato?

—Mi padre lo enterró mientras yo estaba en el hospital —contestó ella.

—Lo siento mucho —susurró él.

Nunca había obtenido consuelo. Se lo habían ofrecido, pero lo había rechazado en varias ocasiones durante los periodos traumáticos de su vida. La compasión era una debilidad. Era el enemigo. Trató de contener las lágrimas, pero no lo consiguió. La ternura en la voz de Rodrigo le hacía anhelar el consuelo. Sus ojos mojados delataron esa necesidad.

Rodrigo le quitó el cuchillo y los melocotones, los dejó a un lado y la estrechó entre sus brazos. La mantuvo allí, meciéndola, mientras las lágrimas causadas por la pena y el dolor manaban de sus ojos como una marea incontrolable.

—Menuda bruja debía de ser —murmuró él.

—Sí —contestó Glory, y recordó lo que sucedió después de su accidente. El arresto de su padre y su condena, los hogares de acogida, la agresión...

Debería haber tenido miedo de él. El recuerdo de aquellos chicos acosándola en el hogar de acogida la torturaba. Pero no tenía miedo. Se aferró a él y hundió la cara en su pecho. Sus brazos eran fuertes y cálidos, y la abrazaba de una manera nada sexual. Aquel consuelo era un punto importante en su vida. Jason la había abrazado muchas veces cuando lloraba, por supuesto, pero Jason era como un hermano mayor. Aquel hombre, sin embargo, era algo completamente diferente.

Rodrigo le acarició el pelo, pensando lo mucho que ayudaba sentir otro cuerpo pegado al suyo. Lloraba la pérdida de Sarina y de Bernadette, y aún recordaba la angustia que sintió cuando el capo de la droga, Manuel López, había matado a su única hermana. Sabía lo que era el dolor. Comenzaba a entender un poco a esa mujer. Era fuerte. Tenía que serlo para haber sobrevivido a algo tan duro. Sospechaba que debía de haber más cosas traumáticas en su pasado, cosas que jamás le habría contado a nadie.

Pasado un minuto, Glory se apartó de él. Estaba avergonzada. Se secó los ojos con el delantal y se volvió para seguir pelando los melocotones.

—Todos tenemos tragedias —dijo él—. Vivimos con ellas en silencio. A veces el dolor se libera y se hace visible. No debería avergonzarte darte cuenta de que eres humana.

Ella lo miró con ojos rojos y asintió.

Rodrigo sonrió y miró el reloj.

—Tengo que poner a trabajar a los hombres. El desayuno estaba muy bueno. Tus galletas están mejor que las de Consuelo, pero no se lo digas.

—No lo haré —contestó ella con una sonrisa.

Rodrigo se dirigió hacia la puerta.

—Rodrigo —dijo ella—. Gracias.

Él se detuvo y se volvió.

—De nada.

Glory vio cómo se marchaba y sintió algo completamente nuevo para ella. No recordaba a ningún hombre, salvo Jason, que la hubiese abrazado así en su vida adulta. Había sido maravilloso. Ahora tenía que sacárselo de la cabeza. No quería que nadie se acercase emocionalmente a ella. Ni siquiera Rodrigo.

A la semana siguiente, Glory se sorprendió al ver un coche de policía en la entrada. Salió al porche y se detuvo al ver al jefe de policía, Cash Grier, subiendo los escalones.

No lo había visto antes, y le sorprendió la coleta que llevaba. Había oído que era poco convencional, y había algunos rumores interesantes sobre su pasado que circulaban entre susurros. Incluso en San Antonio, era algo así como una leyenda entre los agentes de la ley.

—Usted es el jefe Grier —dijo ella mientras Grier se aproximaba.

—¿Qué me ha delatado? —preguntó él con una sonrisa.

—La placa que dice «jefe de policía» —respondió Glory—. ¿Qué puedo hacer por usted?

—He venido a ver a Rodrigo. ¿Está en casa?

—Estaba —contestó ella—. Pero no ha venido a comer, ni ha llamado —se dio la vuelta, abrió la malla metálica y se apoyó en el bastón—. ¿Consuelo, sabes dónde está el señor Ramírez?

—Dijo que iba a la ferretería a por más cubos —contestó Consuelo desde dentro.

Glory se volvió hacia el jefe y vio que estaba mirando el bastón.

—¿Algún problema? —preguntó a la defensiva.

—Lo siento —dijo él—. No quería quedarme mirando. Es muy joven para llevar bastón.

Ella asintió y lo miró a los ojos.

—Llevo usándolo mucho tiempo.

Grier ladeó la cabeza y adoptó una expresión severa.

—Su madre era Beverly Barnes, ¿verdad? —preguntó.

Ella respiró profundamente.

—La madre de Márquez lleva la cafetería local —añadió él—. Sé de usted a través de ella. Rick y ella no tienen secretos.

—Se supone que nadie ha de saber por qué estoy aquí —dijo ella.

—Yo no he dicho nada, y no lo haré. Supongo que Rodrigo es una de esas personas que no debe saber nada sobre usted, ¿no?

—Sí —contestó ella apresuradamente—. Especialmente Rodrigo.

—Yo la cubriré —dijo Grier—. Aunque sería bueno tener a Rodrigo al corriente.

Glory no entendía por qué. El administrador de la granja no sabría qué hacer contra un capo de la droga.

—Cuanta menos gente lo sepa, mejor —dijo ella—. A Fuentes le encantaría verme muerta antes del juicio. Sé demasiadas cosas.

—Márquez me lo dijo. Me dijo que tuvo que pelear con

usted para convencerla de venir aquí. El caso es que probablemente Fuentes tenga cómplices de los que no sabemos nada.

—¿Aquí? —preguntó ella.

—Puede ser. Tengo algunos contactos en el lado malo de la ley. Se dice que está contratando a adolescentes para llevar a cabo sus venganzas. Los adolescentes van al reformatorio, no a la cárcel. He oído que está reclutando a miembros de una banda callejera de Houston: «Los Serpientes». Si ve alguna cosa sospechosa por aquí, o alguna cara nueva, quiero saberlo. Noche o día. Sobre todo si se siente amenazada en lo más mínimo. No me importa si es más de medianoche.

—Es muy generoso por su parte —dijo ella con una sonrisa.

—En absoluto —contestó él—. Tris, nuestro bebé, nos despierta a todas horas últimamente. Le están saliendo los dientes, así que probablemente usted no nos despertaría.

—Su mujer es muy famosa —contestó ella.

Grier se rió con orgullo.

—Sí, pero jamás lo adivinaría si la viera empujando el carrito del bebé por los ultramarinos —le aseguró.

Los ultramarinos. La tienda tenía una furgoneta. Una luz se encendió en su cabeza. Recordó algo.

—Una furgoneta —dijo de pronto—. Castillo, el hombre que Rodrigo ha contratado para ayudarle, estaba hablando con un hombre que iba al volante de una furgoneta blanca y destartalada. Algo cambió de manos... dinero, o drogas tal vez. Resultaba sospechoso, así que apunté el número de la matrícula.

—Chica lista —dijo el jefe de policía.

—Lo apunté en el cuaderno de la cocina. ¿Quiere pasar a tomar un café? Consuelo ha preparado pastel de melocotón para la cena.

—Me encanta el café y el pastel —le aseguró él.

—Entonces pase.

Grier la siguió hasta la cocina, donde Consuelo lo saludó con evidente desconfianza. Observó el número que Glory había anotado mientras Consuelo salía de la habitación.

—A Consuelo no le gustan los policías —le confesó—. No sé por qué. Mencioné algo sobre los coches patrulla que pasaban por delante de la casa y pareció enfadarse.

—Podrían ser investigaciones sobre inmigración —murmuró Cash—. Están alerta con el nuevo clima político.

—¿Y qué hay de los coches patrulla extra? —preguntó ella de pronto.

Cash miró hacia la puerta para asegurarse de que Consuelo no estuviera cerca.

—Uno de los empleados de Ramírez tiene antecedentes. Lo llevamos con discreción, pero lo tenemos vigilado. Ha hecho un buen trabajo al anotar el número de la matrícula —concluyó con una sonrisa de satisfacción.

—Me siento como una agente encubierta o algo parecido —dijo ella riéndose mientras Cash se levantaba para marcharse.

—No puedo decirle por qué eso es sorprendente, pero algún día lo descubrirá. Gracias por el café y el pastel.

—De nada —Glory vaciló un instante—. ¿Puede decirme cuál es el empleado al que tienen vigilado?

Cash suspiró y dijo:

—Probablemente ya lo haya adivinado usted.

—Castillo tiene tatuajes y músculos propios de un boxeador. No es difícil de adivinar. He visto a tipos como él entrar en mi oficina muchas veces.

—Yo también —dijo él.

—¿Conoce bien al señor Ramírez?

—La verdad es que no. Lo he visto por aquí. Pero hoy había venido a hablar con él sobre uno de sus empleados, que podría estar en el país ilegalmente.

Glory se preguntó qué empleado sería.

—¿Le digo que le llame cuando vuelva?

—Si no le importa.

—Será un placer —se apoyó sobre el bastón y frunció el ceño. De pronto otra idea apareció en su cabeza—. Ese trabajador ilegal —dijo—. No creerá que sea Ángel Martínez, ¿verdad? —añadió, recordando a aquel hombre tan dulce que siempre era amable con ella cuando iba a casa con Rodrigo. Le caía muy bien.

—¿Por qué dice eso? —preguntó extrañado el jefe de policía.

Glory cambió el peso. Le dolía la cadera.

—Es sólo que él y su esposa, Carla, tienen tres hijos. Son muy simpáticos y están felices de vivir aquí. Vienen de un pueblo en América Central donde había un grupo paramilitar. Alguien del pueblo notificó a las autoridades la identidad de uno de los rebeldes. Al día siguiente, Ángel se llevó a Carla y a los niños a un curandero que había en otro pueblo, porque uno de los niños tenía un ojo morado. Cuando regresaron, todos los habitantes del pueblo yacían muertos por el suelo.

—Sé cómo es la vida en esos pueblos —dijo Cash con una empatía sorprendente—. Y sé lo buena gente que son los Martínez. A veces defender la ley es doloroso incluso para los profesionales.

—Conozco a un abogado en San Antonio que está especializado en casos de inmigración —dijo ella.

—Y yo conozco a uno de los abogados federales —contestó él con resignación—. De acuerdo. Iré a hacer unas llamadas.

—Supe que era usted un buen hombre nada más verlo —dijo ella con una sonrisa.

—¿De verdad? ¿Cómo? —preguntó él con auténtica curiosidad.

—Por la coleta. Tiene que ser signo de coraje personal —fue un halago directo.

Él se rió.

—¡Vaya! Tendré que ir a casa y decirle a Tippy que el secreto ha salido a la luz.

Ella sonrió, pero la expresión de Cash se tornó seria.

—Castillo es peligroso. No se haga la valiente cuando esté sola aquí.

—Ya me había dado cuenta —le aseguró Glory—. No les tiene respeto a las mujeres.

—Ni a los hombres —añadió él—. Vigile sus espaldas.

—Lo haré.

Cash se despidió de ella mientras bajaba los peldaños del porche.

Rodrigo sentía curiosidad sobre la conversación que Glory había tenido con el jefe Grier. Mucha curiosidad.

–¿Dijo algo sobre el inmigrante ilegal al que está buscando? –preguntó mientras se tomaba la sopa aquella noche.

Glory vaciló un instante. No conocía a Rodrigo lo suficiente como para confiarle información sobre un potencial caso trágico.

Consuelo sonrió y dijo:

–Tiene miedo de que puedas entregar a Ángel.

Glory se sonrojó y Rodrigo comenzó a reírse.

–Jamás hubiera imaginado que tuvieras inclinaciones anarquistas –le dijo a Glory.

Glory tragó una cucharada de sopa antes de contestar.

–No soy anarquista. Simplemente pienso que la gente toma decisiones rápidas sin tener en cuenta todos los hechos. Sé que los inmigrantes ponen a prueba nuestra economía –dejó la cuchara en el plato y miró a Rodrigo–. ¿Pero no somos todos americanos? Quiero decir que el continente es América, ¿verdad? Si eres de Norte, Centro o Sudamérica, sigues siendo americano.

Rodrigo miró a Consuelo.

–Es socialista –dijo.

–No se me puede clasificar –protestó Glory–. Sólo pienso que la base de la libertad y la democracia se supone que es ayudar a la gente desesperada. No es como si quisieran venir aquí a no hacer nada y a dejarse mantener. Son algunas de las personas más trabajadoras del mundo. Tú mismo sabes que a veces tienes que obligar a tus empleados a salir de los campos. El trabajo duro es lo único que conocen. Son felices de vivir en un lugar donde no tengan que preocuparse por si les disparan o por si son expulsados de sus pueblos por corporaciones multinacionales en busca de terrenos.

Rodrigo no la había interrumpido. Estaba observándola con los ojos entornados, ajeno al hecho de que había dejado la cuchara de sopa suspendida en el aire.

Glory arqueó las cejas.

—¿Tengo bigote o algo? —preguntó.

Rodrigo se rió y dejó la cuchara en el plato.

—No —dijo—. Me impresionan tus conocimientos sobre las comunidades del tercer mundo.

Quiso preguntarle por *sus* conocimientos sobre el tema, pero le daba vergüenza. El recuerdo del abrazo que había compartido con él la hacía estremecerse cada vez que lo imaginaba. Rodrigo era muy fuerte, y muy atractivo.

Se terminó el café y la miró.

—Te mueres por saberlo, ¿verdad? —le preguntó.

—¿Saber qué?

—De dónde soy.

Glory se sonrojó.

—Lo siento. No debería fisgonear...

—Nací en Sonora, al norte de México —dijo él. Se reservó la parte sobre su familia y sus contactos ilustres, incluyendo la riqueza. Tenía que recordar la historia que se había inventado.

—Mis padres trabajaban para un hombre que tenía ganado. Aprendí el oficio desde dentro, y finalmente acabé dirigiendo un rancho.

Glory sentía que no le estaba contando toda la historia, pero no iba a indagar más. Era demasiado pronto.

—¿Te cansaste del rancho?

Él se rió.

—El dueño se cansó. Se lo vendió a un político que pensaba que lo sabía todo sobre los ranchos por haber visto las reposiciones de *El Gran Chaparral*, aquel viejo Western televisivo.

—¿Y realmente lo sabía todo? —preguntó ella.

—Perdió el ganado en los seis primeros meses debido a las enfermedades, porque no creía en la medicina preventiva. Y perdió los terrenos dos meses después en una partida de póquer con dos supuestos amigos. Sin rancho y sin empleo, vine al norte en busca de trabajo.

Glory frunció el ceño. Jason Pendleton no era el tipo de hombre que se relacionaba con los trabajadores, aunque no fuera un esnob.

—¿Cómo conociste a Jason? Quiero decir al señor Pendleton.

—Ambos conocíamos a un hombre que iba a abrir un restaurante en San Antonio. Él nos presentó. Jason dijo que necesitaba alguien para administrar una granja agrícola en un pequeño pueblo de Texas, y yo buscaba trabajo.

De hecho él se había acercado a Jason, con la ayuda de un amigo mutuo, y le había explicado que necesitaba el trabajo temporalmente para tener así una coartada mientras intentaba atrapar a Fuentes. Jason había aceptado la oferta.

Su siguiente conversación, el día de la llegada de Glory, había sido precisamente sobre el trabajo que ella realizaría en la granja. Jason no le había dicho nada sobre Glory, y mucho menos que era su hermanastra, pero no le había gustado el comentario de Rodrigo sobre la cojera de Glory. Tenía la sensación de que Jason sentía predilección por ella; tal vez incluso fueran amantes. Había sido una conversación tensa.

Rodrigo estuvo tentado de preguntarle a Glory por su relación con Jason, pero no quería precipitarse.

—Bueno, tu inglés es cien veces mejor que mi español —dijo ella con un suspiro.

—Trabajo duro.

Consuelo levantó la cabeza desde los fogones y miró a Rodrigo.

—Ese tal Castillo va a traernos problemas —dijo—. Acuérdate de mis palabras.

Rodrigo se recostó en la silla y la miró.

—Ya hemos hablado de esto dos veces —dijo—. Tú quieres que tu hijo trabaje aquí y ocupe su puesto. Pero Marco no sabe dirigir a la gente —lo dijo en un tono extraño, como si estuviera guardándose algo.

—Claro que puede dirigir a la gente —dijo Consuelo—. Es muy listo. Pero no listo de libro, sino listo de calle.

Rodrigo pareció pensativo.

—De acuerdo —dijo finalmente—. Dile que venga a hablar conmigo mañana.

—¿Lo dices en serio? —preguntó Consuelo.

—Sí.

—¡Lo llamaré ahora mismo! —dejó la cazuela en el fuego y salió de la cocina mientras se secaba las manos en el delantal.

—¿Es tan simpático como ella? Me refiero a su hijo —preguntó Glory.

—Trabaja duro —contestó él—. Pero tiene algunos amigos que no me gustan.

—Apuesto a que yo también tengo amigos que no te gustarían —respondió ella—. Pero es él quien trabajará aquí, no sus amigos.

—Eres un poco deslenguada.

—De vez en cuando —confesó ella—. Lo siento.

—No te disculpes. Me gusta saber en qué lugar me encuentro con la gente. La sinceridad es un bien escaso en estos tiempos.

Glory podría haberlo jurado. Día tras día, le mentían en el trabajo criminales que juraban ser inocentes. Siempre era culpa de otros, nunca suya. Los testigos estaban ciegos. Los agentes ejercían brutalidad policial. No tenían un juicio justo. Y así hasta el infinito.

—¿Consuelo y tú tenéis suficientes tarros, o necesitamos comprar más?

Glory dio un respingo. Se había quedado ensimismada en sus pensamientos.

—Lo siento. La verdad es que no lo sé. Es Consuelo quien los saca. Yo no le he prestado atención a cuántos tenemos.

—Se lo preguntaré cuando salga. Si Castillo vuelve a molestarte, dímelo —dijo él, y se detuvo en la puerta—. No permitimos el acoso aquí.

—Lo haré —prometió ella.

Observó cómo entraba en la habitación contigua y oyó su voz profunda mientras hablaba con Consuelo. Realmente era un hombre guapo, pensó. Si ella no tuviera tantas cicatrices emocionales, tal vez hubiera buscado la manera de meterse en su vida. Era extraño que un hombre como él aún siguiera soltero a su edad, que debían de ser unos treinta y cinco años. No era asunto suyo, se recordó a sí misma. Ella simplemente trabajaba allí.

Dos días más tarde, un utilitario último modelo aparcó frente a la casa. Una rubia guapa y esbelta salió del coche y comenzó a subir los peldaños del porche. Llevaba unos vaqueros azules y una camiseta rosa. Parecía joven, despreocupada y feliz.

Consuelo estaba ocupada lavando tarros y tapas antes de comenzar con la siguiente remesa de melocotones; de modo que, cuando llamaron a la puerta, fue Glory la que se dirigió a abrir, apoyándose en el bastón a causa de la mala noche que había pasado.

La joven mujer le dirigió una sonrisa.

—Hola —dijo con tono amistoso—. ¿Está Rodrigo?

Por alguna razón inexplicable, Glory sintió un vuelco en el corazón.

—Sí —contestó—. Está en el almacén supervisando el embalaje. Estamos aprovisionándolo con mermeladas y compotas para la venta por Internet.

—De acuerdo —dijo la chica—. Gracias.

Si hubiera sido cualquier otra persona, Glory habría regresado a la cocina. Pero la mujer encajaba con la descripción que Consuelo le había dado, y sintió curiosidad. Observó cómo la otra mujer se aproximaba al almacén de la parte de atrás. Rodrigo la vio y su cara se iluminó. Estiró los brazos y ella corrió hacia él. Se abrazaron cariñosamente y Rodrigo le dio un beso en la mejilla.

Si Glory hubiera necesitado recordar que Rodrigo era lo suficientemente guapo para atraer a casi cualquier mujer, aquello lo demostraba. Se dio la vuelta y entró en la casa. Le dolía que Rodrigo deseara a otra. No se atrevía a preguntarse por qué.

Rodrigo no llevó a su amiga a la casa. Se quedaron juntos bajo un árbol, hablando durante largo rato. Glory no estaba espiando, pero sí miraba por la ventana. De modo que no pudo evitarlo. Que aquellos dos habían compartido una relación estrecha era imposible de negar.

Finalmente Rodrigo le dio la mano a la chica y la condujo de vuelta al coche. Una vez sentada tras el volante, ella se despidió y se alejó conduciendo. Rodrigo se quedó mirando el vehículo con una sonrisa amarga. Se metió las manos en los bolsillos y la pena que sintió resultó evidente incluso en la distancia. Parecía un hombre que hubiese perdido todo lo que amaba.

Glory regresó al trabajo pensativa. Se preguntó qué habría ido mal para que Rodrigo y la rubia no estuvieran juntos.

Le preguntó a Consuelo, aun sabiendo que no debía.

—¿Quién es esa mujer rubia que ha venido a visitar a Rodrigo?

—No lo sé —contestó Consuelo—. Pero es evidente que significa algo para Rodrigo.

—Ya me he dado cuenta —dijo Glory—. Parece muy simpática.

—Rodrigo la adora, eso se nota —añadió Consuelo mientras colocaba el temporizador en la olla—. Pero, si te fijas bien, te darás cuenta de que ella sólo siente cariño. Le gusta, pero no está enamorada.

—Él sí —se aventuró a decir Glory.

Consuelo la miró con suspicacia.

—Eres perceptiva.

—Rodrigo parece una buena persona —observó Glory con una sonrisa.

—Es el mejor. Todos lo adoramos.

—Me he dado cuenta de que parece...

Antes de que pudiera terminar la frase, la puerta trasera se abrió y entró un joven alto y guapo, con el pelo negro como los ojos y la piel bronceada. Llevaba unos vaqueros y una sudadera, y exhibía múltiples tatuajes y los colores típicos de las bandas callejeras.

Glory no se atrevió a decirlo en voz alta. Se suponía que ella no sabía nada sobre símbolos callejeros. Pero era cierto. Aquel joven pertenecía a la infame banda de Houston «Los Serpientes». Se preguntó qué diablos estaría haciendo en la cocina.

Antes de poder preguntar, el chico sonrió y abrazó a Consuelo.

—¡Hola, mamá! —exclamó.

Consuelo le devolvió el abrazo y le dio un beso en cada mejilla. Se volvió hacia ella y dijo:

—Glory, éste es mi hijo, Marco.

CAPÍTULO 4

¿El hijo de Consuelo? Glory tuvo que disimular su consternación. El joven era guapo y afable, pero inevitablemente era miembro de una banda. Le preocupaba que Rodrigo pudiera no saberlo. Él era de México, de una zona rural que probablemente no tuviera bandas.

–Ésta es Glory –añadió Consuelo.

–Hola –dijo él con una sonrisa–. Encantado de conocerte.

–Lo mismo digo –contestó Glory, y trató de sonreír con normalidad.

–¿Dónde está el jefe? –le preguntó Marco a su madre.

–En el almacén –contestó Consuelo–. Sé amable –añadió con firmeza.

–Siempre lo soy –contestó él–. Le encantaré. ¡Espera y verás!

Le guiñó un ojo a su madre, le dirigió una breve mirada a Glory y salió por la puerta silbando.

—¿No es guapo? —preguntó Consuelo—. Tiene el mismo aspecto que su padre a su edad.

Glory sentía curiosidad por el marido de Consuelo. Nunca lo había mencionado.

—¿Su padre aún está vivo? —preguntó con delicadeza.

—Está en prisión —contestó Consuelo—. Dijeron que traficaba con droga en la frontera. Todo eran mentiras, pero no tenía dinero para un buen abogado, así que acabó en la cárcel. Yo le escribo, pero está en California. Está muy lejos y es caro viajar hasta allí —suspiró—. Es un buen hombre. Dijo que la policía lo confundió con un hombre al que conocía, pero lo arrestaron de todos modos.

Glory sintió compasión, pero no estaba muy convencida. El estado había de tener pruebas consistentes antes de procesar a alguien. Ningún fiscal quería gastar dinero defendiendo un caso que no podía ganar.

—Marco se parece a él —continuó Consuelo mientras lavaba más tarros—. Pero confía demasiado en la gente. Fue arrestado el mes pasado en Houston y acusado de allanamiento. ¡Estúpidos policías! Simplemente se había perdido conduciendo por un vecindario desconocido, y dieron por hecho que estaba implicado en un tiroteo. ¿Te lo puedes imaginar?

Los tiroteos y las guerras de bandas eran algo normal en el mundo de Glory, pero no se atrevió a mencionarlo. En cuanto a que la policía confundiera a un motorista perdido con un hombre armado, era poco probable. Era evidente que Consuelo pensaba que su hijo era el centro del universo. No serviría de nada decir que un chico inocente no llevaría tatuada aquella iconografía pandillera. Parecía obvio que Consuelo no tenía idea de la verdadera naturaleza de su hijo.

–Es muy guapo –dijo Glory, fingiendo inocencia.

–Sí –dijo Consuelo–. Como su padre.

Glory había perdido la cuenta de los chicos guapos y musculosos que habían pasado por su despacho de camino a la cárcel. La cultura de aquellos adolescentes parecía glorificar el hecho de cumplir condena, como si fuera un símbolo de estatus para ellos. Recordaba a un trabajador social que se adentró en los sectores pobres de la ciudad para intentar convencer a los pandilleros de dejar la delincuencia y de convertirse en miembros útiles de la sociedad. En otras palabras, renunciar a los miles de dólares que ganaban traficando con drogas a cambio de un trabajo mal pagado en cualquier local de comida rápida.

Alguien que no hubiese visto nunca la pobreza de la que surgían los criminales no tenía idea de lo difícil que era romper el molde. Había perdido la cuenta de la cantidad de madres pobres con maridos ausentes que intentaban criar a múltiples hijos ellas solas con un salario mínimo, a veces también con problemas de salud. Los otros niños tenían que ayudar a cuidar de los más pequeños. Frustrados por sus vidas en casa, cuando les faltaba atención allí, la encontraban en la banda. Había muchas bandas. Muchas eran internacionales. Cada una tenía sus colores, sus tatuajes, sus señales y sus maneras de llevar la ropa para expresar públicamente sus afiliaciones particulares. Casi todos los departamentos de policía tenían al menos un oficial especializado en cultura de bandas. Glory conocía lo básico, porque había tenido que procesar a miembros de bandas por tráfico de drogas, homicidios, robos y otras felonías. Nunca dejaba de sentir rabia ante las condiciones que provocaban el crimen.

Miró a Consuelo.

—¿Marco es tu único hijo? —preguntó de pronto.

Consuelo vaciló un segundo antes de darse la vuelta.

—Sí —contestó, y advirtió la curiosidad de Glory—. Tuve problemas de salud —añadió apresuradamente.

—Es un joven muy agradable —dijo Glory—. No parece en absoluto malcriado por ser hijo único.

Consuelo se relajó y sonrió.

—No. No está malcriado —dijo, y siguió con el trabajo.

Glory archivó la conversación. No conocía a una sola familia inmigrante que no tuviera menos de tres hijos. Muchos deploraban la anticoncepción. Tal vez fuese cierto que Consuelo tenía problemas de salud. Pero resultaba curioso que tuviera sólo un hijo, y que pareciera tan inteligente y trabajara en algo que no requería mucha formación.

Lo mismo podía aplicarse a Rodrigo sobre la educación. Glory no lo entendía. Parecía la última persona a la que esperaría ver trabajando en una granja. Le preocupaba que les hubiese dado trabajo a hombres como Castillo y Marco. Ninguno de ellos parecía hecho para trabajar en una granja. Parecían muy astutos.

¿Y si Rodrigo fuese el que estaba al otro lado de la ley? La pregunta le sorprendió. Parecía honesto. Pero ella misma recordaba haber procesado al menos a dos personas cuya integridad había sido atestiguada por testigos bastante fiables. Pero los criminales eran adeptos a fingir. A fingir convincentemente. Con demasiada frecuencia, la gente podía ser justo lo contrario de lo que parecía.

Tal vez incluso el mismo Rodrigo fuera inmigrante ilegal. El hermanastro de Glory, Jason Pendleton, era una persona compasiva. Tal vez hubiera sentido pena por Rodrigo y le hubiera dado el trabajo por eso.

¿Y si Rodrigo era inmigrante ilegal y estaba implicado en tráfico de drogas? Sintió una náusea en su interior. ¿Qué haría ella? Su deber sería entregarlo a la policía y asegurarse de que fuera procesado. Ella más que nadie sabía la angustia que los traficantes de droga podían causar a los padres. Conocía también cuál era la fuente del dinero de la droga; hombres de negocios codiciosos que querían ganar una fortuna rápidamente y sin tener que esforzarse. Ellos no veían a las familias a las que arruinaban con los efectos del cristal, de la cocaína o de las anfetaminas. No tenían que enterrar a jóvenes prometedores, ni ver a sus seres queridos sufrir durante la rehabilitación. No tenían que visitar a esos jóvenes en prisión. Sólo les importaba el beneficio.

¿Sería Rodrigo uno de esos hombres de negocios? ¿Podría ser traficante y utilizar la granja como tapadera?

Sintió un vuelco en el corazón. No podía ser cierto. Era amable. Era inteligente y tierno. No podía estar metido en ese negocio tan terrible. ¿Pero y si lo estaba? ¿Podría vivir consigo misma sabiéndolo y no haciendo nada al respecto? ¿Podría hacer eso?

—¡Vaya, qué cara más larga! —exclamó Consuelo.

Glory dio un respingo y se rió.

—¿Tengo ese aspecto? Lo siento. Estaba pensando en toda esa fruta que nos espera en el almacén.

—¡Y que lo digas! —dijo Consuelo.

Siguieron hablando de cosas sin importancia y Glory dejó a un lado sus sospechas.

Aquella noche, Glory se sentó en el columpio del porche a escuchar el sonido de los grillos. Era una noche bochornosa, pero no demasiado cálida. Cerró los ojos y aspiró el olor a jazmín. Hacía mucho tiempo que no se sentaba en un columpio. Intentó no recordar los momentos en los que se sentaba junto a su padre en las largas noches de verano y le hacía preguntas sobre tiempos pasados, cuando él era niño e iba a los rodeos locales. Conocía a todos los jinetes famosos y a veces los invitaba a casa a tomar café y tarta. A su madre no le gustaba eso. Consideraba que esa gente estaba por debajo de su estatus social y se ausentaba deliberadamente cuando iban a casa. Glory seguía sintiendo la tristeza de su padre incluso después de todos esos años...

La malla metálica de la puerta se abrió y Rodrigo salió al porche. Se detuvo para encenderse un puro antes de girarse hacia ella.

—Los mosquitos te comerán viva —le dijo.

Glory ya había matado a dos aquella noche.

—Si están dispuestos a sacrificar sus vidas por chuparme la sangre, allá ellos.

Rodrigo se rió. Se acercó a ella y se detuvo junto a la barandilla para mirar en la distancia.

—Hacía mucho que no tenía tiempo para preocuparme por los mosquitos —musitó—. ¿Te importa? —preguntó señalando el asiento vacío a su lado.

Glory negó con la cabeza y él se sentó a su lado.

—¿Siempre has trabajado en la tierra? —preguntó ella.

—En cierto sentido —respondió él—. Mi padre tenía un rancho cuando yo era pequeño. Me crié entre vaqueros.

—Yo también —dijo ella con una sonrisa—. Mi padre me llevaba a los rodeos y me presentaba a las estrellas. Mi madre odiaba a esa gente. Se lo hacía pasar mal a mi padre cuando los invitaba a casa. Pero era él quien cocinaba, así que ella no se podía quejar.

—¿En qué trabajaba tu madre?

—En nada —contestó ella—. Quería ser la esposa de un hombre rico. Pensaba que mi padre iba a seguir en los rodeos y ganar mucho dinero con los premios, pero se lesionó la espalda y lo dejó. Mi madre se puso furiosa cuando él compró una pequeña granja con sus ahorros.

No mencionó que era ésa la casa en la que habían vivido, ni que la tierra que ahora producía verdura y fruta había producido sólo verdura para su padre.

—¿La gente de tu madre era rica?

—No sé quién era su gente —admitió ella—. Solía preguntármelo. Aunque ya no importa.

—La familia es lo más importante del mundo —dijo él con el ceño fruncido—. Sobre todo los hijos.

—Tú no tienes —contestó ella sin pensar.

—Eso no significa que no lo desee —dijo él apartando la mirada.

—Lo siento. No sé por qué he dicho eso.

Rodrigo siguió fumándose el puro en silencio.

—Estuve a punto de casarme —añadió tras un minuto—. Ella tenía una niña pequeña. Eran mi vida. Las perdí por culpa de otro hombre. Él era el padre biológico de la niña.

Su actitud comenzaba a cobrar sentido.

—Apuesto a que la niña te echa de menos —dijo ella.

—Yo también la echo de menos.

—A veces creo que hay un patrón en la vida. Mi padre solía decir que la gente aparece en tu vida cuando la necesitas. Él estaba seguro de que en la vida todo ocurría como estaba planeado. Decía... —vaciló un instante al recordar la voz de su padre durante el juicio—... que tenemos que aceptar las cosas que no podemos cambiar, y que cuanto más luchemos contra el destino, más doloroso se volverá.

Rodrigo se giró hacia ella y se recostó en el columpio.

—¿Sigue vivo, tu padre?

—No.

—¿Tienes hermanos o hermanas?

—No —contestó con tristeza—. Estoy yo sola.

—¿Y qué hay de tu madre?

—Ella también murió.

—Imagino que no lloraste su muerte.

—Tienes razón. Lo único que ella me dio fue odio. Me culpaba por haberla atrapado en una vida de pobreza en una granja con un hombre que apenas podía deletrear su propio nombre.

—De modo que consideraba que se había casado por debajo de sus posibilidades.

—Sí. Nunca dejó que mi padre olvidara lo mucho que le había arruinado la vida.

—¿Cuál de los dos murió primero?

—Mi padre —contestó Glory, aunque no quería recordarlo—. Ella volvió a casarse poco después del funeral. Su segundo marido tenía dinero. Por fin obtuvo todo lo que siempre había deseado.

—Imagino que tú también saldrías beneficiada.

Glory tomó aliento y cambió el peso de lado.

—El juez consideró que era peligroso para mí, así que, con la mejor de las intenciones, me envió a un hogar de acogida. Entré en una familia que tenía otros cinco hijos adoptivos.

—Yo sé algo sobre hogares de acogida —dijo él, recordando algunas historias horripilantes que había oído contar a camaradas suyos. Cord Romero y su esposa, Maggie, aparecieron en su mente de inmediato.

—Creo que la vida con mi madre quizá hubiese sido más fácil, aunque hubiese sido también más peligrosa —murmuró ella.

—¿Estuviste allí mucho tiempo?

—No demasiado —no se atrevió a decir más. Tal vez Rodrigo hubiera oído hablar a los Pendleton sobre su hermanastra—. ¿Cómo fue tu infancia?

—Eufórica —contestó él—. Viajábamos mucho. Mi padre era... militar —se inventó apresuradamente.

—Yo tenía una amiga cuyo padre también lo era. Viajaban mucho por todo el mundo. Decía que era una experiencia.

—Sí. Uno aprende mucho de otras culturas, otras formas de vida. Hay muchos problemas políticos que surgen por malentendidos culturales.

—Sí, lo sé —contestó ella riéndose—. Teníamos a un hombre en uno de los despachos en que trabajé que era de

Oriente Medio. Le gustaba juntarse mucho a las personas cuando hablaba con ellas. Otro compañero de la oficina era un maniático del espacio personal. Un día se cayó por una ventana mientras intentaba evitar que sus compañeros se acercaran demasiado a él. Por suerte era un primer piso —concluyó riéndose.

—Yo he visto cosas similares —dijo él—. Menuda mezcla de personas somos en este país —murmuró—. Hay muchas tradiciones, muchos idiomas, muchas creencias dispares.

—Las cosas eran diferentes cuando yo era pequeña.

—Sí. Para mí también. Inmersos en nuestras culturas personales, es difícil ver o entender puntos de vista diferentes, ¿verdad?

—Sí —convino ella.

Rodrigo balanceó el columpio suavemente.

—Consuelo y tú estáis trabajando mucho con esta última remesa de fruta —señaló—. Si necesitáis ayuda, decídmelo. Puedo contratar a más empleados para que os ayuden. Ya le he pedido permiso a Jason.

—Oh, no te preocupes —dijo ella con una sonrisa—. Consuelo me cae bien. Es una persona muy interesante.

—Lo es —convino él.

Su tono era agradable, pero había algo desconcertante en el modo de decirlo. Se preguntó por un instante si él también tendría sospechas sobre su cocinera.

—¿Qué opinas de Marco? —preguntó él de pronto.

Glory tenía que ser cuidadosa al contestar a esa pregunta.

—Parece muy amable —dijo—. Consuelo lo adora.

—Sí.

—Dijo que su padre estaba en la cárcel.

—Sí —repitió él—. Cadena perpetua.

—¿Por tráfico de drogas? —preguntó ella con incredulidad, porque sabía lo difícil que era encerrar a un traficante de por vida sin cargos adicionales.

—¿Es eso lo que te contó? —preguntó Rodrigo.

Glory se aclaró la garganta con la esperanza de no haberse delatado.

—Sí. Dijo que lo habían confundido con otro hombre.

—Ah —dijo él antes de dar otra calada al puro.

—¿Ah? —repitió ella.

—Llevaba un barco con unos doscientos kilos de cocaína —explicó él—. Estaba tan seguro de que podría sobornar a la gente adecuada que ni siquiera se molestó en ocultar el producto. La guardia costera lo atrapó cuando se dirigía a Houston.

—¿En un barco?

Rodrigo se rió.

—Tienen aviones y helicópteros, ambos con pistolas automáticas. Lo alcanzaron por el aire y le dijeron que parase o que aprendiese a nadar muy deprisa. Se rindió.

—¡Dios santo! No sabía que la guardia costera trabajara en casos de tráfico de drogas —dijo ella con fingida ignorancia.

—Pues así es.

—Pero el producto llega al país de todos modos —comentó ella tristemente.

—La oferta y la demanda rigen en el mercado. Mientras haya demanda, habrá oferta.

—Supongo.

Rodrigo volvió a balancear el columpio. Estaba muy a

gusto con ella allí, pero habría preferido estar con Sarina y con Bernadette. Se sentía solo. Nunca se había considerado un hombre de familia, pero tres años cuidando a otras dos personas le habían hecho cambiar de opinión. Incluso había pensado en tener hijos. Sueños que ya eran historia.

—¿Es esto lo que planeaste hacer con tu vida? —preguntó ella de pronto—. Me refiero a llevar una granja agrícola.

—Hubo un tiempo en que quería ser piloto comercial. Tengo licencia de piloto, aunque apenas la utilizo. Volar es caro —añadió apresuradamente, por si acaso ella tenía idea de lo que costaban los aviones privados.

Glory pensó en seguir indagando. Era un hombre muy reservado, y tenía la sensación de que le había molestado su pregunta.

—Yo quería ser bailarina de ballet cuando era pequeña —dijo ella—. Incluso tomé clases.

—Debió de ser una pérdida dolorosa —dijo él.

—Sí. Nunca me libraré de la cojera a no ser que encuentren la manera de rehacer el músculo y el hueso —se rió amargamente—. Me gusta ver el ballet en la tele —añadió—. Y probablemente habría quedado en ridículo si hubiese intentado hacer algo serio. Yo soy algo patosa. En el primer recital en el que participé, teníamos que darnos la mano y bailar alrededor del foso de la orquesta. Me caí encima de un hombre muy grande que tocaba la tuba. El público pensó que formaba parte del espectáculo. Mi madre se levantó y salió del auditorio. No volvió a ningún otro recital. Pensaba que lo había hecho deliberadamente para avergonzarla.

—Una personalidad auténticamente paranoica —comentó él.

—Sí, así era ella. ¿Cómo lo sabías?

—Conocí a un hombre que era igual. Pensaba que la gente lo seguía todo el tiempo. Estaba seguro de que la CIA le había pinchado el teléfono. Llevaba siempre un segundo juego de ropa bajo los trajes, para poder esconderse en un lavabo y cambiarse para despistar a sus perseguidores.

—¡Dios mío! —exclamó ella—. ¿Y no lo encerraron?

—No podían —contestó riéndose—. Por aquel entonces encabezaba una agencia federal muy peligrosa.

—¿Y cómo sabes tú todo eso? —preguntó ella.

Rodrigo vaciló un instante. Estaba actuando sin cuidado. Se suponía que era un granjero sin educación.

—Un primo mío jugaba al fútbol semiprofesional con un primo suyo —contestó finalmente.

—Menudo cotilleo —dijo ella—. Habrías ganado una fortuna si hubieses vendido la exclusiva a la prensa.

Y habría acabado en una lista de objetivos, pensó en silencio. Aquel hombre había sido un enemigo muy peligroso. Rodrigo había aceptado trabajar en México para evitar estar cerca de él hasta que se retirase. Tener nacionalidad estadounidense y mexicana le había sido muy útil. Y más ahora, que habían puesto precio a su cabeza en casi todos los países del mundo. Miró a Glory y se preguntó qué pensaría de él si supiera la verdad sobre su pasado.

—¿Tenías mascotas cuando eras pequeño? —preguntó tras un minuto, buscando algo que decir.

—Sí —contestó él—. Tenía un loro que hablaba danés.

—Qué extraño.

No tanto, porque su padre era danés. Pero no se lo explicó.

—¿Y tú? ¿Tenías más mascotas aparte del pobre gato?

—No. Siempre quise un perro, pero nunca ocurrió.

—Pero ahora podrías tener uno, ¿verdad?

Podría, pero, con su trabajo, tenía que estar disponible a cualquier hora. No le parecía justo para un perro tener que compartir su vida caótica. Comparado con lo que hacía habitualmente, trabajar en la granja era como estar de vacaciones. Había ido a aparcamientos desiertos para encontrarse con informadores, con la policía esperando fuera para protegerla. Se había subido en limusinas con jefes de bandas. Había hecho muchas cosas peligrosas por su trabajo, y se había creado enemigos. Enemigos como Fuentes. Si tuviera una mascota, esa mascota también acabaría siendo un blanco, al igual que cualquier novio o amigo cercano. La gente a la que procesaba no dudaría en hacer cualquier cosa para hacerle daño, incluso herir a un animal.

—Tengo un apartamento muy pequeño —dijo finalmente—. Y en mi último empleo trabajaba para una agencia y trabajaba muchas horas.

Al igual que él, cuando no fingía que administraba una granja agrícola. Había pensado en aceptar un trabajo al otro lado del Atlántico en vez de aquella misión de incógnito, pero entonces pensaba que Sarina y Bernadette estarían viviendo en Jacobsville y que podría verlas de vez en cuando. Viéndolo con perspectiva, había sido una idea estúpida. Bernadette podría haberlo desenmascarado sin darse cuenta. No había pensado con claridad después de que Sarina y Colby Lane renovaran sus votos matrimoniales en aquella pequeña ceremonia. Se le había roto el corazón.

—Aquí también trabajaremos muchas horas —dijo de pronto.

—¿Te refieres a la fruta? —preguntó ella.

Rodrigo dio una última calada al puro y lo lanzó a la arena del jardín.

—No. Me refiero a que yo estaré mucho tiempo fuera. Tengo nuevos contactos con los que he de reunirme. Puede que algunos vengan a supervisar el trabajo antes de firmar con nosotros.

—Ésta es una granja muy buena —dijo ella—. Sé que es difícil cultivar frutas y verduras, porque yo lo he intentado —se carcajeó—. Mis tomates se quemaron con la sequía y planté cosas en la temporada equivocada. Es un trabajo duro.

—Es duro, pero me gusta. También es relajante.

—¿Relajante? —preguntó ella extrañada—. ¡Es agotador!

—Para mí no —contestó él riéndose—. Yo superviso. No recolecto ni siembro.

—Tienes un buen equipo que se encarga de eso —convino ella—. ¿Marco va a trabajar aquí?

—Sí —contestó él tras una pausa—. Durante un tiempo.

—Consuelo estará encantada.

Rodrigo se inclinó hacia ella bajo la suave luz que se filtraba a través de las ventanas de la casa.

—Puede que de vez en cuando traiga a algún amigo consigo. Si lo hace, mantente alejada de su camino. No camines sola, ni siquiera a la luz del día.

Glory se quedó mirándolo y fingiendo sorpresa.

—¿Es peligroso?

—Todos los hombres son peligrosos, dadas las circunstancias apropiadas —dijo él—. No hagas preguntas. Simplemente haz lo que te digo.

Lo saludó como en el ejército y él se carcajeó.

—Para ser una mujer con una infancia traumática, te enfrentas a ello bastante bien.

—Enfrentarse a ello no es una opción —respondió ella—. No podemos vivir en el pasado.

—Lo sé —dijo él, y pareció conmovido.

Glory quiso decir algo reconfortante, pero no se le ocurrió nada. En cualquier caso, era demasiado tarde. Rodrigo se puso en pie con aquella elegancia perezosa que formaba parte de él.

—Mañana tengo que levantarme temprano —dijo—. Recuerda, si Consuelo y tú necesitáis ayuda en la cocina, podemos contratar a más gente.

—Gracias —dijo ella—. Pero nos las arreglamos bien.

—Buenas noches.

—Buenas noches.

Glory vio cómo entraba, consciente del aroma de su colonia, de su cuerpo y de su ropa. Iba inmaculado. Desde luego no olía a un hombre que trabajara con las manos.

Ella se levantó del columpio y caminó lentamente hacia la puerta. Estaba cansada. Había sido un día muy largo.

Antes del amanecer, Glory se despertó de golpe. No sabía por qué. Era un sonido, una mezcla de sonidos; sonidos humanos e insistentes.

Se quedó tumbada mirando al techo. Había un hombre discutiendo con alguien. Gritando. No reconoció la voz, pero no era Rodrigo. Se mordió el labio inferior. No le gustaban los gritos.

Al cabo de un minuto se oyó la puerta de un coche y un motor que se ponía en marcha. Oyó cómo el coche se alejaba a toda velocidad. Tendría que preguntarle a Consuelo qué pasaba. Parecía que se trataba de una pelea seria.

CAPÍTULO 5

Cuando Glory se vistió y bajó a la cocina a desayunar, encontró a Consuelo sentada a la mesa, llorando.

–¿Qué sucede? –preguntó.

Consuelo se secó la cara con el delantal.

–Nada –dijo–. No es nada.

–He oído a un hombre gritar.

La mujer la miró con ojos rojos e hinchados. Parecía devastada.

–Marco se ha puesto furioso porque no le prestaba dinero. Cree que mentía cuando he dicho que no tenía, pero es cierto.

Glory le puso una mano en el hombro y dijo:

–Se le pasará. Las familias discuten. Luego hacen las paces.

Una sonrisa fue su recompensa para tanto optimismo.

–¿Crees que volverá?

–Por supuesto –le aseguró Glory con una sonrisa–. ¿Cómo puede mantenerse lejos de esta fruta tan maravillosa?

Consuelo sonrió.

—Oh, qué buena eres conmigo —dijo—. Qué suerte tuve el día que Rodrigo te contrató.

—Yo también te adoro —dijo Glory—. ¿Ahora podemos tomar un café? Café y tostadas sería mejor, pero sobre todo café. Necesito mi dosis de cafeína matutina o no lograré que se me abran los ojos del todo. Por no hablar de mi cerebro.

—Estaba a punto de preparar café —dijo Consuelo poniéndose en pie—. Estaba esperando a que se terminaran de hacer los rollos de canela.

—¿Rollos de canela? —preguntó Glory—. ¿De verdad? ¿Caseros?

—Sí.

Glory se sentó en una silla.

—Yo sí que tuve suerte cuando Rodrigo te contrató a ti —dijo—. Lo más cerca que he estado yo de comer rollos de canela han sido los congelados que luego hay que calentar. Vas a malcriarme.

Consuelo se secó los ojos y sonrió antes de ponerse a preparar café.

Más tarde se le ocurrió a Glory que tal vez hubiera un motivo oscuro por el que Marco necesitaba el dinero inmediatamente. Observó que Castillo y él pasaban gran parte de su tiempo libre hablando entre ellos. Deseó poder tener alguna manera decente de saber de qué hablaban. Pero lo que más la inquietaba era que Rodrigo estuviese con frecuencia implicado en esas conversaciones.

Deseó poder llamar a Márquez y hablar con él sobre lo que estaba viendo, pero no se atrevía a utilizar ningún medio de comunicación cerca de la casa. Consuelo había dicho semanas atrás que Rodrigo guardaba aparatos electrónicos en su habitación. Tal vez pudiera monitorizar las conversaciones. No le convendría sentir curiosidad sobre por qué una empleada de su granja mantenía conversaciones clandestinas con un detective de la policía de San Antonio.

Casi todos los trabajadores pasaban los fines de semana en sus hogares en un parque de caravanas local. Pero, el sábado por la tarde, Consuelo y Glory tuvieron que ayudar a colocar farolillos para una pequeña fiesta que se celebraría en la granja. Habían contratado a una banda mariachi y los hombres habían construido una enorme plataforma de madera para bailar.

Hacía años que Glory no asistía a una fiesta. Se sentía entusiasmada. Recordaba lo mucho que había deseado ir a su fiesta de graduación, pero por entonces era demasiado tímida y nerviosa con los chicos como para sentirse cómoda. Lo cual daba igual, porque ningún chico le había pedido salir una sola vez a lo largo del instituto, gracias a los cotilleos maliciosos que circulaban en Internet sobre ella.

En la universidad, las cosas habían sido algo diferentes. Intentó de verdad hacer amigos y salir. Pero en su primera cita aprendió que el mundo fuera de Jacobsville, Texas, era muy distinto. Su cita la llevó a cenar a un restaurante agradable y luego intentó meterla en la habitación de un motel. Cuando la persuasión y las burlas no funcionaron, intentó obligarla. Por entonces, Glory vivía con los Pendleton. Consiguió salir del coche, sacar su teléfono móvil y llamar a Jason. Para cuando colgó, su cita había escapado a toda velocidad. Poco después se cambió de universidad. Jason nunca le dijo lo que le había hecho al chico. Ella tampoco se lo preguntó.

Rodrigo salió de la casa justo cuando empezaba a oscurecer. Llevaba pantalones negros y una camisa blanca de algodón. Parecía elegante y peligrosamente sensual. Glory, con un sencillo vestido blanco con bordados, se había dejado la melena rubia suelta, e incluso se había aplicado algo de maquillaje. Sabía que nunca podría competir con otras mujeres en el plano físico, pero esperaba al menos tener un aspecto lo suficientemente bueno como para no estropear la fiesta.

Rodrigo se acercó a ella, que estaba junto a la mesa de comida que Consuelo y otras dos mujeres habían ayudado a preparar. Olía a limpio. Glory le sonrió con entusiasmo ante la velada que se avecinaba. Él se quedó mirándola durante unos segundos. Se parecía mucho a Sarina con el pelo suelto. No era tan guapa, pero tenía su propio atractivo.

—Hemos invitado a todos los empleados —le dijo a Glory—. Una especie de agradecimiento por lo duro que han trabajado esta temporada. Lo mismo se puede aplicar a vosotras dos, aunque vuestro trabajo aún no ha terminado.

—Nos gusta la seguridad laboral —le dijo Glory a Consuelo, que asintió y sonrió.

—Mejor —dijo él—. Vamos a recoger más melocotones la semana que viene.

Hubo un gemido mutuo.

—¿No decíais que os gusta la seguridad laboral? —bromeó él.

Sus respuestas quedaron ahogadas por la música de la banda mariachi. El eco profundo de las guitarras y la trompeta hizo que todo el mundo se acercara a escuchar. Era una antigua canción popular mexicana la que estaban tocando, y todo el mundo empezó a bailar.

Rara vez en su vida Glory se había sentido tan partícipe de algo. Había llegado a encariñarse con los empleados en el tiempo que llevaba allí. Eran humildes, felices y misericordiosos; les preocupaba más el bienestar de su familia que la riqueza material. Jason les pagaba bien, pero no estaban obsesionados con la nómina.

—Me hace sentir bien —dijo ella cuando la canción acabó— ver a todo el mundo tan feliz.

—Sí —dijo Rodrigo—. Es agradable.

Ella le dirigió una sonrisa cuando comenzó la siguiente canción. En esa ocasión era un baile lento. Las parejas comenzaron a juntarse sobre la pista.

Ella estaba apoyada en su bastón, pero esperaba que Rodrigo le pidiese bailar. Podría hacerlo, aunque fuera durante un rato. Siempre le había gustado bailar.

Pero su atención se centró en un utilitario que aparcó frente a la casa. Se acercó inmediatamente a él. La puerta del conductor se abrió y de dentro salió una hermosa mujer rubia, vestida con falda blanca y blusa roja, que se lanzó a los brazos de Rodrigo. Aquel abrazo atravesó a Glory como un cuchillo. Era la mujer rubia otra vez, la que había ido a ver a Rodrigo poco después de que Glory empezara a trabajar allí.

Rodrigo señaló hacia la banda, le dio la mano a la mujer y tiró de ella hacia la pista de baile.

Glory odiaba sentirse celosa y resentida al verlos juntos bailando entre las parejas. No debería estar celosa de un hombre que administraba los terrenos de su hermanastro. No era apropiado para ella. Se negó a recordar que hablaba varios idiomas y que era muy inteligente. No quería que su corazón sufriera más.

La rubia se reía alegremente mientras bailaban. Rodrigo parecía como si estuviera en el cielo. Entonces los mariachis terminaron esa canción y comenzaron con un ritmo de salsa. Rodrigo agarró a la rubia por la cintura y demostró que dirigir a otros hombres no era lo único que se le daba bien. Glory jamás había visto a un hombre moverse así sobre una pista de baile. Resultaba elegante. Sus pasos eran fluidos, sus movimientos se acompasaban perfectamente al ritmo de la música. Interpretaba la música con pasos naturales que la rubia seguía sin esfuerzo, como si hubieran bailado juntos muchas veces. Las otras parejas se apartaron y comenzaron a aplaudir mientras ellos seguían bailando.

Poco después la canción acabó y ambos se abrazaron, riéndose mientras los empleados se arremolinaban a su alrededor.

–Qué cara más larga –murmuró Consuelo–. ¿Qué te ha puesto tan triste?

Glory miró involuntariamente a Rodrigo y a su acompañante.

—Ah, eso.

—Sí —confesó Glory. Era doloroso ver a Rodrigo sonreír. Era una persona triste en la granja. Sentía pena por él. Pero, cuando lo miraba de cerca, era evidente que Rodrigo era el encantado, no la mujer. Ella sólo se mostraba cariñosa. ¿Pero qué estaba haciendo allí si estaba felizmente casada?

Como en respuesta a su pregunta, la rubia de pronto miró el reloj, se dio la vuelta y prácticamente salió corriendo hacia su coche, con Rodrigo detrás. Hablaron unos minutos, luego ella lo abrazó, se subió al vehículo y se marchó.

Rodrigo se quedó allí, con las manos en los bolsillos, mirando en la distancia.

—Pobre hombre —dijo Consuelo—. Intenta vivir en el pasado, porque ahora no hay sitio para él en su vida.

—Es guapa.

—¿Y tú qué eres? —preguntó Consuelo—. ¿Un trozo de hierba? A ti no te pasa nada.

La cara de Glory se iluminó un poco cuando vio la mirada empática de Consuelo.

—Gracias.

Se giró hacia la mesa y agarró un vaso de ponche. Pensó que la banda era buena. Era agradable escuchar la música, aunque nadie la invitara a bailar. La excitación que había sentido antes empezaba a desvanecerse. De pronto lo único que deseaba era apartarse de todos. Se llevó el vaso a los labios y miró por última vez hacia la pista de baile.

Mientras observaba a la banda, una mano delgada y oscura apareció sobre su hombro, le quitó el vaso y lo dejó sobre la mesa.

Glory se volvió, sorprendida. Rodrigo le quitó el bastón y lo dejó apoyado en la mesa. No sonreía. Su cara estaba seria y sombría. Le estrechó una mano.

—Baila conmigo —le dijo con un tono suave.

Como si estuviera soñando despierta, Glory lo siguió lentamente hacia la pista. Rodrigo la agarró por la cintura y la subió a la plataforma. Una vez arriba, se pegó a ella y comenzaron a bailar. Glory sentía su aliento cálido en la sien mientras la llevaba al ritmo de la música.

El corazón se le aceleró. Le encantaba estar así con él. Era como si los años hubieran desaparecido y estuviera de nuevo en la universidad, excitada por su primera cita de verdad, esperando una relación dulce y tierna. No pensaría en la otra rubia, la que él deseaba, ni en el dolor que había visto en sus ojos cuando la mujer se había marchado. Sólo podía pensar en el contacto con su piel, en la fuerza de su cuerpo mientras bailaban.

Sintió las piernas de Rodrigo contra las suyas. La cercanía le hizo temblar con nuevos deseos. Hundió los dedos en su espalda y notó cómo los músculos respondían al movimiento de su mano.

Rodrigo levantó la cabeza, la miró a los ojos y vio todas las emociones que estaba experimentando. Extendió la mano sobre su espalda y la juntó más a él. Ella se estremeció.

Glory vio cómo sus ojos oscuros se encendían de forma extraña. Se inclinó hacia ella y deslizó la mejilla sobre su piel.

—Sí, te gusta —susurró—. No puedes disimularlo, ¿verdad?

Glory se quedó sin palabras. Simplemente le clavó las uñas.

Él tiró suavemente de sus caderas para presionarla contra su cuerpo y Glory volvió a estremecerse.

—Había olvidado lo dulce que es —añadió él—. Tu cuerpo se aferra al mío como si estuvieras hecha para mí. Puedo sentir tu aliento en mi cuello, la caricia de tus manos en mi espalda. Si estuviéramos solos, te besaría y te abrazaría con tanta fuerza que no podrías respirar a no ser que yo respirara contigo.

Ningún hombre le había dicho nunca algo así; en toda su vida. Volvió a estremecerse, indefensa, incapaz de esconderse. Le había rodeado con ambos brazos y tenía las manos aferradas a los músculos de su espalda. Sentía como si cada célula de su cuerpo estuviera hinchada y palpitando de pasión. Ansiaba llegar al final de aquella tensión creciente que amenazaba con abrumarla con su intensidad.

Rodrigo la rodeó también con los brazos y hundió la cara en su melena por encima del hombro.

—Relájate —le dijo—. Vibras como un tambor. No te haré daño.

—Ya... ya lo sé —susurró ella con un hilillo de voz que no parecía la suya.

—Crees que esa cojera te hace parecer poco atractiva ante los hombres —musitó él en su oído—. Sin embargo, te hace más sexy. Me gusta que te apoyes en mí. Aunque siento el motivo de tu cojera.

Glory adoraba el olor de su cuerpo. Apoyó la mejilla sobre su pecho, justo donde se abría el cuello de la camisa. Se preguntó cómo sería abrazarlo estando desnuda y se quedó con la boca abierta al ver la dirección en la que iban sus pensamientos.

—¿Qué sueños prohibidos han causado ese suspiro? —preguntó él—. No te asustes. La vida es para vivirla. Es una celebración, no un velatorio.

—Yo no sé mucho sobre celebraciones —dijo ella casi sin aliento.

Rodrigo levantó la cabeza y contempló sus ojos verdes.

—Tal vez sea hora de que aprendas —susurró. Mientras hablaba, su mirada se deslizó hacia la boca de Glory—. Y no sólo lo que es una celebración —añadió mientras comenzaba a inclinar la cabeza.

Glory se quedó allí, temblando, vulnerable, deseando sólo sentir aquella boca dura y sensual sobre sus labios. Entornó los ojos. Se había sentido atraída por él desde el principio. Parecía que él sentía lo mismo. El corazón estuvo a punto de salírsele del pecho al sentir la primera caricia de sus labios.

Rodrigo se movía lentamente, apenas sin tocarla, mordisqueándole el labio superior. Se rió cuando ella se apartó.

—¿No te gusta cuando muerdo? —musitó—. De acuerdo. Lo haré a tu manera —volvió a inclinarse y la llevó hacia una zona apartada y oculta entre las sombras—. Así entonces, *querida...*

La besó con ternura y apenas la tocó con la boca hasta que sus labios comenzaron a ceder. Y entonces, con los alientos enlazados, aumentó la presión y la pasión hasta hacerla gemir suavemente. Comenzó a devorarle la boca con fuerza, arqueándola contra su cuerpo, y fue como si el mundo desapareciera bajo sus pies. Se agarró a él, jadeante.

Pero la música era cada vez más lenta, y Rodrigo la soltó de pronto, antes de que nadie pudiera verlos u oírlos.

Parecía preocupado mientras contemplaba su boca hinchada y sus mejillas sonrojadas. La agarró por la cintura y la apartó de él.

—¿Qué diablos estoy haciendo? —murmuró.

Glory supo entonces que había sido un impulso. Nada de amor eterno, ni siquiera pasión salvaje. Había sido simplemente un impulso, tal vez provocado por la presencia de la mujer a la que él deseaba y no podía tener. Y ahora Rodrigo parecía arrepentido e incómodo con ella. Tenía que encontrar una salida para él, algo que ocultara su propio deseo y le ahorrara a su orgullo el dolor del rechazo.

—Guau —dijo con los ojos muy abiertos.

—¿Perdón? —preguntó él.

Glory sonrió.

—Lo siento, ¿esperabas una reacción diferente? De acuerdo —borró la sonrisa de la cara y lo miró con odio al tiempo que se colocaba las manos en las caderas—. ¿Cómo te atreves a tratarme como un objeto sexual?

Rodrigo puso una cara extraña.

—¿Tampoco te gusta eso? —preguntó ella—. De acuerdo. ¿Y qué tal esto? Sinceramente, todos los hombres sois iguales —dijo con un dramático golpe de melena.

Normalmente no era tan lento. El contacto debía de haberle afectado a la cabeza. Tal vez Glory no fuera una belleza arrebatadora, pero tenía una boca deseable, y le gustaba cómo respondía a sus besos.

—No todos somos iguales —señaló él.

—Claro que sí —respondió ella—. Os vestís de manera sexy, lleváis colonia que hace que nos tiemblen las rodillas y nos tentáis para realizar bailes íntimos...

—Culpable —convino él riéndose—. Pero yo podría acusarte de lo mismo.

Glory se dispuso a defenderse, pero, antes de poder hacerlo, una de las hijas de un empleado, recién salida del instituto, se acercó y le pidió bailar a Rodrigo.

—Lo siento —le dijo éste a Glory—. Parece que me reclaman.

—Desde luego —dijo la chica mientras le tiraba del brazo—. ¡Vamos, Rodrigo!

Le dirigió una última mirada a Glory y se dejó arrastrar después hacia la pista de baile.

Más tarde, la banda recogió y se marchó. Los empleados regresaron a sus hogares. Glory había abandonado la fiesta un poco antes que el resto. El baile había sido maravilloso, pero la cadera estaba matándola. Se tomó las pastillas y se quedó sentada en la cama, con su camisón de algodón, rezando para que le hicieran efecto pronto. Aquel dolor constante era una antigua batalla que había librado desde la adolescencia.

Pero sonrió al recordar el beso con Rodrigo y las cosas tan excitantes que le había susurrado. También recordó que él estaba sobrio mientras bailaban. No había ni rastro de alcohol en su aliento. El guapo y sexy Rodrigo, que podía tener a casi cualquier mujer que deseara, había elegido bailar con ella. Hacía que se sintiera orgullosa. Trató de no pensar que pudiera haber fingido con ella, fingido que era la mujer rubia de su pasado.

Estaba programando su despertador cuando llamaron a la puerta de su dormitorio.

Extrañada, porque era muy tarde, atravesó la habitación y abrió la puerta ligeramente.

Rodrigo empujó la puerta suavemente y sonrió.

—Se te ha olvidado llevarte algo —dijo.

—¿El qué? —preguntó ella.

—A mí.

Cerró la puerta tras él, la tomó entre sus brazos y la besó.

Los besos eran adictivos. Glory adoraba la ternura que le demostraba, las caricias que no resultaban amenazantes, sino que le hacían desear más.

Había cierto rastro de alcohol en su aliento, pero ella estaba demasiado sorprendida por su súbita aparición como para que le importara. Apenas fue consciente de cómo acabó tumbada en la cama, con Rodrigo tumbado sobre ella. Era agradable estar entre sus brazos y dejarse amar.

—Vistes como una abuela —murmuró él mientras deslizaba la mano por su cuerpo.

Glory le habría dicho que ninguna niña llevaría ropa provocativa en un hogar de acogida. Habría sido como ir buscando problemas. Pero Rodrigo ya estaba devorándole la boca y, segundos más tarde, sintió cómo el camisón se deslizaba hacia arriba mientras él le acariciaba los pechos.

Rodrigo levantó la cabeza para mirar. Había fuego en sus ojos, y un color vivo en sus mejillas.

—Bonitos pechos —susurró—. Como manzanas maduras.

Antes de que Glory tuviera tiempo de sentirse avergonzada, Rodrigo ya había capturado con la boca uno de sus pezones y ella se arqueó sobre la cama sintiendo un torrente de placer que no podía compararse con nada de lo que hubiera experimentado antes.

El gemido de Glory también sorprendió a Rodrigo. La miró a los ojos mientras le acariciaba el pecho suavemente.

—Actúas como si esto fuera algo nuevo para ti —dijo.

—Lo es.

Rodrigo no se movió. No habló. Simplemente ladeó la cabeza y la miró sin parpadear.

—¿Glory, eres virgen? —preguntó.

Ella se mordió el labio inferior. Era casi como un estigma vergonzante, en el mundo moderno, admitir tal cosa. Vaciló un instante.

Rodrigo le acarició el pezón con el pulgar e hizo que se estremeciera.

—Será mejor que me digas la verdad —dijo suavemente.

Glory tomó aliento. Sabía lo que ocurriría cuando lo admitiera. Él se marcharía. En la actualidad, ningún hombre deseaba la inexperiencia.

—Nunca he... quiero decir que no había sentido... no había deseado... —comenzó a tartamudear y se sonrojó.

Pero Rodrigo no la rechazó. La miró con algo parecido a una reverencia y el cambio suavizó sus rasgos e hizo que sus ojos se oscurecieran.

—¿Ni siquiera hasta aquí? —susurró mientras señalaba sus pechos desnudos.

Ella negó con la cabeza.

—¿Por qué?

No podía contarle toda su historia en ese momento. Realmente no deseaba saberlo. Sólo deseaba una explicación.

—No estoy hecha para ese tipo de relación —dijo finalmente—. No quería acabar como mi madre. Durante mucho tiempo, la gente parecía pensar que sería como ella cuando creciera.

Rodrigo levantó una mano y le acarició las mejillas con el dedo.

—¿Quieres decir promiscua?

Ella asintió.

—Se acostaba con cualquier hombre que le comprara cosas —aún le dolía recordar la tristeza silenciosa de su padre mientras su esposa se convertía en el centro de los cotilleos del pueblo. Había sido un golpe para su orgullo.

—Dejar que un hombre te haga el amor no significa que seas una promiscua —dijo él con una sonrisa—. Es algo natural y hermoso entre un hombre y una mujer.

—Mi madre lo hacía mucho.

—Vivimos en un mundo muy distinto al que conocieron tus abuelos.

Glory lo miró con solemnidad.

—¿Te gustaría una mujer que se fuese a la cama con cualquiera que se lo pidiera? —preguntó.

—No —contestó él tras una pausa—. Yo crecí en una familia religiosa.

—Yo también —respondió ella—. Al menos, mi padre era religioso.

—Así que no quieres fabricar bebés hasta estar casada —dijo él con una sonrisa.

Glory sintió cómo su cuerpo vibraba ante aquellas palabras. Y la reacción fue visible.

Rodrigo se rió, apoyó su peso en un codo y comenzó a desabrocharse los botones de la camisa para quitársela.

—No llegaremos tan lejos —susurró—. Al menos ahora.

Se inclinó para besarla y, mientras lo hacía, rozó con el torso sus pechos desnudos. Glory se estremeció y gimió. Entonces lo acercó tanto a ella que, cuando la besó, fue como si estuvieran fusionados.

Rodrigo no quería que se le fuera de las manos, pero, al primer contacto con su piel, perdió la objetividad. Hacía mucho tiempo que no estaba con una mujer. Ver a Sarina aquella noche y revivir la pérdida le había dejado tan necesitado que había perdido la cabeza. Ardía de deseo mientras compartía la pista de baile con Sarina. Pero incluso entonces, el juego con Glory le había excitado tremendamente. No podía dejar de pensar en el cuerpo de Glory entre sus brazos.

Se había tomado dos o tres cervezas con la esperanza de calmarse y disminuir el deseo. No había funcionado. Finalmente había ido a buscarla porque no había podido evitarlo. En la pista de baile se había dado cuenta de que lo deseaba. Y era cierto. No imaginaba que pudiera ser tan inocente. Y quería respetar esa inocencia. Pero hacía tanto tiempo. Y esa noche, para su vergüenza, estaba demasiado excitado como para preocuparse por algo más allá de su propia satisfacción.

Le separó las piernas con una rodilla para poder colocarse encima en una posición más íntima. Se movió lentamente y notó el poder de su excitación, sintiendo la reacción de Glory ante ello.

—¿Glory? —susurró.

—¿Sí?

—¿Estás segura de que eres virgen?

Glory estaba con el agua al cuello. No quería que parase. Si aquello era lo único que podría tener en toda su vida, sería suficiente.

—No importa —susurró—. Te deseo.

—No tanto como yo a ti, *querida*.

Le agarró el muslo con la mano y le levantó las caderas para sentirlas contra su erección. Notó cómo el placer se extendía entre los dos, como una droga que corría por las venas. Comenzó a moverse sobre ella mientras devoraba sus labios.

—No es suficiente —dijo con voz rasgada.

—Lo sé.

Deslizó la mano por debajo de su cuerpo, llegó a la goma de las bragas y comenzó a bajárselas.

—Seré bueno contigo —susurró—. Te daré tanto placer que no sentirás el dolor, ni siquiera lo recordarás. Te llevaré hasta el cielo entre mis brazos.

Glory no pudo contestar. Sintió cómo la tocaba donde nadie antes la había tocado. La miró a los ojos mientras la acariciaba para ver su reacción ante aquel ritmo tan íntimo.

—Sí, así —susurró él mientras aumentaba la velocidad—. Voy a hacer que explotes en mil pedazos y voy a ver cómo ocurre. Luego, cuando estés tan excitada que apenas puedas ver, voy a meterme dentro de ti y proporcionarte el placer más dulce con el que jamás hayas soñado...

Glory gritó a medida que el placer aumentaba en su interior. Cada vez más. Más y más cerca del límite.

Abrió las piernas, ansiosa. Tenía la cabeza echada hacia atrás, de modo que no podía ver nada más que el techo de la habitación. Oía el sonido rítmico y frenético del colchón moviéndose bajo su cuerpo. Entonces sintió el cuerpo de Rodrigo, caliente sobre su piel, penetrándola, y el placer aumentó tanto que no pudo evitar gritar y entregarse a las potentes embestidas.

Le clavó las uñas en la espalda y la voz se le quebró.

–Mírame –dijo él–. ¡Mírame!

Glory abrió los ojos; apenas podía ver del placer que sentía. Sobre ella, la cara de Rodrigo era como una máscara; roja y con los ojos brillantes mientras se acercaba al clímax.

–Ahora –susurró él. Y cerró los ojos–. ¡Ahora!

Glory se estremeció mientras el placer los envolvía a los dos, uniéndolos en una espiral espasmódica tan potente que pensó que iba a morirse.

Sus gemidos fueron amortiguados por la boca de Rodrigo. Reflejaban el movimiento frenético de sus caderas mientras extraía cada gota de placer de su cuerpo.

Glory estaba tumbada boca arriba, desnuda, satisfecha, agotada por los efectos de la pasión. Su cuerpo aún se movía y saboreaba las pequeñas punzadas de placer que provocaba el movimiento.

A su lado estaba él, tumbado y tranquilo.

–Has sangrado.

Ella tragó saliva. Rodrigo parecía distante.

–¿De verdad?

A medida que la pasión desaparecía, la realidad golpeó a Rodrigo con fuerza. Acababa de seducir a una empleada, y además era virgen. Su deseo había sido tan potente que no había podido parar. Ahora estaba sobrio y la culpa lo devoraba. Provenían de mundos diferentes. Ella era una asalariada y él provenía de las aristocracias española y danesa. Él era diez años mayor que ella. Ella no tenía formación y él tenía un título. Peor aún, él era muy rico y ella apenas podía permitirse vestir con ropa decente. Y se había aprovechado de ella. No se sentía muy orgulloso de sí mismo.

—Dijiste que no importaba —dijo con frialdad.

Glory sintió un vuelco en el estómago. Había esperado un final feliz, sin embargo él ya había quedado satisfecho y quería asegurarse de que no fuera a acusarlo de acoso. Su primera vez, y había sido con un hombre que sólo quería desahogarse.

Era lo suficientemente adulta para afrontarlo. Por lo menos, la había ayudado a superar la agresión de su adolescencia. Rodrigo eso no lo sabía. No habría comprendido su miedo a los hombres, un miedo que había desaparecido esa noche con la primera caricia. Había sido una revelación.

—Bueno —dijo ella—, si piensas demandarme por acoso, te diré que juraré ante un tribunal que tú te lanzaste y que yo no pude evitarlo.

CAPÍTULO 6

Rodrigo se incorporó y la miró como si hubiese perdido la cabeza.

–¿Qué?

–Yo te demandaré a ti –prometió ella mientras se tapaba con la sábana–. Todas esas tonterías que me has susurrado al oído, el modo en que te me has echado encima... Quiero decir que, ¿qué mujer se resistiría a un hombre que se desnuda frente a ella y prácticamente le ruega hacer el amor?

Rodrigo se rió sin poder evitarlo.

–Dios mío –dijo mientras se ponía en pie y empezaba a vestirse.

–Eso, échale la culpa también a Dios –dijo ella–. Ha sido por tu culpa, y no pienso disculparme.

–No esperaba que lo hicieras –le aseguró él.

–Y lo que es más, no voy a casarme contigo. Y, si te quedas embarazada, me haré una prueba de ADN para demostrar que no es mío –bromeó ella.

Rodrigo se carcajeó. Había esperado lágrimas, reproches, acusaciones. Cualquier cosa menos eso.

Volvió a la cama, completamente vestido, y se sentó junto a ella.

—Pues yo sí me disculparé —dijo—. Porque sólo pretendía besarte. He ido demasiado lejos, porque llevaba abstinente mucho tiempo.

—Porque no podías tenerla a ella —dijo Glory.

La cara de sorpresa de Rodrigo no pasó inadvertida.

Glory ya lo había imaginado, pero su reacción confirmó sus sospechas. Se moría por la mujer que había perdido. Glory se parecía un poco a ella y, en la oscuridad, debía de haberle resultado fácil fingir.

—Simplemente la estaba sustituyendo, ¿verdad? —preguntó con tristeza.

Rodrigo deslizó la mano bajo su cabeza y le agarró el pelo de pronto.

—No —dijo—. No he fingido que eras ella. ¡Jamás podría ser tan desalmado!

Glory se relajó un poco.

—Te deseaba desesperadamente —confesó él—. Tienes una capacidad de compasión que jamás había visto en una mujer, y tu cuerpo es exquisito. Lo he disfrutado. Espero que tú también hayas disfrutado de mí. Pero no debería haber ocurrido.

—¿Por qué?

—Venimos de mundos diferentes —respondió él—. Esto es sólo un interludio, para los dos. Nos haríamos daño mutuamente si continuáramos.

—Supongo.

—Hay otro asunto. ¿Tomas la píldora?

Glory sintió un vuelco en el corazón.

—No. Nunca he tenido razones para tomarla.

—Y yo estaba demasiado excitado para pensar.

Glory se quedó muy quieta. Todo se estaba complicando.

—No quiero tener un hijo. Desde luego no uno que sea consecuencia de un accidente —era mentira, pero tenía que salvaguardar lo que quedaba de su orgullo. Rodrigo había dejado claro que no deseaba más que su cuerpo. De hecho le habría encantado tener un hijo, pero tal vez su salud no se lo permitiera. Además, Rodrigo no iba a considerar la idea del matrimonio. Eso ya lo sabía.

—¿Entonces irías a una clínica? —preguntó él, y hubo algo frío en su tono.

Glory se enfrentó entonces a su sistema de valores, y se sorprendió al descubrir que, lo que hacía un minuto le parecía lo más sensato, de pronto se había convertido en algo que no se sentía capaz de hacer. Ni siquiera para salvar su propia vida.

—Yo... —vaciló con el ceño fruncido—. No creo que pudiera.

Rodrigo le soltó el pelo y apartó la mano.

—¿Qué probabilidades hay?

—No muchas —mintió.

Rodrigo estaba considerando varias posibilidades. Si tenía una esposa y un hijo, tal vez pudiera olvidarse de Sarina y el tormento se curaría. Había estado a punto de quedar destruido después de perderlas a Bernadette y a ella.

—Cumplo treinta y seis este año —dijo—. No tengo nada digno de mención en esta vida, salvo algunos logros sin importancia –no se atrevió a decirle cuáles eran–. Hasta hace poco no había pensado en tener una familia. Pero la idea es tentadora. Creo que disfrutaría siendo padre.

–Yo no quiero hijos –dijo ella, y se arrepintió nada más pronunciar las palabras, porque vio el dolor en el rostro de Rodrigo.

Su tono le pareció ofensivo y le molestó.

–He dicho que quiero hijos –contestó–. ¡No que quiera tenerlos contigo!

–Lo siento. He dado por hecho que...

–Error –Rodrigo se levantó de la cama y se apartó–. Estamos de acuerdo en que esto ha sido un desafortunado accidente, y no permitiremos que vuelva a ocurrir.

–Por supuesto –le aseguró ella.

Rodrigo se detuvo en la puerta.

–¿Y por qué no quieres tener hijos? –preguntó.

«Por mi salud», debería haber contestado ella. Su vida correría peligro si se quedaba embarazada. Su trabajo también era un punto delicado; ¿cómo podría criar a un hijo y encerrar criminales al mismo tiempo? Pero Rodrigo no sabía nada de su trabajo. Ni de su salud; salvo lo de la cojera. Tomó el camino fácil.

–Tengo... problemas de salud, como ya habrás observado –le recordó–. Además, aún soy relativamente joven para pensar en tener familia.

El dolor y la culpa que le produjeron sus palabras resultaron ser sorprendentemente brutales. Podría haber maldecido en voz alta. Se había olvidado de su cadera. Se había olvidado de todo sólo por poseerla.

–Perdóname –le dijo–. No pensé.

—Yo tampoco —contestó ella cerrando los ojos.
—Aunque no sirva de nada —dijo él—. Lo siento.
—No tanto como yo —contestó ella.

La tensión en la habitación era tan densa como el humo de un puro. Rodrigo abrió la puerta con movimientos deliberados y la cerró tras él con un golpe violento.

Glory respiró profundamente. Había sido la experiencia más traumática de su vida reciente, y en absoluto desagradable. Pero estaba de incógnito. Rodrigo no conocía a la verdadera Glory, y dudaba que fuese a sentirse atraído por ella cuando la conociera. Cuando supiera quién era, la barrera entre ellos se haría mayor. Él era un trabajador. Ella era una profesional con formación. Sus culturas eran diferentes, al igual que sus religiones. Eran de mundos distintos. Ella no podía renunciar a la carrera por la que tanto había luchado por llevar una existencia con un inmigrante pobre. Ni siquiera estaba segura de que Rodrigo no estuviera implicado en algún asunto criminal. La situación era imposible.

Había bajado la guardia y se había dejado seducir. Y allí estaba, sola y con el riesgo de un posible embarazo. ¿Qué diablos haría si estaba embarazada? Él deseaba tener un hijo. Ella no; al menos así, con secretos entre ambos. Él estaba furioso porque ella no quisiera tener un hijo suyo. Pero Glory no podía contarle la verdadera razón. Estaba viviendo una mentira para salvar su vida. Tampoco podía contarle eso.

Las lágrimas resbalaron por sus mejillas como un torrente. Pensó que Rodrigo se había marchado justo a tiempo. No habría querido humillarse llorando delante de él. No comprendía su propia sumisión ante él. Su pasado debería haberla mantenido alejada de un hombre tan experimentado, alejada de entregarse a alguien que prácticamente era un desconocido. Su vida se estaba complicando demasiado. Deseó no haberse dejado convencer nunca por Márquez para participar en aquel plan.

El lunes, tras un solitario domingo durante el cual Rodrigo ni siquiera había aparecido, Glory fue con Consuelo al pueblo a comprar comida. Cuando salieron de la furgoneta, Márquez, con ropa de civil, se acercó en otra furgoneta y aparcó junto a ellas. Se bajó de la furgoneta, se guardó las llaves en el bolsillo y vio a Glory cuando se dirigía hacia la tienda. Fingió sorpresa; una buena interpretación, porque las había seguido hasta allí para poder hablar a solas con ella.

—¡Vaya, pero si es Gloryanne! ¿Cómo estás? —dijo con una sonrisa—. ¡Me alegra verte aquí! Han pasado años, ¿verdad?

Glory se sonrojó, pero lo disimuló ante Consuelo.

—Sí, así es —convino—. No te había visto desde que fuimos juntos al instituto —se recompuso y miró a Consuelo—. Iré en un minuto —dijo con una sonrisa—. Quiero ponerme al día con Rick.

—Tranquila —contestó Consuelo, pero miró a Márquez con curiosidad. Antes de que Glory pudiera interpretar su mirada, la mujer se dirigió hacia la tienda.

La sonrisa desapareció inmediatamente de ambas caras. Márquez, con botas, vaqueros y camisa azul, se acercó a ella. Parecía muy solemne.

—Fuentes tiene a alguien buscándote —dijo abruptamente—. No sé quién, ni dónde. ¿No has mencionado nada sobre San Antonio aquí?

—Por supuesto que no —dijo ella—. No puede saber que estoy aquí. La única persona con la que he hablado es Rodrigo, y estoy segura de que no está mezclado en algo ilegal.

Márquez apretó los dientes.

—Ojalá yo pudiera estarlo —dijo—. Nadie habla, pero al jefe de policía, Grier, se le escapó que Ramírez tiene contactos con México. También tenía un primo que trabajaba para Manuel López, el difunto capo de la droga.

Glory trató de mantener la expresión imperturbable para no delatarse.

—¿Qué más te ha dicho?

—No me ha dicho nada, Glory. Le escuché hablando con uno de los hombres del sheriff en el juzgado.

Glory se mordió el labio inferior.

—Oh, cielos.

—Más tarde hablé con él. No lo planeamos, pero supongo que sabes que Grier sabe por qué estás aquí —dijo él.

—Sí, lo sabe —contestó ella—. Pero dijo que me vigilaría.

—También me dijo que te había pedido que vigilaras a los que vinieran a la granja.

Ella asintió.

—Aunque no encuentro una manera segura de ponerme en contacto con él. No sé con seguridad si Rodrigo tiene aparatos de escucha en la casa —odiaba tener que decir eso, sonar como si ya sospechara que Rodrigo tuviera algo que ocultar. Tenía que intentar recordar que había jurado defender la ley, por mucho que le doliese–. Consuelo dijo que tenía aparatos electrónicos en su habitación. Han contratado a dos empleados muy sospechosos. Uno se llama Castillo y tiene una actitud machista hacia las mujeres. El otro es el hijo de Consuelo, Marco. Lleva tatuajes y colores de la banda de Los Serpientes.

–¡Maldita sea! –murmuró él–. Pensé que habíamos conseguido mantener a esos demonios lejos de nuestra comunidad.

–Tienen contactos por todas partes –le recordó ella–. En las prisiones, en las ciudades de todo el mundo. Es una red, como una corporación.

Márquez se apoyó sobre la puerta del copiloto de su furgoneta y se cruzó de brazos.

–Esto me pareció una buena idea al principio. Ahora ya no estoy seguro. No te convencí para que acabes muerta. ¿Y si Marco trae a alguien que te reconoce? Si no recuerdo mal, procesaste a dos miembros de San Antonio por secuestrar coches.

–Los condené –respondió ella–. Nunca imaginé que algún miembro de la banda pudiera aparecer en Jacobsville. Bueno, puede que éste sea un buen momento para empezar a llevar un arma.

–No.

–Sé disparar –murmuró ella–. Solía utilizar una Glock del 40 para hacer prácticas en el campo de tiro de la policía.

–Sí –dijo él–. Lo recuerdo. Tuvimos que cambiar el parabrisas del coche patrulla.

Glory se sonrojó.

—¡No fue culpa mía! Pasó un pájaro y me distrajo justo cuando iba a disparar.

—¿De verdad? ¿Y qué te distrajo cuando volaste el faro trasero del coche más nuevo del departamento del sheriff?

—Escucha, ese policía no debió aparcar su estúpido coche tan cerca del campo de tiro.

Márquez no se lo creía.

—Jamás había visto a tantos policías echarse al suelo. Lo único que tenían que hacer era oír tu nombre para ponerse el chaleco antibalas.

Glory no pudo evitar reírse.

—De acuerdo, de acuerdo. Soy un arma mortífera con una pistola. Lo admito. ¿Pero qué voy a hacer?

—Necesitamos meter a alguien en la granja que pueda protegerte —dijo él—. Sé que hay un agente federal de incógnito en algún lugar entre Houston y Jacobsville, pero nadie me dice dónde está ni por quién se hace pasar. Si pudiéramos hablar con él, tal vez pudiera vigilarte.

—Está difícil —respondió ella.

—Bueno, siempre nos queda Jon Blackhawk —sugirió él—. Me debe un favor, y es federal.

—No voy a trabajar con Jon Blackhawk —contestó ella tajantemente—. No me importa lo mucho que sienta haber acusado a su ayudante de acoso sexual.

—Tal vez podamos atraer a Marco a la gran ciudad con una oferta de droga muy lucrativa —dijo Márquez entonces—. Al menos así tendríamos a uno de los miembros fuera de escena.

—No es mala idea. Marco necesita dinero —dijo ella al

recordar la escena en la cocina–. Hizo llorar a su madre al exigirle un dinero que ella no tenía.

–Puede que también consuma el producto aparte de venderlo –contestó él–. Muchos traficantes no pueden resistir la tentación.

–Eso explicaría los cambios de humor que he observado en él.

–Conozco a un par de narcos en la ciudad –dijo él–. Podría ponerme en contacto con ellos y ver si saben algo sobre Marco o Castillo.

–Sólo espero que Marco no acabe en prisión. ¡Pobre Consuelo!

–Parece una mujer amable –contestó Márquez–. Es una lástima que su marido y su hijo sean unos delincuentes.

–¿Sabes lo de su marido?

–Lo arresté una vez –contestó él–. Probablemente lo recuerde, así que, si te dice algo de mí, fuimos novios en el instituto. ¿De acuerdo?

–¿De verdad? –preguntó ella arqueando las cejas–. Debo de tener amnesia. Creo que me acordaría de algo así.

–Habrías sido muy afortunada –dijo él–. Yo era todo un partido en el instituto. Las chicas no me quitaban las manos de encima.

–No es eso lo que dice Bárbara, tu madre –respondió ella.

–¿Y qué dice mi madre?

–Dice que te escondías detrás de las plantas cuando una chica se acercaba a ti.

–¡Eso era en el colegio! –protestó él.

–¿De verdad? –preguntó ella riéndose.

—Tal vez fuese un poco tímido. Pero nunca me escondí detrás de las plantas.

—¿En serio?

—Puede que me cayera en una planta una vez. Cuando la capitana de las animadoras me pidió que votara por ella como delegada de la clase. Era una chica muy atractiva.

Glory no podía dejar de reírse.

—No es divertido.

—Sí, lo es.

—Odio perder peleas frente a abogados —murmuró él—. Vuelvo al trabajo.

—¿Qué haces aquí un lunes?

—Casi lo olvido —contestó él—. Tu jefe te envía una carta de amor —le entregó un sobre.

—Ésta no es la letra de mi jefe —señaló ella—. ¡Y mi nombre está mal escrito!

—Tenemos un topo. No le gusta el nuevo régimen ni el nuevo capo de la droga. Te envió esto a través de tu jefe. Pero sólo nos da información sobre Fuentes. Eso es lo más cerca que va a estar de revelarse como testigo. No tenemos idea de quién es.

—¿Has leído esto? —preguntó ella. Estaba sellado, pero no mucho.

—No. Y no me gusta que insinúes que leo la correspondencia ajena. De todas formas, no conseguimos que el vapor lo despegara.

Ella se rió.

—¡Menudo detective estás hecho!

—Soy un buen detective, gracias. Lee eso y dime lo que pone. Luego será mejor que me lo devuelvas. Incluso aunque tu nombre esté mal escrito, no queremos que nadie de la zona saque conclusiones.

Glory abrió el sobre y sacó un pedazo de papel que parecía sacado de un bloc de notas.

—Es una dirección —dijo—. Y una fecha y una hora. Nada más —se lo leyó.

—Una entrega —dijo él—. Una entrega de droga.

—Podrías haberla abierto —dijo ella mientras le devolvía la nota.

—Quería ver cómo estabas —contestó Márquez encogiéndose de hombros.

—Qué amable.

—Espero no haber echado por tierra tu coartada. Te vieron montarte en la furgoneta del rancho y dirigirte hacia el pueblo, así que te seguí. No me di cuenta de que Consuelo estaba contigo hasta que os vi salir a las dos.

—Tal vez ella no te haya reconocido —aventuró Glory.

—Esperemos —la observó de cerca y se fijó en las ojeras—. ¿Ramírez te lo está haciendo pasar mal?

—No —contestó ella sintiendo un vuelco en el corazón—. ¿Por qué lo preguntas?

—Algunos de sus amigos dicen que está insoportable desde que consiguió el trabajo.

—Conmigo es amable —mintió.

—Casi todo el mundo es amable contigo —dijo él—. Eres dulce.

—Dime eso la próxima vez que me veas en el juzgado y Fuentes esté en el estrado.

—Estoy deseándolo.

—Yo también. Si necesitas ponerte en contacto conmigo,

dile al jefe Grier que se pase por allí cualquier miércoles. Rodrigo no suele estar.

Márquez se enderezó. Había algo inquietante en su expresión.

–¿Qué? ¿He dicho algo malo? –preguntó ella.

Márquez borró su expresión sombría.

–Nada en absoluto. Se me había ocurrido una cosa. Vigila tus espaldas. Si me necesitas, llámame, a cualquier hora. Paso aquí los fines de semana con mi madre, a no ser que esté de servicio.

–Lo recordaré. Gracias, Rick.

–¿Para qué están los amigos?

Consuelo la miró extrañada cuando se reunió con ella en la tienda.

–¿Conoces a ese tipo del instituto? –preguntó.

–Sí. Iba a mi clase –contestó Glory–. Éramos novios.

Consuelo centró su atención en una bandeja de especias.

–Es policía –dijo.

–Sí, lo sé. Trabaja en San Antonio.

–Él metió a mi marido en la cárcel.

–¡Oh!

–No podrías entender lo que fue para mí. Marco tenía problemas en clase y entonces encarcelaron a mi marido. Ni siquiera podía permitirme pagar el alquiler. Tuve que hacer algunas cosas para poder comer... –se dio la vuelta–. Eso fue hace mucho tiempo. No me lo tengas en cuenta.

–Haría cualquier cosa por ti –dijo Glory–. De verdad.

—Ya lo sé —contestó Consuelo—. ¿Sigues enamorada de Márquez?

—Bueno —vaciló un instante—. La verdad es que no. No lo había visto desde hacía mucho tiempo.

—Bien. Eso está bien. ¿Puedes ir a buscar bolsas de basura?

—Desde luego.

—Glory se alejó con el bastón. Había estado cerca. Su vida se complicaba cada vez más. Una de sus principales preocupaciones era la manera en que Rodrigo y ella se habían despedido.

Aunque Consuelo parecía haberse creído la historia sobre Rick, Glory notaba que la mujer sentía más curiosidad por ella desde ese momento. Le hacía preguntas sobre cuánto tiempo habían estado saliendo juntos y si conocía a algunos de sus compañeros en San Antonio.

Glory tenía que ser cuidadosa y no decir que había trabajado en la ciudad. Fue difícil fingir que no sabía nada.

Rodrigo se mostraba educado con ella, pero muy distante. Parecía no estar interesado en ella después de su apasionado encuentro. De hecho, le prestaba mucha más atención a la joven que había flirteado con él en la fiesta.

La seguridad de Glory en sí misma había sido buena hasta que la amenaza de Fuentes hizo que acabara en aquella granja agrícola. Pero, alejada de su profesión, descubrió que no tenía una identidad real como mujer normal. No tenía habilidades de las que se pudiera hablar, salvo las de procesar la fruta y elaborar confituras. Sabía cocinar, más o menos, pero no tan bien como Consuelo. Sus habilidades domésticas eran pobres debido a su movilidad reducida, pues trabajar con un cepillo, una escoba o incluso un aspirador resultaba doloroso, y los efectos podían durarle días. Su presión sanguínea estaba más o menos bajo control, pero a veces se mareaba y le dolía la cabeza cuando se olvidaba de tomar la medicina. Se sentía inútil en la casa.

Cuando Rodrigo comenzó a llevar a Teresa, su fan número uno, a casa a comer de vez en cuando, el modo en que flirteaba con ella hacía que Glory se sintiera enferma. Sabía que era deliberado, porque él se daba cuenta y disfrutaba con su incomodidad.

Ahora que sabía que Fuentes estaba buscándola, tenía aún más presión. Su encuentro sexual con Rodrigo le daba vergüenza. No se había dado cuenta de lo convencional que era hasta que no se había dejado seducir. Sentía que estaba siguiendo los pasos de su madre, y eso le molestaba. Claro, que su madre sólo se acostaba con hombres que tuvieran dinero. Glory no era una mercenaria. Sabía que su vida sería solitaria. Había cruzado la línea y le preocupaban las consecuencias. Sus reglas eran muy regulares. Sin embargo, ya llevaba un retraso de una semana.

Podría ser el estrés. Esperaba que fuese eso. Su madre era muy joven cuando cedió ante la presión de la comunidad después de haberse quedado embarazada. Se había casado con el padre de Glory, pero se lo había hecho pagar caro. Era casi irónico que los padres de su madre hubieran muerto en un accidente de avión sólo unas semanas después de obligar a sus padres a casarse para evitar el escándalo.

Se tocó el vientre, preocupada. Nunca había considerado la idea de tener un hijo. No estaba segura de que su salud se lo permitiera, en primer lugar. En segundo lugar, no había tenido mucho trato con niños, y no sabía si sería una buena madre. Lo que más temía era a la genética. ¿Y si resultaba ser como su madre? Resentida y abusiva. La idea era horrible. Por eso nunca había pensado en casarse ni en formar una familia. No podía estar segura. Tenía más cicatrices emocionales que físicas. Su autoestima era prácticamente inexistente.

Y, si se quedaba embarazada, ¿qué haría al respecto? Tendría que ir a ver a su médico antes de tomar cualquier decisión. ¿Qué haría Rodrigo si se enterase? Echaba de menos a su antigua novia y a la hija de ésta. Quería tener un hijo, algo que reemplazara lo que había perdido. Pero eso no era amor. Era pena, y tal vez después de tener un hijo se arrepintiera. Por ejemplo, ¿y si su novia decidía divorciarse de su marido e ir tras él? Glory no tendría ninguna posibilidad, teniendo en cuenta el amor que derrochaba Rodrigo cuando estaba con aquella preciosa rubia. Saldría de la vida de Glory a toda velocidad si pudiera tener a la mujer que realmente deseaba.

Cada vez se deprimía más, a medida que pasaban los días y Rodrigo seguía ignorándola. Entonces, un día, ocurrieron varias cosas que pusieron su situación en peligro.

Primero, Cash Grier apareció en la puerta con actitud sombría un miércoles por la mañana. Le pidió hablar a solas.

Ella lo siguió hasta el porche, temiendo que llevara malas noticias.

—¿Qué sucede? —le preguntó.

Grier le indicó que bajara los escalones y caminase hacia su coche patrulla. Una vez allí, se colocó frente a ella, para que nadie que estuviera observando pudiera ver sus labios moverse.

—Un francotirador entrenado puede leer los labios —le dijo—. Por si acaso alguien está mirando, no podrá comprender lo que decimos. Márquez se puso en contacto con su amigo de narcóticos, que habló con un par de informadores confidenciales. Parece ser que Fuentes ha enviado a un asesino a por ti.

—¿Qué tipo de asesino? —preguntó ella.

—Un profesional.

Sabía a lo que se refería. Había visto muchos asesinatos en su trabajo. Los capos de la droga sabían dónde encontrar a los mejores para ese tipo de trabajos, y nunca fallaban. Un asesino profesional sería todo un desafío para cualquier agente de la ley. Por otra parte, probablemente estuviese en el mejor pueblo para que un asesino a sueldo intentara matarla. El mismo Grier había sido francotirador para el gobierno. Eb Scott y Cy Parks, por no mencionar a Micah Steele, eran mercenarios profesionales, ya retirados. Pero Eb llevaba una escuela para prevenir el terrorismo que era conocida en todo el país, y algunos de los hombres que daban clases allí serían buenos adversarios para cualquier asesino a sueldo que Fuentes hubiese contratado.

Glory agachó la cabeza y miró a Grier. Entonces sonrió.

—Por fin —murmuró—. Buenas noticias.

—¿Buenas noticias?

—Éste es el peor pueblo de Estados Unidos para contratar asesinos. El único francotirador que entró en el pueblo fue derrotado por su esposa, según creo.

Grier se rió.

—Con una sartén de hierro —dijo—. Tienes coraje. Esperaba al menos un poco de preocupación.

Glory se encogió de hombros.

—Hemos acaparado el mercado de hombres peligrosos en este pueblo —le recordó—. Mire lo que le ocurrió a López, incluso aunque no se comprara la granja aquí.

—Y a su sustituta, Cara Domínguez —le recordó él—. Ninguno de esos traficantes se cree la fama de nuestros mercenarios residentes —añadió riéndose—. Su infortunio. De acuerdo, no estás asustada. Eso es bueno. Pero vamos a tomar algunas medidas para mantenerte con vida hasta que testifiques.

—¿Chaleco antibalas? —sugirió ella.

Grier la observó durante largo rato, como si estuviera sopesando mentalmente las probabilidades.

—Sé algunas cosas que tú no sabes sobre Jacobsville —le dijo—. Estarás más segura de lo que crees. Pero ayúdanos y no salgas sola, sobre todo de noche.

—No me diga —dijo ella riéndose—. Tiene francotiradores subidos a los árboles.

—No tan evidente. Pero confía en mí.

Glory asintió. La reputación de Grier era formidable. Si decía que estaba a salvo, lo estaba. Pero se preguntó cómo estarían haciéndolo.

—No me dirá nada aunque pregunte, ¿verdad? —preguntó.

—Ni una palabra —contestó él con una sonrisa—. Guardar secretos es mi mejor baza.

—De acuerdo —capituló ella con un suspiro—. Me quedaré en casa y me mantendré alejada de las ventanas.

—Eso servirá hasta que encontremos al asesino y podamos encerrarlo.

—¿De verdad que no me diría quién es? —insistió ella.

—No. Ni aunque lo supiera. Estás más segura así. Estaremos en contacto.

—De acuerdo. Gracias.

—De nada.

Grier se marchó y ella apretó los dientes. Una cosa más para volverse loca, pensó. Deberían haberla dejado en San Antonio y haberle tendido una trampa para que el francotirador se desquitara a gusto. En vez de eso, estaba encerrada en un pequeño pueblo con un asesino suelto, y decían que estaba a salvo.

Agitó las manos y volvió al trabajo. No compartió aquella información con Consuelo ni con Rodrigo. Ninguno de los dos sabía el desastre en que se estaba convirtiendo su vida. Y quería que siguiesen así.

CAPÍTULO 7

Glory no soportaba sentirse impotente. Si supiera disparar, y si tuviera una pistola, tal vez habría podido defenderse sola. Pero no sabía disparar. Nunca nadie había intentado matarla. Las amenazas de muerte formaban parte del trabajo para la gente que se dedicaba a defender la ley. Conocía a jueces que llevaban pistolas bajo la toga y conocía a algunos que habían sobrevivido a un ataque. Siempre había sabido que, si se convertía en fiscal, habría amenazas ocasionales. Pero aquello era más serio. Fuentes no quería pasar su vida en la cárcel. Iba a asegurarse de que Glory no testificara.

Cash decía que estaba más protegida de lo que pensaba. Se preguntaba si tendría a alguien trabajando de incógnito en la granja, vigilándola. Eso le habría servido de ayuda. Pero, tras observar detenidamente a todos los empleados de la granja, no había visto a ninguno que le resultara sospechoso.

Sintió cómo Rodrigo la observaba cuando Consuelo y ella se sentaron con él a cenar. Parecía muy astuto para llevar una granja agrícola. Era una pena que se le diera tan bien la administración y no hubiese seguido estudiando. Nunca le había preguntado hasta qué curso había llegado. Tal vez ni siquiera deseara saberlo realmente.

Entonces se dio cuenta. ¿Y si Rodrigo no sólo estaba implicado en el tráfico de droga? ¿Y si él era el asesino? El tenedor se le resbaló entre los dedos y golpeó el plato con fuerza.

–¿Qué pasa? –preguntó Rodrigo con el ceño fruncido.

Glory estaba mirándolo horrorizada. Se dijo a sí misma que no podía ser cierto. ¿Pero qué sabía realmente de él? Sólo lo que le había ofrecido. Era agradable, buen bailarín, trabajador, y hablaba varios idiomas. Pero muchos criminales también. Salía todos los miércoles con Castillo. Cuando ella se lo había contado a Cash, la expresión de éste se había tornado sombría. Cash había dicho que Fuentes había contratado a un asesino a sueldo para matarla, pero eso no significaba que el asesino no estuviera allí antes, preparado para la misión. Por lo que ella sabía, Fuentes podría haber hecho que la engañaran y manipularan para ir a Jacobsville. Allí, donde Rodrigo pudiera matarla sin dificultades si ésa era su misión. El corazón le dio un vuelco.

–¿Estás bien? –insistió Rodrigo.

–Estoy un poco torpe –se excusó Glory, recogió el tenedor y sonrió–. Es por pelar tantos melocotones. Mis dedos se rebelan.

Consuelo se rió.

—¡Sé cómo te sientes! —exclamó—. Con todo este ejercicio, dentro de poco seremos más fuertes que los que practican halterofilia.

—La cosecha de melocotones ya casi ha acabado —les dijo Rodrigo—. Sólo unos días más y estará terminado.

—¡Gracias a Dios! —exclamó Glory.

Rodrigo la miró durante unos segundos.

—Claro que, para entonces, las primeras manzanas ya estarán listas para la recolecta...

Ambas gimieron. Él simplemente se rió.

Glory estaba trabajando en la cocina cuando Rodrigo entró con Marco, el hijo de Consuelo. Consuelo se mostró vacilante, pero el chico sonrió y la abrazó efusivamente.

—Siento haberme puesto así contigo el otro día —le dijo a su madre—. Tenía algunos problemas, pero ya se han solucionado. Rodrigo me ha dicho que podía volver, si no te importa.

Consuelo le devolvió el abrazo y dijo:

—¡Claro que puedes regresar!

—Eres demasiado buena conmigo.

—Sí, lo soy —respondió Consuelo, pero se rió.

Rodrigo estaba mirando a Glory. Quería preguntarle por qué lo estudiaba de esa forma, pero era primera hora de la mañana y tenía que organizar a los trabajadores en los campos. Se dijo a sí mismo que tarde o temprano tendrían que volver a hablarse. Si la había dejado embarazada, tenía que saberlo. Entonces discutirían las opciones. Esperaba que no fuese cierto. Glory había dejado claro que no quería tener hijos. O tal vez sí quisiera, pero no con alguien que se ganaba la vida trabajando con las manos. No podía contarle la verdad. Si lo hacía, sólo conseguiría levantar más barreras entre los dos. No quería a un ama de llaves como esposa, igual que ella no quería a un granjero forastero como marido. En cualquier caso, resultaba humillante pensar que no quisiera un hijo suyo. Le había dicho que tenía problemas de salud, y él sabía que la cadera le daba problemas, pero ésa no era razón para no poder quedarse embarazada. El hecho era que no quería tener un hijo con un simple granjero. No lo admitiría, pero él lo sabía. Y resultaba doloroso para su orgullo.

En realidad Glory tenía cada vez más problemas de salud, pero lo disimulaba bien. Por suerte, tenía náuseas por la noche en vez de por la mañana. Se imaginaba qué era lo que le provocaba aquellas sensaciones, y eso la atormentaba. No podía tener un hijo. Estaba viviendo una mentira. Rodrigo ni siquiera era de su misma clase social, y tal vez fuese un criminal. Incluso el asesino que Fuentes había contratado para matarla. Recordó un comentario que le había hecho su médico hacía tiempo, sobre la tensión alta. Dijo que algunas mujeres tenían suerte y les bajaba la tensión cuando se quedaban embarazadas. Pero la tensión de Glory suponía un riesgo para el embarazo. Le dijo que su trabajo ya era riesgo suficiente sin necesidad de un embarazo. Ella le había asegurado que no quería tener un hijo.

Pero eso había cambiado. Le fascinaba la idea de que un

ser vivo estuviera creciendo dentro de ella. Había estado sola casi toda su vida. Los Pendleton eran buenos con ella, pero no eran su familia. Un hijo en cambio llevaría su misma sangre.

Eso era lo más preocupante. Su madre había sido una enferma mental, de eso estaba segura. Algunas anomalías del comportamiento se transmitían de padres a hijos. ¿Y si el bebé no era normal?

—¿Qué te tiene tan preocupada? —le preguntó Consuelo una mañana cuando Glory apareció en la cocina con ojeras por la falta de sueño.

—¿Preocupada? No es preocupación exactamente —se sirvió una taza de café y rehusó la comida—. Rodrigo apenas me habla últimamente.

—Ah —Consuelo sonrió—. Así que es eso.

—Al principio parecía que le caía bien —contestó Glory—. Pero últimamente me evita.

—Sí, es cierto. Y tú estás enamorada de él.

Glory no pudo controlar el rubor de su rostro, el brillo de sus ojos tras la montura de las gafas.

—Justo lo que pensaba —murmuró Consuelo—. Lo vi cuando bailabas con él en la fiesta. Tú le gustas, pero cree que todavía está enamorado de la hermosa mujer rubia. Tiene un conflicto.

Aquello devolvió a Glory a la realidad.

—Yo me parezco un poco a ella, ¿verdad? —preguntó, clavándose el cuchillo en su propio corazón.

Consuelo puso cara de pena y Glory asintió.

—Justo lo que pensaba yo también. Le recuerdo a ella, pero yo no estoy casada con nadie.

—Puede que sea cierto —dijo Consuelo—. Pero, por otra parte, tal vez esté empezando a sentir algo por ti y eso no le guste.

Glory suspiró.

—Supongo que podría ser cierto —convino.

Castillo estaba apoyado en la puerta trasera más tarde, cuando Glory tuvo que salir al almacén a por más melocotones. Ella llevaba un vestido blanco con flores amarillas bordadas. Tenía mangas abombadas y falda larga. Llevaba el pelo trenzado, como de costumbre. Parecía joven y despreocupada. Hacía mucho calor en la cocina y el aire acondicionado no funcionaba bien. Apenas usaba ropa muy femenina. Consuelo le había prestado el vestido. Hacía demasiado calor en esa cocina como para ponerse unos vaqueros ajustados.

—¿Sabes? No estás mal —dijo Castillo con un descaro palpable—. Podría ir a por ti.

Glory no le tenía miedo, sabiendo que Rodrigo estaba cerca. Se giró y lo miró sin parpadear.

—No estoy en el mercado buscando novio, señor Castillo —dijo secamente.

—Cielo, toda mujer desea a un hombre —dijo él, acercándose más—. Aunque no lo sepa.

Glory dio un paso atrás.

Él simplemente se rió.

—Eso es. Me encanta una mujer que finge no estar interesada. Adelante, resístete. Eso hace que sea más excitante.

Estiró la mano y le agarró la parte delantera del vestido con el índice. Tiró suavemente hacia abajo para verle los pechos y Glory sintió un escalofrío.

Antes de que pudiera reaccionar y quitarle la mano de encima, vio cómo la expresión de Castillo cambiaba súbitamente justo antes de salir volando hacia el suelo.

Rodrigo pasó frente a ella y miró al hombre tirado en el suelo. Lo insultó en español y lo desafió a levantarse y a luchar como un hombre. Para ser un hombre calmado la mayoría del tiempo, Rodrigo parecía extremadamente peligroso en aquel momento. Incluso Glory dio un paso atrás al ver cómo su cuerpo se tensaba.

Castillo se tocó la mandíbula. Intentaba disimularlo, pero le tenía miedo. Ramírez había aparecido como un rayo. Castillo ni siquiera había visto venir el puñetazo, y él estaba acostumbrado a las peleas. Se sonrojó al tiempo que se ponía en pie.

—*Lo siento* —le dijo a Rodrigo en español—. No sabía que era tuya.

—Pues ahora lo sabes —respondió Rodrigo—. Déjala en paz.

—Desde luego. Desde luego.

Castillo se alejó sin volver a mirar a Glory.

Glory estaba intentando controlar la respiración, pero sin mucho éxito. Miró a Rodrigo y vio sus ojos llenos de ira. Tenía los puños apretados mientras la miraba.

—Gracias —dijo ella.

—Si no quieres compañía desagradable, vístete como una empleada, no como una debutante en su baile de presentación.

Glory se quedó con la boca abierta.

—¡Llevo un vestido de verano! ¡Ni siquiera es sugerente!

—Aquí tienes que llevar blusas, pantalones cortos o vaqueros —dijo él—. ¡Tengo mejores cosas que hacer que pasar los días protegiéndote de otros hombres!

—¡Te aseguro que, si tuviera un objeto contundente ahora mismo, serías tú el que tendría que protegerse de mí! —respondió ella—. Hace calor en la cocina y el aire acondicionado no funciona. Hemos llamado para que lo arreglen, pero aún no han venido. Así que Consuelo me ha dejado uno de sus vestidos, porque yo no tengo. ¡Además, no pienso llevar pantalones anchos y cazadoras en mi cocina sólo porque tus hombres no puedan controlar sus instintos!

Rodrigo se acercó a ella, para que pudiera sentir el calor y el poder de su cuerpo.

—Estás vengándote porque te evito —dijo.

Ella arqueó las cejas.

—¿Me estás evitando? ¿De verdad? Lo siento. ¡No me había dado cuenta!

—¿Acaso te crees que tienes tanta experiencia que ningún hombre puede olvidarte? —preguntó él en voz baja, para que sólo ella pudiera oírlo—. ¿Una mujer virgen, sin experiencia, que ni siquiera sabía cómo responder al deseo de un hombre?

Aquel insulto le dolió, y no pudo disimularlo.

Aquello pareció alentar más a Rodrigo.

—Para empezar, ¿qué estás haciendo aquí fuera?

—Necesitamos más melocotones para terminar este lote.

—Enviaré a Ángel a por ellos. ¿Algo más?

—No, gracias —contestó ella con frialdad. Se dio la vuelta y entró en la casa sin decir nada más.

Rodrigo la observó durante la cena. Tomó una ensalada pequeña y un vaso de té helado; rehusó tomar postre y se excusó sin mirarlo a los ojos ni una sola vez.

—¿Qué le pasa? —preguntó Consuelo cuando se quedaron solos—. ¿Habéis discutido?

—Yo no discuto con los empleados —respondió él—. La verdad es que se siente atraída por mí y a mí ella no me gusta. Me cansan las miradas de cordero degollado que me dirige. No es el tipo de mujer que yo elegiría. No tiene formación ni nada que pudiera ofrecerle a un hombre con experiencia. Tiene la ingenuidad y el instinto de una adolescente. Sentía pena por ella y fui amable. Ella malinterpretó mi compasión y pensó que era afecto. Y, afrontémoslo, no es la idea que un hombre pueda tener de la clásica belleza americana. No con ese pelo largo sacado de un cuento de hadas y esas gafas atroces que lleva. Ningún hombre se esforzaría en intentar seducir a una mujer tan simple, a la que hasta le falta el más mínimo sentido de la moda.

—No deberías decir esas cosas de ella —le dijo Consuelo—. Se sentiría dolida si supiera que hablas así.

—No lo sabrá. A no ser que tú se lo digas —contestó él.

—Como si yo quisiera hacerle daño. Es una buena mujer.

—Las buenas mujeres son aburridas —dijo él riéndose—. Prefiero que las mías sean perversas y estimulantes.

—¿Cómo puedes decir eso?

Glory se apartó de la puerta entornada y se alejó por el pasillo mientras las lágrimas resbalaban por sus mejillas.

No comprendía cómo Rodrigo podía ser tan cruel después del dulce encuentro sexual. Ella se había entregado sin pelear y había respondido con todo su corazón. Pero era novata, y a él le gustaba la experiencia. Se sentía barata. Utilizada. No deseada. Había ido allí para salvar su vida, pero su corazón se estaba muriendo. Por alguna razón, la amenaza de Fuentes era la mitad de dolorosa que los comentarios de Rodrigo al decir que no la deseaba. La consideraba una inculta; ella, que se había graduado con honores en la facultad de derecho.

Era peor aún porque probablemente estuviera embarazada. No se atrevía a decírselo después de lo que había oído. Tenía que sentar a Fuentes frente a un tribunal y condenarlo para poder dejar de vivir una mentira. Quería recuperar su vida. No quería volver a ver a Rodrigo mientras siguiera viva.

¿Pero qué pasaba con el asesino? ¿A quién habría enviado Fuentes? ¿Podría ser Castillo, o Marco? ¿Podría ser incluso Rodrigo?

Frunció el ceño al regresar a su preocupación inicial. ¿Y si Rodrigo estaba relacionado con Fuentes, o con el asesino? Después de todo, llevaba poco tiempo en Jacobsville y nadie sabía mucho sobre él. Había contratado a Castillo, que era un canalla de primer orden. Castillo y él desaparecían cada miércoles. Rodrigo tenía contactos con México. Tenía un primo que trabajaba en el mundo de la droga. Y el Rodrigo que se había enfrentado a Castillo en el porche era un hombre que ella no conocía, un hombre peligroso acostumbrado a solucionar los problemas a puñetazos. Podía ser violento. Castillo lo temía. Rodrigo podría ser el asesino, o uno de los jefes implicados en el tráfico de drogas.

Estuvo a punto de gemir en voz alta. Su vida era sencilla cuando se dedicaba a ayudar a condenar a miembros de bandas callejeras en San Antonio. ¿Por qué Márquez no la había dejado allí, a salvo? Al menos habría estado segura de que Márquez la vigilaba. Sin embargo, en Jacobsville sólo le cabía esperar que Cash Grier estuviera diciendo la verdad al asegurar que tenía a alguien protegiéndola.

Se sintió mareada al darse cuenta de lo temeraria que había sido. ¿Y si su oficina tenía que procesar a Rodrigo? ¿Cómo afrontaría eso? Él podría vengarse; podría contarle al jurado lo implicados que habían estado. Eso dañaría su credibilidad, y tal vez incluso le consiguiera a Fuentes la absolución. La vida no era justa.

Glory sentía curiosidad sobre dónde iría Rodrigo con Castillo los miércoles. Se montó en el coche de Ángel Martínez para que la llevase al pueblo. No quería que nadie viese su coche aparcado frente al café de Bárbara, que era donde fue después de que Ángel la dejase en la plaza. Una vez allí telefoneó a Márquez y le contó sus sospechas.

–Deberías decírselo a Grier –contestó él.

–Ya lo hice. Pero él se niega a decirme nada. ¿Por qué no vienes aquí y seguimos a Rodrigo y a Castillo para ver dónde van?

—¿Por qué debería llevarte conmigo?

—Porque seré yo la que lleve el caso, por eso.

—Temía que dijeras eso. ¿Cuándo suelen marcharse?

—Sobre las cinco de la tarde.

—¿Y cómo vas a deshacerte de Consuelo el tiempo suficiente para poder venir conmigo?

—Ella se marcha poco antes de las cinco cada miércoles para ir a la iglesia —contestó ella—. Y se lleva a su hijo.

—¿De verdad?

—Sí. ¿No te parece curioso que el chico entre en una iglesia voluntariamente sin ir dentro de un ataúd?

—Tal vez entre por la puerta delantera de la iglesia y salga por la trasera —murmuró Márquez.

—¿Quién sabe? ¿Vas a venir?

—Te recogeré a las cinco. Si alguien pregunta, tenemos una cita.

—En ese caso, me pondré algo sexy.

—Mejor ponte algo que no llame la atención —respondió él—. No puedes seguir a la gente con ropa estridente.

—Entonces no será una cita —murmuró ella.

—No es el momento —contestó él riéndose.

—Eso dicen todos.

—Nos vemos.

—De acuerdo.

Bárbara se acercó a ella con el ceño fruncido.

—¿Qué sucede?

Glory, que la conocía, sólo sonrió.

—Estoy intentando atraer a tu hijo a mi casa con promesas perversas.

—¡Aleluya! —exclamó Bárbara—. Si alguien necesita un poco de perversión, ése es el puritano de mi hijo.

—Bueno, no son promesas tan perversas —confesó Glory en voz baja—. Vamos a ir a cazar.

—¿Ciervos? —preguntó Bárbara.

—Ciervos no. Traficantes.

—Ése es territorio peligroso. Deberías dejarle hacerlo solo.

—No puedo. Ya estoy metida hasta el cuello en este caso.

—Alguien debería llevarse a Fuentes a dar un paseo y tirarlo a un pozo abandonado.

—Veo que estás sedienta de sangre —dijo Glory sorprendida.

—¡Desde luego! Odio a los traficantes.

—Yo también. Sobre todo a Fuentes. Es más peligroso de lo que Manuel López o Clara Domínguez soñaron ser. Hay que encerrarlo y esperar que no consiga la libertad condicional.

—Entonces podremos cerrar más su círculo de contrabando y encerrarlos a ellos también.

—Eso pienso yo —dijo Glory—. Pero primero debemos conseguir pruebas que tengan validez en el juicio.

—Aguafiestas —dijo Bárbara.

—Sí, bueno, yo formo parte de eso —le recordó Glory—. Tengo que ceñirme a las normas, incluso cuando no me gustan.

—Rick te ayudará a conseguir pruebas.

—Lo sé. Es muy bueno en su trabajo. Pero no le digas que te lo he dicho.

—No abriré la boca.

—Gracias.

—Si alguna vez necesitas ayuda, y no puedes decírselo a nadie de la casa, llámame y encarga un pastel de patata. Yo llamaré a Cash Grier, o a Rick, para que vayan.

—¿Alguna vez has pensado en convertirte en agente secreta? —preguntó Glory.

—Toda mi vida. Pero es más divertido pensarlo que hacerlo. Al menos, eso creo.

—Probablemente tengas razón —Glory miró hacia la puerta y vio la estatua del viejo John Jacobs, el fundador de Jacobsville, junto a la que se encontraba Ángel esperándola al volante—. Ahí está el coche. Me tengo que ir.

—¿Qué le pasa a tu coche? —preguntó Bárbara.

—Es el mismo que utilizo en casa —contestó ella—. Lo tengo guardado en un cobertizo en la granja. Pensé que alguien podría reconocerlo.

—Bien pensado.

—Bueno, después de esto, yo también podría convertirme en agente secreta —dijo Glory—. Estaremos en contacto.

—¡Espera! —Bárbara la arrastró al mostrador, sacó un pastel de patata, lo metió en una bolsa y se lo entregó—. Tu coartada, por si alguien pregunta por qué has venido.

—Veré si puedo encontrarte una gabardina —dijo Glory riéndose—. Gracias.

—No estoy siendo altruista. Quiero que te cases con mi hijo y me des muchos nietos —contestó Bárbara.

Al nombrar Bárbara los bebés, Glory se sintió inquieta.

—Lo siento —dijo la mujer al ver su cara—. De verdad que lo siento. No tenía que haber...

—No seas tonta —contestó Glory—. No me ofende. Rick es todo un partido. Pero tengo la tensión alta y no sé si puedo tener hijos. La verdad es que nunca he tenido razones para preguntárselo al médico.

Bárbara estaba advirtiendo cosas de las que Glory no era consciente. La propietaria del café aprendía muchas cosas con el lenguaje corporal gracias a la observación.

—Lou Coltrain es una de nuestras mejores doctoras, y aún guarda secretos desde el instituto. Si alguna vez quieres hablar con un médico en confianza, Lou es la indicada.

Glory frunció el ceño.

—¿Por qué sugieres tal cosa?

—Cielo, éste es un pueblo pequeño —contestó Bárbara—. Estuviste bailando con el administrador de la granja y, por lo que hemos oído, había tanto calor entre vosotros que la gente tuvo que sacar los abanicos.

—Oh —contestó Glory sonrojada.

—Deberías recordar cómo son las cosas aquí —continuó Bárbara—. Todo el mundo lo sabe todo. Pero es porque nos preocupamos los unos de los otros. De niña lo pasaste mal, pero te has convertido en una mujer madura y responsable. Tu padre estaría orgulloso de ti, Glory.

Glory sintió las lágrimas en los ojos. No estaba acostumbrada a la ternura. Al menos la ternura de ese tipo.

—Vete a casa antes de que me hagas llorar a mí —dijo Bárbara mientras la empujaba hacia la puerta—. Y, si quieres seducir a Rick, te prestaré un *négligé* rojo muy picante.

Glory arqueó las cejas.

—¿Qué haces tú con un *négligé* rojo? —preguntó.

—Esperar tener la oportunidad de utilizarlo —contestó Bárbara riéndose.

Glory se carcajeó también. Aquella mujer era verdaderamente encantadora.

—Ten cuidado —añadió Bárbara mientras ponía el cartel de *Abierto* para los clientes del mediodía—. Esta gente no se anda con tonterías.

—Lo sé. Gracias de nuevo.

—No hay de qué.

Glory ignoró deliberadamente a Rodrigo en la comida y se puso a hablar con Consuelo sobre su receta para el puré de manzana.

Rodrigo se sentía mal por lo que le había dicho, pero ella se lo había buscado. Tenía la lengua muy afilada y no daba su brazo a torcer. Se preguntaba cómo habría conseguido encajar en una agencia de San Antonio con esa actitud. Era como si sintiera que tenía que ser más agresiva por su minusvalía. Aunque la cojera no le impedía hacer nada. Trabajaba tan duro como Consuelo y nunca se quejaba. Era una empleada eficaz y obediente y, a pesar del abuso físico que había sufrido en el pasado, no se acobardaba ante la amenaza de un hombre. Castillo se había pasado de la raya.

—Recuerda por qué te contraté —le había dicho Rodrigo a su empleado—. No llames la atención.

—Es muy guapa —había contestado Castillo—. Cualquier hombre probaría suerte.

—Cualquier hombre que pruebe suerte con Glory acabará mal —le había advertido Rodrigo.

—De acuerdo, lo comprendo. Es tuya. No volveré a intentarlo, te lo juro. Sólo estaba pasando el rato hasta que pudiéramos hacer nuestro trabajo.

—Recuerda cómo trata Fuentes a los que le dan problemas.

Castillo había tragado saliva ante aquel comentario.

—Ahora, volvamos al trabajo —concluyó Rodrigo—. Nos encontraremos a las cinco para ir al almacén.

—Allí estaré.

Rodrigo miró a Glory antes de salir de la cocina. Vio cómo le temblaban los párpados, pero no llegó a mirarlo. Se dijo a sí mismo que era mejor así. No quería lanzarse a una relación con una cocinera. Tenía una bonita figura y había disfrutado con ella en la cama. Pero en la vida había más cosas aparte del sexo. No había espacio en su vida para una sencilla mujer de campo con habilidad para la cocina. Él deseaba una mujer como Sarina, con cerebro y coraje. Si Colby Lane no hubiera aparecido...

Sacó su móvil y marcó. Contestó una voz profunda.

—Vamos de camino —dijo él.

—Estaremos esperando —fue la respuesta.

Colgó y marcó otro número. En esa ocasión era un número local. Dio dos tonos antes de que contestaran.

—*Culebra* —dijo en español.

—Estás dentro.

Guardó el teléfono con una sonrisa que Castillo no vio.

CAPÍTULO 8

Lo que Rodrigo esperaba no llegó a tiempo. Maldijo en voz baja cuando el sol se puso. Estaban en una fábrica abandonada en Comanche Wells, un pequeño pueblo a quince kilómetros de Jacobsville. El pueblo sólo tenía seiscientos habitantes. Ni siquiera tenía policías ni bomberos, y dependía del condado para tales servicios. Una empresa de ropa había intentando instalarse allí y había fracasado miserablemente. Pero el edificio abandonado era una bendición para los traficantes de droga. Les proporcionaba un lugar privado y seguro donde llevar a cabo los intercambios.

Comanche Wells estaba en el centro de la industria ranchera del condado de Jacobs. En los alrededores había varias granjas de ganado, pero los dueños sólo se acercaban al pueblo a por comida. Había un bar. No era tan famoso como el bar de carretera de Shea, situado en la autopista Virginia, pero hacía dinero. Había también una pequeña compañía que fabricaba chips de ordenador. El único sitio donde se podía comer era un restaurante mexicano, y sólo había un médico y una droguería. Si había alguna urgencia, la ambulancia tenía que llevarse a los ciudadanos de Comanche Wells al hospital general de Jacobsville. Por las noches, el pueblo quedaba desierto.

De modo que en la calle en la que se encontraba el edificio abandonado no había coches ni personas a esa hora.

Castillo caminaba de un sitio a otro.

—¿Dónde están? —preguntó furioso.

—Ojalá lo supiera —contestó Rodrigo—. Me prometieron que llegarían a tiempo.

Castillo se volvió hacia él.

—¿Sí? Bueno, tal vez te engañaran y les filtraron la información a los federales.

—Este tipo no —dijo Rodrigo—. Él odia a los federales.

—No está solo.

—Sé lo que quieres decir —convino Rodrigo.

—¡Ya llevan un retraso de quince minutos! —exclamó Castillo tras consultar su reloj.

—Vienen desde lejos —respondió Rodrigo con calma. Se metió las manos en los bolsillos y miró a su acompañante—. Tienes que ser paciente.

—La última vez que fui paciente, dos policías me metieron en un coche patrulla y me llevaron a la cárcel. ¿Cómo estás tan seguro de que estos hombres no nos engañarán? Eso —dijo señalando un maletín situado sobre un barril de aceite vacío— es suficiente para encerrar a alguien de por vida.

—Enfada a estos tipos y ni siquiera tendrás vida —respondió Rodrigo—. El último traficante que intentó engañarlos fue encontrado en varios países distintos.

La afirmación era escalofriante. Castillo vaciló y volvió a mirar el reloj.

—Si no aparecen rápido, deberíamos llevarnos la mercancía de aquí. ¿Estás seguro de que no son policías?

—Sí —le aseguró Rodrigo—. Uno de ellos es mi primo. Trabajó para López y luego para Domínguez. Si no fuera de fiar, no seguiría en el juego.

—No con jefes como ésos, supongo. Pero Fuentes es diferente —añadió—. Tiene un temperamento muy fuerte y ha dejado un rastro de cadáveres por la frontera.

—El riesgo merece la pena por el dinero.

—Sí, supongo —convino Castillo—. Pero aun así...

Se calló al oír un coche aproximarse. Rodrigo sacó su automática del cuarenta y cinco y se acercó a una ventana. Se asomó con cautela y se relajó.

—Son ellos —dijo mientras levantaba la pistola.

Márquez llevaba su furgoneta cuando recogió a Glory en la granja. Iba vestido como un cowboy, con vaqueros, botas y sombrero de ala ancha.

Glory se sentó a su lado y sonrió.

—Tú sí que pasas desapercibido, ¿no? —bromeó.

—Hay que hacerlo cuando se sigue a alguien —le aseguró él. Sonrió al mirarla. Llevaba el mismo atuendo que él, salvo que su pelo iba recogido en un moño bajo una boina—. Tú también pasarás desapercibida.

—Gracias —contestó ella mientras se abrochaba el cinturón—. Dijiste que nada estridente.

—Cierto.

Márquez se dirigió hacia la autopista y Glory observó que llevaba en la furgoneta la radio portátil de la policía.

—Pensé que sería buena idea —dijo él al ver que la miraba con curiosidad—. Por si acaso tenemos problemas.

—¿No vas a arrestarlos? —preguntó ella, asustada por Rodrigo—. Ni siquiera estamos seguros de que estén relacionados con Fuentes. Al menos de momento. No trabajo en esta zona. No tengo jurisdicción aquí.

—Ah.

—Pero si de verdad van a traficar con droga, llamaremos a Haynes Carson —añadió él, refiriéndose al sheriff del condado de Jacobs—. No dejaré que se escapen.

—Puede que tengas que hacerlo —dijo ella, tratando de razonar—. Es a Fuentes a quien queremos.

—Ya tenemos a Fuentes, siempre y cuando tú sigas viva —le recordó él.

—Lo tenemos por conspiración para cometer asesinato —contestó Glory—. Podría quedar libre de ese cargo, incluso con mi testimonio. Ya fue declarado inocente una vez por tráfico de drogas, pero, si logramos relacionarlo con la red de tráfico de esta zona, también podremos acusarlo de conspiración para distribuir sustancias ilegales. Ése es un cargo federal y recibirá una dura condena.

Márquez la miró.

—Tú tampoco tienes jurisdicción aquí —le recordó—. Y tu vida ya está en juego. Si asustamos a Fuentes al interceptar uno de sus intercambios, tal vez se achante y no intente matarte.

—Muy bonito, pero no tiene fama de achantarse —dijo

ella–. Deja que envíe a su asesino a sueldo. Cash Grier dijo que tiene a alguien protegiéndome.

Márquez pareció preocupado.

–¿Qué pasa ahora? –preguntó ella.

–Grier tenía a un ladrón de medio pelo trabajando para él como empleado de Ramírez –dijo–, para que le redujesen la sentencia. Habló con el fiscal sobre ello.

–¿Y? –lo instó ella.

–Y el tipo se marchó de la ciudad ayer.

Glory sintió un vuelco en el corazón. No había nadie protegiéndola. Corría más peligro que nunca.

–Aun así hay un federal de incógnito –dijo él, tratando de tranquilizarla–. El caso es que nadie sabe realmente quién es o dónde está.

Ella también había pensado en eso.

–Me pregunto si el agente de incógnito podría ser una mujer –sugirió.

–¿Te refieres a Consuelo?

Asintió.

–Ni hablar –respondió Márquez.

–¿Qué quieres decir con eso?

Cuando Márquez se disponía a contestar, la radio comenzó a sonar.

Emitió dos códigos de diez en una sucesión rápida. Márquez, que conocía las frecuencias y las señales de la policía de la zona, descolgó y miró la pantalla.

–¡Maldita sea! –murmuró.

–¿Qué sucede?

–Los de la DEA.

—¿Qué hacen aquí los del Departamento Antidroga? —preguntó ella—. ¿Crees que tienen la granja vigilada?

—Bueno, es posible. Quiero decir que, una vez, mataron a un agente aquí; el primer marido de Lisa Parks. Walt Monroe. También dispararon a otro de sus agentes cuando una venta de cocaína se complicó en Houston. Después hubo un tiroteo en Jacobsville con Cara Domínguez y su banda hace no mucho. Tienen razones para querer quitarse de encima a Fuentes.

—La mano derecha nunca sabe lo que hace la izquierda —murmuró ella—. Juegan sus cartas demasiado cerca del nido, Rick.

—No les ha quedado más remedio. Tenían un topo —añadió él, y advirtió su sorpresa—. Un topo de alto nivel, así que tuvieron que hacer venir a agentes de la DEA de otros estados para que se ocuparan de la investigación en Houston. Así es como atraparon a Domínguez, que secuestró a un niño y fue pillada aquí tras un tiroteo. Pero, en este negocio, siempre hay alguien dispuesto a ocupar el puesto del capo anterior.

—Como Fuentes —dijo Glory. Se quedó mirando a la radio, que se había quedado callada—. ¿Qué crees que están haciendo? ¿Monitorizar o prepararse para intervenir?

Márquez lo pensó durante un minuto.

—No creo que se precipiten a no ser que hubiese una cantidad importante de producto para confiscar. Puedes apostar a que Fuentes no va a realizar una venta en persona.

—Bien pensado —dijo ella.

La radio volvió a sonar.

—Retirada —dijo una voz—. Todo va según lo planeado. Repito, retirada.

—¡Al infierno! —fue la respuesta, con una voz lenta y profunda.

Márquez y Glory se miraron.

La radio dejó de sonar.

Estaban aparcados en una ligera pendiente, tras un edificio, de modo que no podían ser ver vistos desde el almacén. Una furgoneta y un coche oscuro estaban aparcados en la calle lateral que circulaba paralela al edificio. Mientras observaban, vieron salir a dos hombres de traje con un maletín. Se metieron en el coche y se marcharon. Un minuto más tarde, salieron otros dos hombres, también con un maletín. Se metieron en la furgoneta apresuradamente.

Los dos vehículos comenzaron a alejarse justo cuando apareció un coche con luces azules por la misma calle del almacén.

Segundos más tarde, los tres vehículos desaparecieron. El coche con las luces azules perseguía a los otros dos.

—Eso sí que ha sido instructivo —dijo Márquez.

—Han realizado la venta —dijo ella—. Y, si los de la radio eran agentes, ellos lo han permitido. Al menos la mayoría. Alguien no ha cumplido órdenes y se ha dado a la fuga.

—Lo cual sugiere que tienen a alguien dentro —convino él—. Aunque no entiendo qué hacía aquí el coche de policía. Ha venido en silencio y con sólo un par de palabras en la radio.

—Ya me he dado cuenta —dijo ella.

—Me pregunto quién era; ¿Agentes locales, estatales o

federales? —suspiró—. Bueno, no vamos a conseguir nada quedándonos aquí. Te llevaré a casa.

—Gracias —Glory trató de aparentar normalidad, pero la fingía. Había reconocido a uno de los dos hombres que se habían subido a la furgoneta. Era Rodrigo.

Márquez la acompañó hasta el porche, caminando despacio para que ella pudiera seguirle con el bastón. Había estado conduciendo durante algunos minutos para que, si Consuelo había regresado pronto a casa, pareciera que habían tenido una cita. No sería bueno llegar demasiado pronto.

—El coche de Consuelo no está —advirtió Glory.

—Probablemente siga en la iglesia —dijo él, pero había algo que no estaba diciendo en voz alta.

Glory se giró y lo miró.

—¿Qué sabes de Consuelo que no me estás diciendo?

Márquez se encogió de hombros.

—Nada excesivamente grave —respondió—. Tiene un primo que trabaja en una empresa de transportes en San Antonio, y a veces ha transportado sustancias ilegales. Lo tenemos bajo vigilancia.

—¿No pensarás que Consuelo está metida en esto? —preguntó preocupada, pues Consuelo le caía bien.

—Por supuesto que no —contestó él, pero sin mirarla directamente.

—Gracias a Dios. Me cae bien. Es buena conmigo —dijo ella con una sonrisa.

Él le devolvió la sonrisa y pensó que era mejor que no pudiera verle los ojos.

—En cualquier caso, ten cuidado aquí. Estoy empezando a arrepentirme de haberte presionado para que vinieras a trabajar en la granja. Te he colocado en un nido de víboras.

—Sólo una o dos —respondió ella—. Gracias por preocuparte. Puedo cuidarme sola la mayor parte del tiempo, pero éstas no son circunstancias normales. Echo de menos mi trabajo.

—No me extraña. Pero seguirá esperándote cuando regreses. Viva —enfatizó.

—De acuerdo, haré lo que tengo que hacer —dijo ella—. Nunca imaginé que era posible odiar tanto la fruta. Creo que me entrarán náuseas durante el resto de mi vida cada vez que vea un melocotón.

—Yo a veces me siento igual cuando tengo que ayudar a mi madre a preparar confituras.

—Me gusta tu madre.

—A mí también. Cuídate.

—Lo haré. Y tú haz lo mismo.

Él simplemente sonrió. Observó cómo se subía a la furgoneta y se marchaba.

Abrió la puerta de casa y entró. El pasillo estaba oscuro, pero conocía la distribución de la casa demasiado bien como para preocuparse. Aunque, al girar hacia la cocina para ir a por un vaso de leche antes de acostarse, colisionó con un cuerpo alto y fuerte.

Gritó asustada. No había visto ni oído nada.

—Relájate —le dijo Rodrigo. Encendió la luz y la miró fijamente—. ¿Dónde estabas?

Glory aún estaba intentando recuperar el aliento. Además sentía náuseas, y eso no podía decírselo. Agarró el bastón con firmeza.

—He ido a pasear con Rick.

—¿Rick? —preguntó él con el ceño fruncido.

—Márquez —le aclaró sin mirarlo a los ojos—. Salíamos juntos en el instituto. Me encontré con el en la tienda hace poco, cuando estaba comprando con Consuelo.

Hubo una pausa larga y tensa. Los ojos negros de Rodrigo estaban centrados en su cara.

—No tengo toque de queda, ¿verdad? —preguntó sarcásticamente para disimular su ansiedad. Era doloroso saber con certeza que Rodrigo estaba implicado en las operaciones ilegales de Fuentes. Sobre todo teniendo en cuenta que tal vez estuviese embarazada de él.

—No —respondió Rodrigo—. No tienes toque de queda. ¿Es algo serio?

—¿El qué?

—Lo tuyo con Márquez.

Glory parpadeó y trató de buscar una respuesta. No quería poner a Rick en una situación comprometida y que pudiera convertirse en un blanco. Por otra parte, no le iría mal hacerle saber a Rodrigo que tenía aliados del lado de la ley.

—Somos amigos —respondió finalmente.

—¿Y dónde habéis ido a... pasear? —preguntó él, y sonrió. Era la sonrisa más peligrosa que Glory había visto.

No se le daba bien fingir, así que esquivó su mirada.

—Al pueblo.

Sabía que estaba mintiendo. Había visto el vehículo de Márquez cerca del lugar de entrega, con dos personas en la cabina. No imaginaba qué se proponía Márquez, a no ser que estuviera saliendo con Glory para poder tener información sobre sus movimientos. Aquello resultaba inquietante. Las cosas estaban en un punto crucial.

—¿Has visto algo interesante?

—La verdad es que no —contestó ella.

—No quieras meterte en medio de algo que no comprendes.

—¿Perdón?

—Márquez tiene enemigos —le dijo él—. Cada vez más. Juntándote con él, te pones a ti misma en peligro.

—Estás celoso —dijo ella, tratando de despistarlo. No le haría ningún bien hablarle del almacén ni de la venta de droga que Rick y ella habían presenciado.

—¿Celoso de un policía? —preguntó Rodrigo.

—Te hiere el ego, ¿verdad? —insistió Glory—. Que haya salido con él en vez de contigo. ¿Quieres que te diga quién es mejor como amante? ¡Ohh!

Ni en su encuentro sexual la había besado así. La aprisionó contra su cuerpo para que pudiera sentirlo de cerca. Le devoró la boca de forma insistente y descontrolada en busca de una respuesta por su parte. Se la dio porque no pudo evitarlo. Él era el único hombre al que jamás había deseado.

Lo rodeó con los brazos y gimió a medida que el beso se adentraba en zonas de sensualidad que nunca había experimentado.

Rodrigo la aprisionó contra la pared y se frotó contra ella para que pudiera sentir la evidencia de su deseo.

Glory le metió las manos por debajo de la camisa y comenzó a deslizarlas por su espalda fuerte y caliente. Sintió cómo su piel se tensaba bajo sus caricias. Sin apartar la boca de sus labios, Rodrigo le llevó las manos a su pecho mientras le desabrochaba la camisa. Segundos más tarde, Glory sintió cómo los pechos se hundían en su torso y disfrutó del roce de su piel. En el silencio de la casa, los únicos sonidos eran la respiración entrecortada y los suaves gemidos.

No oyó cómo se caía el bastón. Apenas fue consciente de cuando Rodrigo la tomó en brazos y la llevó por el pasillo hacia su habitación.

Cerró la puerta tras él y cayó con ella sobre la cama en un ovillo de brazos, piernas y ropa que pronto adquirió un ritmo urgente y fuerte.

Glory lo sintió dentro de ella y se estremeció. Estaba muy excitado, incluso más que la primera vez. Perdió el control rápidamente. No estaba planeado. Se acercó al clímax y gimió al sentir el cuerpo de Glory arqueándose hacia arriba para aceptarlo, rogándole más y más.

Lo último que pensó fue que Glory estaba tan excitada que no sabía si podría satisfacerla plenamente...

Glory no podía dejar de temblar. Rodrigo no había conseguido relajar la increíble tensión que había despertado en ella. Sintió cómo él llegaba al clímax y se quedó allí, temblando y gimiendo bajo su cuerpo con frustración.

–Shhh –le susurró él al oído. Se movió sobre ella lentamente, sintiendo cómo su cuerpo le pedía más.

—No he... —comenzó a decir ella.

—Lo sé. Tranquila, querida —susurró con voz profunda—. Tranquila. Muévete conmigo. No seas tan impaciente. No pararé hasta que quedes satisfecha. Te lo prometo. Haz lo que te digo.

Glory tuvo que hacer un esfuerzo por ir despacio. Pero, cuando lo hizo, lo comprendió. Era increíble cómo aumentaba su placer. Cada movimiento de sus caderas era una deliciosa tortura. Cada beso sobre sus pechos le producía oleadas de placer. Mientras él se movía, ella enroscó las piernas en las suyas y sintió su fuerza cuando cambió el peso.

—La otra vez no fue así —susurró ella.

—Lo sé —no parecía complacido. Su voz sonaba rasgada. Sus movimientos eran feroces, exigentes—. No hables. Déjamelo a mí. Así. ¡Así!

Glory obedeció, tratando de olvidar el dolor de su cadera y la estupidez que había cometido al permitir de nuevo aquella intimidad.

—Eso es —susurró Rodrigo. Le mordisqueó el hombro a medida que los suaves gemidos que emitían iban volviéndose más fuertes—. ¡Sí! —le agarró el muslo con la mano y lo levantó. Las sensaciones que tuvo resultaron abrumadoras. Sintió cómo Glory se estremecía y oyó su gemido de sorpresa cuando el placer llegó al siguiente nivel.

—¡Oh! —exclamó ella, arqueando el cuerpo—. ¡Oh! ¡No... no puedo...!

El ritmo era ya frenético y no había forma de controlarlo. Rodrigo la penetró con más fuerza a medida que el torrente de placer comenzaba a envolverlo.

Glory le clavó las uñas en la espalda, abrió los ojos y se sorprendió al ver los contornos helados y firmes de su rostro sobre ella.

—Sí —susurró él con voz rasgada—. ¡Mírame...!

Glory no podía cerrar los ojos. El placer los sacudió a ambos, convulsionándolos al tiempo que se unían para volverse un solo cuerpo, un solo ser humano.

Rodrigo devoró sus labios mientas ella gritaba, señal del placer incontrolable que le estaba obligando a sentir. Se arqueó, se convulsionó y volvió a arquearse. Sin dejar de mirarlo, absorbiendo con los ojos toda la belleza de su rostro, de su cuerpo, mientras la penetraba y finalmente comenzaba a estremecerse.

—*¡Dios... mío!* —gimió en español mientras las convulsiones amenazaban con hacerle perder la consciencia.

Glory le mordió el hombro sin poder evitarlo. Ella también se estaba ahogando en un mar de placer tan inmenso que creía que nunca acabaría. Oyó sus propios gemidos mientras disfrutaba de cada espasmo.

Pero sí acabó. Lentamente, el mundo volvió a colocarse en su lugar y todo terminó. Aquella explosión de alegría tan hermosa y breve desapareció. Se quedaron tumbados, enredados, temblorosos y envueltos en sudor. Glory sintió cómo sus latidos se aceleraban peligrosamente y se concentró en respirar pausadamente. Jamás había sentido algo así en su vida.

Rodrigo estaba mirando al techo. Se odiaba a sí mismo por rendirse al placer una vez más. Ella no era como él. Nunca encajaría en su mundo. Se estaba relacionando con un policía y su misión estaba en peligro. Y ahora, a causa de unos celos que jamás admitiría, había duplicado las probabilidades de dejarla embarazada. No le hizo sentirse mejor darse cuenta de lo mucho que Glory había disfrutado de él en esa ocasión. Y de lo mucho que él había disfrutado de ella.

–Dime quién es mejor amante. ¿Márquez o yo? –susurró.

Glory estaba tratando de conseguir que su cerebro funcionara. Se sentía lenta y dormida.

–No podría decírtelo –confesó–. Nunca me he acostado con él.

Rodrigo no sabía cómo sentirse ante eso. ¿Orgulloso, quizá? ¿Arrogante? Se estiró y sintió el dolor en sus músculos por la tensión que habían soportado.

Se giró sobre la cama y la miró. Había dejado sus gafas sobre la mesilla de noche al llegar a la cama. Su pelo largo y rubio estaba enredado alrededor de su rostro sonrojado. Sus ojos grandes y verdes brillaban con curiosidad.

Le apartó el pelo de la mejilla y dijo:

–Estás mejorando.

Ella suspiró y se quedó mirándolo. Sus ojos adquirieron un tono acusador.

–Lo sé. Es culpa mía –murmuró él. Se agachó y la besó suavemente–. Ya pasé mi etapa descontrolada hace tiempo. Normalmente no me excito con tanta rapidez.

Glory quiso añadir que tal vez su huida de la policía tuviera que ver en su pérdida de control, pues la adrenalina habría hecho que se sintiera vulnerable. Pero no se atrevió.

–Podrías haber dicho que no –le dijo él.

–No, no podría –contestó ella–. No dejabas de besarme.

Él se encogió de hombros y los músculos de sus brazos se tensaron.

—Es adictivo —dijo sin más.

Ella sabía que era adictivo. No podía negarle nada. Era preocupante, dado que había tenido miedo de los hombres casi toda su vida y no se había sentido atraída por ninguno. Y sin embargo aparecía aquel granjero y le faltaba tiempo para quitarse la ropa. En cierto modo resultaba humillante.

—¿Detecto cierto tono de arrepentimiento? —preguntó él.

—No esperarás que me sienta orgullosa de cómo reacciono ante ti —dijo ella—. Estaba feliz con mi vida hasta que apareciste tú y le diste la vuelta.

Rodrigo le acarició las cejas con el dedo.

—He observado tu falta de inhibición —comentó él—. Hemos duplicado nuestras probabilidades de engendrar un bebé.

—Ya me he dado cuenta.

—¿Qué sugieres que hagamos al respecto? —insistió.

Era una pregunta que Glory no quería contestar. De hecho no sabía cómo contestarla. Una parte de ella deseaba tener un hijo. Otra parte tenía miedo, no sólo de tenerlo, sino del Rodrigo oculto, del traficante de drogas que podría acabar en prisión. Peor aún, tal vez ella fuese un instrumento para que acabara encarcelado. Lo había visto en el almacén en compañía de Castillo, huyendo de la policía. Tendría que testificar.

Mientras se debatía internamente, comenzó a sonar en el suelo el tema de la selección mexicana de fútbol del mundial del 2006.

—¡Maldita sea! —murmuró él.

Salió de la cama al tiempo que se subía los pantalones. Se metió la mano en el bolsillo y sacó el móvil.

—¿Sí?

Hubo una larga pausa.

—Lo sé —añadió.

Otra pausa.

—Será mejor que piense que puede adelantarme de camino a la frontera —contestó—. Sí, puedes decirle que he dicho eso. Hablaremos más tarde.

Colgó el teléfono, se vistió distraídamente y recopiló la ropa de Glory. La dejó sobre la colcha, que ella había utilizado para cubrir su cuerpo.

Se detuvo junto a la cama y la miró.

—Cuando las cosas se calmen por aquí, tendremos que hablar largo y tendido.

—¿Sobre qué?

—La verdad es que no lo sé. Pero, si estás embarazada, sabes que tenemos que tomar una decisión.

—Eso sería difícil —mintió ella—. No he tenido síntomas de embarazo.

Rodrigo se sintió extrañamente decepcionado, pero sabía que era lo mejor. Lo último que deseaba era atarse a esa mujer el resto de su vida por un hijo que no podría negar. Incluso aunque deseara tener un hijo con todo su corazón, Glory no era el tipo de mujer que deseaba como madre. Pensó en Sarina y sintió náuseas. Era casi como cometer adulterio. Se sintió culpable.

—Eso está bien —dijo tras una pausa. Entonces vaciló—. No quería que esto ocurriese.

—Lo sé. Yo tampoco.

Rodrigo se agachó y le dio un beso en la frente.

—Tenías razón en una cosa.

—¿En qué? —preguntó ella.

—Estaba celoso —confesó.

Abrió la puerta, salió y cerró tras él con decisión.

Glory se quedó tumbada en la semioscuridad del dormitorio, pensando en la facilidad con la que caía en las trampas que ella misma se tendía.

CAPÍTULO 9

Al día siguiente, Glory aún seguía flagelándose por la noche anterior. Tenía que intentar no dejarse arrastrar tan fácilmente por Rodrigo. Era casi seguro que estaba embarazada. Tenía que hablar con un médico antes de que fuera demasiado tarde y ver cuáles eran los riesgos reales que correría si decidía tenerlo. Cuanto más sentía los síntomas, más vinculada se sentía a la pequeña criatura que crecía en su interior. Lo deseaba con todo su corazón, sin importar las complicaciones que supondría, tanto física como laboralmente.

Mientras tanto, observó que Consuelo estaba extrañamente nerviosa. No paraba de sacar su móvil para asegurarse de que funcionaba. Además, trabajaba de manera distraída. Una vez incluso se olvidó de añadir azúcar a la fruta.

—¿Qué sucede? —le preguntó Glory—. ¿Hay algo que pueda hacer para ayudar?

La otra mujer la miró de forma extraña.

—Ojalá hubiera conocido a alguien como tú hace años —dijo con aire enigmático—. Fue como si el mundo entero se volviera en mi contra. Nadie me ofrecía su ayuda.

Glory sonrió gentilmente.

—Sabes que haría cualquier cosa que pudiera por ti.

Curiosamente, eso pareció incomodar más a Consuelo.

—Gracias —dijo apretando los dientes—. Pero es demasiado tarde.

Antes de que Glory pudiera preguntar más, sonó el móvil de Consuelo. La mujer estuvo a punto de dejarlo caer en la cacerola de la fruta al intentar contestar.

—¿*Sí?* —dijo en español. Escuchó, hizo una mueca de dolor y miró a Glory—. *¿Es absolutamente necesario? ¿Estás seguro?* —vaciló, escuchó y finalmente concluyó—. *Sí.*

—Ocurre algo, ¿verdad? —preguntó Glory cuando Consuelo colgó el teléfono.

—Sí —fue la respuesta. Consuelo se secó las manos y se quitó el delantal. No la miraba a los ojos—. Tengo que salir, sólo unos minutos, a la tienda a comprar... a por más... ingredientes. Puedes quedarte sola, ¿verdad?

—Por supuesto —Glory la sustituyó en los fogones y comenzó a remover la fruta. Sonrió, aunque sin ganas. Algo pasaba, y estaba casi segura de que tenía que ver con ella—. No te preocupes. Estaré bien.

La otra mujer le dirigió una mirada de auténtico horror.

—Ten... ten cuidado, ¿de acuerdo? —tartamudeó—. No tardaré.

—De acuerdo.

Consuelo salió por la puerta sin mirar atrás. A los pocos segundos, Glory oyó cómo se alejaba su coche.

Se apartó de los fogones y sintió un vuelco en el corazón. No estaba segura de lo que sabía, pero sentía que el peligro andaba cerca. Su trabajo la había vuelto más sensible al peligro, especialmente ahora. El comportamiento errático de Consuelo era demasiado inquietante como para ignorarlo. Se fue a su habitación, cerró la puerta con pestillo y marcó el número de la oficina de Cash Grier en su móvil. Antes de que diera tono, oyó cómo la puerta trasera se abría de golpe.

–¿Dónde está? –preguntó una voz masculina.

–¿Cómo iba a saberlo? –contestó otra voz–. ¡Búscala!

Glory colgó el teléfono y marcó el número de emergencias.

–Unidad del condado de Jacobs. ¿En qué puedo ayudarle?

Glory proporcionó la información de manera sucinta.

–Estoy sola y desarmada y hay unos hombres en la casa –dijo–. Creo que quieren hacerme daño.

–Dos minutos –dijo la operadora–. Manténgase al teléfono.

Por el teléfono, Glory oyó cómo daban la alarma a la policía local. Hubo interferencias en la voz de la operadora, y acto seguido un «10-76» con voz profunda, seguido de una sirena de policía que Glory oyó simultáneamente en el teléfono y en la calle. Debía de haber un coche patrulla cerca de allí si la operadora decía que podían llegar en dos minutos. Era un condado grande.

Si la policía conseguía llegar a tiempo...

Se oyeron pisadas y gritos amortiguados cuando intentaron abrir la puerta del dormitorio. Glory caminó descalza y se colocó detrás de la puerta con el bastón en alto. Si alguien conseguía entrar, ella daría el primer golpe. ¡Maldito Fuentes! Maldito por ser tan cobarde y enviar a otros a hacer el trabajo sucio.

Dieron una patada a la puerta, pero ésta no cedió. Oyó maldecir en español y, acto seguido, varios disparos contra la puerta, donde ella habría estado si no hubiera tenido la idea de atacarlos primero. Una de las balas atravesó la madera alrededor del picaporte y otra destrozó la cerradura.

—¡Sal de ahí, rubita! —dijo una de las voces.

Pero, a medida que la puerta comenzaba a abrirse, la sirena de policía se hizo más fuerte y se oyó el coche patrulla en el jardín. Glory sentía que el corazón iba a salírsele del pecho, acompañado de aquel dolor tan familiar que se extendía por el brazo izquierdo. Pero se sentía valiente de todos modos.

—¡Qué diablos...! —exclamó la otra voz.

—¡Es la policía! ¡Ha llamado a la policía!

—¡Ahora intentad dispararles a ellos! —gritó ella.

—¡La próxima vez te atraparé! —dijo una voz fría y violenta con acento español—. ¡Te juro que lo haré!

—¡Ni lo sueñes! —murmuró otra voz masculina.

Se oyeron golpes y pisadas; después un disparo. Y, finalmente, silencio.

—¿Señora, sigue al teléfono? —preguntó la operadora con preocupación.

—Sí —contestó Glory—. Se han producido disparos en el pasillo y otro fuera. Yo estoy encerrada en mi dormitorio.

—Quédese ahí.

—¡Desde luego!

Hubo más gritos y golpes. Y otra vez silencio.

Alguien llamó a la puerta.

—Señora, es la policía —dijo la misma voz que había contestado al intruso—. ¿Está bien?

No sabía si contestar o no.

Oyó las interferencias al otro lado de la puerta y después la misma voz masculina al teléfono antes de que la operadora contestara a la llamada.

—Es la policía de verdad —le aseguró la operadora—. Puede abrir la puerta.

—Gracias —dijo Glory—. Muchas gracias.

—Un placer.

Glory colgó el teléfono y abrió la puerta con cuidado. Un policía alto y fuerte de pelo negro y ojos grises estaba allí. Observó el bastón levantado en actitud amenazante.

—Oh, perdón —dijo ella bajando el bastón—. Lo siento.

—¿Iba a golpearlo en la cabeza? —preguntó el policía con una sonrisa—. No sé si eso habría ayudado, tiene la cabeza muy dura.

Glory se asomó al pasillo y vio a un hombre tirado en el suelo boca abajo con las manos esposadas a la espalda. Antes de que le dieran la vuelta y lo pusieran en pie, supo que se trataba de Marco, que la miró con odio.

—Por la mañana estaré fuera, rubita —le dijo—. ¡Y tú habrás muerto por la noche!

—Oh, yo no contaría con ello —dijo el policía.

—No, yo tampoco —contestó su acompañante, también de uniforme. Tenía el pelo rubio y una agradable sonrisa—. ¿Está bien, señora?

—Estoy bien, muchas gracias a los dos —contestó ella.

—¿Conoce a este hombre?

—Sí. Es el hijo de nuestra cocinera.

—Hay agujeros de bala en la puerta. ¿Estaba intentando dispararle? —preguntó el primer agente.

Glory vaciló. No se atrevió a decir la verdad. Marco lo sabía, y sonrió sarcásticamente.

—No lo sé —mintió ella.

Marco se carcajeó.

—Chica lista —dijo.

Los policías parecían sospechar. Glory vio entonces entrar a Cash Grier.

—Acabo de enterarme —le dijo, y miró a sus agentes—. Lleváoslo al centro de detención. Lo acusaremos de asalto con agravantes. Yo me encargaré de tomarle declaración a ella.

—¡No he intentado hacerle daño! —exclamó Marco—. Sólo quería hablar con ella.

Cash observó los agujeros de bala en la puerta y dijo:

—Hablar de mala manera, aparentemente.

—Es su palabra contra la mía —insistió Marco—. Estaré en la calle en veinticuatro horas. Puedo llamar a mi abogado, ¿verdad?

Fuentes tendría los mejores abogados que el dinero pudiese comprar. Glory nunca se había sentido tan frustrada. Miró a Marco con desprecio. Casi habría merecido la pena descubrir su verdadera identidad y poder acusarlo de intento de asesino, así como dar la razón, lo cual les conduciría al hombre para el que Marco trabajaba: Fuentes.

—Sacadlo de aquí —ordenó Cash—. Enseguida salgo.

Se llevaron a Marco por el pasillo.

Glory se apoyó en la puerta, respiró profundamente y trató de controlar el dolor del brazo.

—Siéntate —dijo Cash, y la ayudó a sentarse en una silla en la habitación—. ¿Tienes la medicina?

—Aquí no —era difícil respirar, y más difícil hablar.

—Puedo llamar a una ambulancia.

Glory tragó saliva. Eso complicaría las cosas aún más. Se concentró en respirar. Lentamente, el dolor comenzó a remitir.

—Me pondré bien —le aseguró a Cash—. No es la primera vez que tengo este problema.

—Es angina, ¿verdad? —preguntó él.

—Sí. Me daban pastillas de nitroglicerina, pero haría cualquier cosa antes que tomármelas. Me hacen daño a la cabeza.

Cash se apoyó en la cómoda y frunció el ceño.

—Conociendo tu historial médico, me pregunto si no serás una suicida, teniendo en cuenta tu trabajo.

—Qué extraño —musitó ella—. Eso es justo lo que dice mi médico.

—Tal vez deberías hacerle caso. Pienso llevarte a una casa en la que estés a salvo y vigilada.

Ella negó con la cabeza.

—Si haces eso, Fuentes gana. Marco ha fallado. Cree que quedará impune. Pero Fuentes hará lo posible por matarlo a él también. No perdona los fallos.

—¿Eso crees? Me pregunto por qué un hombre tan peligroso como Fuentes enviaría a un joven drogadicto y pandillero a realizar el trabajo de un profesional.

Glory se quedó pálida. No se había dado cuenta, pero

ahora lo veía claro. Era una trampa. El verdadero asesino había enviado a Marco para ver cómo estaba la situación, para comprobar el tiempo de reacción de los agentes de la ley, y para averiguar cómo reaccionaría ella.

–Estaba preparado, ¿verdad? –preguntó horrorizada.

–Eso creo –respondió Cash.

–¿Y qué hacemos ahora?

Cash intentaba pensar con rapidez. No estaba seguro de nada, salvo de que deseaba saber qué estaba haciendo la DEA en el condado de Jacobs. Había sido uno de sus nuevos hombres, el de ojos grises que había acudido a ayudar a Glory, quien había ignorado una orden de la DEA de retirarse ante una venta de droga realizada en Comanche Wells. Nadie sabía con exactitud quién era el agente secreto ni lo que se proponía, y las agencias federales tendían a no compartir su información con la policía local a no ser que no les quedara más remedio.

–¿Qué diablos pasa aquí? –preguntó una voz familiar y ligeramente acentuada. Glory levantó la mirada y vio entrar en la habitación a Rodrigo, que contempló los agujeros de bala en la puerta y luego la miró preocupado–. *¡Niña!* –preguntó al tiempo que se arrodillaba frente a ella–. *¿Estás bien?*

Glory sintió un vuelco en el corazón, porque se había dirigido a ella de forma cariñosa. Contempló sus ojos negros y se sintió a salvo. Sin pensar, abrió los brazos y él la rodeó con ternura. Sintió las lágrimas en los ojos y se odió a sí misma por mostrar debilidad. Pero había pasado mucho miedo. Miedo auténtico. El corazón aún le latía con fuerza. Se sentía vulnerable.

—¿Qué ha ocurrido? —le preguntó Rodrigo a Cash.

—Es una larga historia —respondió Cash—. No puedo divulgar lo que sé.

Rodrigo entornó los ojos. Conocía a aquel hombre, y a sus contactos. Había estado persiguiendo a un capo de la droga, pero alguien iba detrás de Glory. No sabía por qué, y sabía que era inútil preguntárselo a Cash. Al menos él estaba acostumbrado a los secretos.

—¿Puedes decirme quién ha hecho esto? —preguntó.

—Marco —murmuró ella contra su pecho—. Ha sido Marco. ¡Pobre Consuelo!

—¿Dónde está?

—Tuvo que salir a comprar. La llamaron por teléfono. Parecía nerviosa cuando colgó, y dijo que tenía que salir —dijo Glory.

Rodrigo miró a Cash a los ojos y éste supo entonces quién era el agente secreto de la DEA. No había reconocido a Rodrigo, al que sólo había visto a oscuras durante un enfrentamiento con Cara Domínguez varios meses atrás. Rara vez había visto esa mirada en la cara de otro hombre, pero le resultaba familiar. Obviamente, Rodrigo estaba implicado emocionalmente con Glory y parecía que quisiera vengarse personalmente de Marco. Se mostraba protector con ella. Pero Cash no descubriría su verdadera identidad; ni la de Glory. Si la situación hubiese sido algo menos peligrosa, habría resultado incluso cómica. Ambos guardaban secretos que, al parecer, no podían compartir el uno con el otro.

—Shhh —susurró Rodrigo—. No pasa nada. Estás a salvo. Nadie va a hacerte daño aquí. Nunca más. Te lo juro.

—Había pensado en traer a alguien a trabajar para ti, para que la tenga vigilada —dijo Cash.

Rodrigo lo miró y dijo:

—Ya se intentó antes y no funcionó. Yo cuidaré de ella.

Fue una advertencia velada. Cash hizo memoria y comenzó a recordar otras cosas que había oído sobre ese agente. Al parecer había sido mercenario durante años. Se le daba tan bien que habían puesto precio a su cabeza en casi todos los países del planeta. Durante los últimos tres años, había trabajado para la DEA en Arizona. De hecho había actuado de incógnito en la operación de Manuel López y había ayudado a capturarlo. Más recientemente, había colaborado en el arresto y condena de Cara Domínguez. Y ahora iba detrás de Fuentes. Cash lo sabía, pero no podía admitirlo; al menos delante de Glory.

—Yo estaba escondida detrás de la puerta cuando intentó entrar —murmuró ella mientras se apartaba de los brazos de Rodrigo—. Iba a darle en la cabeza con el bastón, pero empezó a disparar.

—Gracias a Dios que estabas detrás de la puerta y no frente a ella —dijo Rodrigo.

—¿Qué van a hacer con Marco? —le preguntó ella a Cash.

—Leerle sus derechos, encerrarlo y esperar que el juez fije la fianza en un millón de dólares.

Glory se rió.

—Oh, creo que Mary Smith estaría encantada de hacerlo si se lo pidieras. Odia a los traficantes.

—¿Conoces a una juez? —le preguntó Rodrigo sorprendido.

—He oído hablar de ella —contestó Glory—. Uno de mis primos tuvo problemas con la ley y ella llevó el caso —mintió.

—Entiendo.

—Tendrás que testificar —dijo Cash—. Eres la única testigo que tenemos.

«La historia de mi vida», pensó ella.

—Pero en realidad no lo he visto —contestó—. Sólo lo he oído.

—Intenta conseguir una condena con esas pruebas —murmuró Rodrigo mientras examinaba los agujeros de bala—. Un buen abogado defensor jurará que Marco vino a ayudarla y fue erróneamente acusado.

—¿Pero y el arma? —preguntó Glory.

Cash apretó los dientes.

—¿Qué sucede? —insistió ella.

—No hemos encontrado el arma.

—Así no ganaremos el caso —contestó Rodrigo.

—Había dos hombres —dijo Glory—. El otro, el que se escapó, probablemente se llevara el arma al oír las sirenas. Marco estaba ocupado amenazando con atraparme la próxima vez. Así que por eso lo habéis atrapado.

—Lo mantendré encerrado todo el tiempo que pueda —prometió Cash—. Pero no será el único intento.

—Aquí estará a salvo —repitió Rodrigo. Luego los miró a los dos durante unos segundos—. Supongo que ninguno de los dos querrá decirme por qué la ayudante de mi cocinera atrae a asesinos a sueldo.

Cash y Glory intercambiaron miradas.

—Así que vamos a jugar a las sillas musicales y a las veinte preguntas mientras el jefe de Marco planea la manera de quitar a Glory de en medio, ¿verdad? –dijo Rodrigo.

–Pensamos que esto era una prueba –dijo Cash–. Para ver el tiempo de respuesta y la reacción de Glory.

–La próxima vez será más listo y atacará en mitad de la noche, cuando ella esté durmiendo –dijo Rodrigo.

–Si alguien me prestara una pistola... –intentó decir Glory

–¡No! –exclamó Cash.

–Por un mísero faro –se defendió ella.

–Y un parabrisas –respondió él–. Nada de armas.

Rodrigo sabía que estaban hablando de algo que no podían compartir con él. Más secretos.

–Ya se nos ocurrirá algo –le aseguró a Cash–. Pero me gustaría hablar contigo antes de que te marches.

Cash sabía que no le iba a gustar lo que tuviera que decirle.

–Esperaré fuera –contestó, y se volvió hacia Glory–. ¿Estás segura de que no necesitas una ambulancia?

–Sí, gracias.

Rodrigo le acarició el pelo y se levantó.

–No tardaré ni un minuto –le aseguró–. Túmbate. Ya has tenido más emociones de las que te convienen.

Ella asintió y atravesó la habitación lentamente, ignorando los agujeros de bala. Al llegar a la cama, prácticamente se desplomó sobre la colcha.

Una vez en el porche, Cash y Rodrigo se miraron con actitud desafiante.

—Será mejor que me digas qué está pasando —dijo Rodrigo.

—¿Igual que tú me mantienes informado a mí? —respondió Cash con frialdad.

Rodrigo entornó los ojos. Aquel hombre era inteligente, y no era de los que aceptaban las mentiras con facilidad.

—Supongo que ya sabes quién soy y por qué estoy aquí.

—Sí —contestó Cash.

—Eso es todo lo que puedes saber —dijo Rodrigo—. Lo siento. Ésta no es mi operación. Tengo que hacer lo que me ordenan.

—¿Puedes al menos decirme si lo que estás haciendo tiene alguna conexión con Fuentes?

Rodrigo asintió.

—Tenemos un topo —dijo—. Nos proporciona información. Tuve que hacerme pasar por otra persona para averiguar cómo funciona la red de distribución; es formidable. Sigo teniendo un primo que trabaja para Fuentes, aunque Manuel López asesinó a uno de mis primos por infiltración hace algunos años. Hay un cargamento de cocaína procedente de Perú que llegará en dos semanas. Sabemos cómo entrará en el país y cuál es su destino.

—Hay un almacén vacío en Comanche Wells —dijo Cash—, y allí pueden realizarse actividades sin que nadie se entere.

Rodrigo asintió.

—Estuvimos allí anoche —dijo—. Alguien en un coche patrulla sin identificar casi hace que me maten por negarse a efectuar una retirada.

—Es uno de mis nuevos agentes —dijo Cash—. Lo

siento. Acaba de volver de ultramar. Era oficial en una unidad de combate en el frente y se ha olvidado de cómo cumplir órdenes. De hecho estaba en las fuerzas especiales.

—Nosotros también tenemos a unos cuantos de ésos —dijo Rodrigo—. Son muy valiosos en el lugar apropiado. Pero son un riesgo cuando no siguen las órdenes.

—Ya se lo dije —contestó Cash—. No volverá a hacerlo.

—Seguimos sin hablar de lo que acaba de ocurrir en esta casa —dijo Rodrigo.

—Lo sé.

—¿Qué tiene o sabe Glory que sea tan importante como para intentar matarla?

Cash sopesó los hechos y decidió que tenía que contestar a aquel hombre, aunque sin delatar a Glory.

—Tiene información que podría vincular a Fuentes a un asesinato. Si lo condenan, eso tendría fuertes repercusiones en la red de distribución. Fuentes no quiere que testifique.

—Menuda coincidencia —musitó Rodrigo—. Y acaba metida aquí, en mitad de un asunto de drogas.

—Y casi la matan —añadió Cash.

—Fuentes no enviaría a Marco a realizar un trabajo como ése. Marco no tiene lo que hay que tener. No, lo envió aquí para comprobar cómo estaban las cosas. La próxima vez, enviará a un asesino profesional y acabaremos enterrando a Glory.

—Eso es lo que le he dicho a ella.

—Y el juicio es dentro de poco, imagino.

—Sí —contestó Cash—. Ciertas personas hablaron con los Pendleton para que contrataran a Glory como ayudante en la cocina. El fiscal del caso pensó que correría menos peligro en un pueblo pequeño, donde todos pudiéramos vigilarla mientras él consigue pruebas suficientes para convencer al jurado de que Fuentes estaba matando a los informadores que hablaban más de la cuenta.

–Imagino que Márquez y tú sois las personas que planean vigilarla.

–Tenía a un tipo trabajando para ti que se suponía que iba a mantenerme informado. Pero se ha ido.

–Yo sigo trabajando aquí –dijo Rodrigo–. No le ocurrirá nada.

–No puedes vigilarla a todas horas –dijo Cash–. Deja que te ayude.

Rodrigo sintió un vuelco en el estómago. De pronto se sentía vulnerable. Había disfrutado de Glory como pasatiempo, pero la idea de perderla resultaba horrible. No podía soportar la idea de verla muerta. Era curioso lo mucho que le dolía pensar en su cuerpo inerte.

–Ese fiscal debería haber enviado a un guardaespaldas con ella –comentó Rodrigo.

Cash se rió.

–¿Y con qué presupuesto se pagaría eso?

–No con el nuestro –admitió Rodrigo–. No pienso pagarles horas extras.

–No podrías, si tu presupuesto es como el nuestro.

–Lo es. Nadie tiene dinero para ahorrar hoy en día –no mencionó que tenía dinero de sobra para haber hecho ese trabajo sin cobrar. Los tres años que había trabajado para la DEA habían sido sólo para poder ser el compañero de Sarina.

—De acuerdo —dijo Cash—. Tendré a alguien disponible para que la siga si sale de la granja. ¿Tú puedes protegerla aquí?

—Sí —contestó Rodrigo.

—Entonces tal vez podamos mantenerla con vida hasta que Fuentes vaya a juicio —apretó los labios—. La madre de Marco está implicada en esto. Lo sabes, ¿verdad?

—Sí —contestó Rodrigo—. Su marido está en la cárcel federal. Marco acaba de salir y, si podemos demostrar que tenía un arma, sería una violación de la condicional y volvería a prisión. Es una pena que Consuelo se haya permitido mezclarse en esto.

—Haría cualquier cosa que su hijo le pidiera —dijo Cash—. Es todo lo que tiene.

—Es una pena.

—Sí.

—¿Vas a acusarla?

—¿Con qué pruebas? —preguntó Cash—. Ya nos va a costar incluso presentar cargos sólidos contra Marco.

—Maldito bastardo —murmuró Rodrigo—. Me gustaría darle su merecido.

—No está permitido. Recuerda, somos de los buenos.

—Darle su merecido sería algo bueno.

—No querrás enfrentarte a Blake Kemp en un juicio. Acaba de ser nombrado fiscal del distrito. El que teníamos sufrió una apoplejía y murió. Kemp se encarga del trabajo hasta que haya elecciones, y te aseguro que se presentará. Ya es toda una leyenda.

—Lo sé —dijo Rodrigo—. ¡Maldita sea!

—Eso es justo lo que están diciendo en estos momentos

los criminales –dijo Cash riéndose–. Es muy duro con los defensores.

–Tengo entendido que también estaba en las fuerzas especiales, junto con Cag Hart.

Cash asintió.

–Tenemos muchos ex militares por aquí. Si necesitas ayuda, haré todo lo posible.

–Gracias.

–¿Te has enterado de lo de tu antigua compañera?

–¿Sarina?

–Sí –dijo Cash–. Está embarazada.

Rodrigo recibió las palabras como un puñetazo. Sarina no le había dicho nada. Había tenido la oportunidad en la fiesta.

–Debe de ser una noticia maravillosa para ellos.

–Sí. Andy Kebb, de la inmobiliaria, me lo contó. Iban a mudarse aquí; incluso compraron la finca de Hob Downey para construir en ella. Pero ahora quieren quedarse en Houston, así que han vuelto a poner en venta la propiedad. Supongo que están muy asentados allí. Aunque no sé cómo va a mantener Sarina el trabajo en la DEA en su estado.

Rodrigo simplemente asintió. Sentía como si un agujero frío y oscuro se hubiese abierto en su interior.

–Bueno, me marcho de aquí. Si nos necesitas, házmelo saber –añadió Cash–. Pondremos más coches patrulla por la zona.

–Dile a tu nuevo agente que, la próxima vez que desobedezca una orden mía, entrará con los pies por delante en la sala de urgencias más cercana –Rodrigo no sonrió al decirlo, y sus ojos reflejaban toda la rabia que sentía.

—Oh, ya se lo he dicho —respondió Cash—. Yo tampoco tolero la desobediencia.

—Pero puedes darle las gracias por haber estado rápido hoy. Aunque fuera sólo una prueba, Marco es impredecible. Tal vez Glory estuviera muerta si no hubiese actuado con rapidez. Se la debo.

—Se lo diré —prometió Cash.

—Y lo que yo hago aquí sigue siendo alto secreto.

—Eso también lo sé. Cuídate.

—Lo mismo digo.

Cash se marchó y Rodrigo regresó a la casa. Se sentía mareado. Sarina estaba embarazada. No se lo había dicho. No había telefoneado ni escrito. ¿Tan poco le importaba, después de tres años de amistad, que ni siquiera podía compartir la buena noticia con él?

Se sentía perdido y solo. Todos sus sueños habían muerto. Nunca sería el único hombre en la vida de Sarina. Era un golpe duro.

Caminó por el pasillo hasta la habitación de Glory y se detuvo junto a su cama. Tenía las mejillas sonrojadas y aún estaba nerviosa.

Se sentó a su lado. Le recordaba un poco a Sarina. Pero no era tan inteligente ni valiente. Sarina podía disparar un arma y se había enfrentado a tipos muy peligrosos durante años. Sin embargo, aquella pobre mujer se escondía porque su testimonio podía acabar con Fuentes en prisión. No podía imaginarse a Sarina escondiéndose de nadie.

Pero no era justo compararlas. Sarina tenía una salud excelente. Aquella mujer, en cambio, tenía problemas que la hacían más vulnerable. Estaba siendo poco razonable porque se sentía herido.

Estiró la mano y le acarició el pelo.

—¿Te sientes mejor? —preguntó.

—Sí —contestó ella—. Me pondré bien. Pareces triste.

—Tal vez lo esté —dijo él, evitando su mirada.

—¿Hay algo que yo pueda hacer?

Rodrigo la miró y consideró lo único que podría pedirle y que no sólo le ayudaría a curarse, sino que le demostraría a Sarina que no iba a pasar el resto de su vida llorando por no poder tenerla.

—Sí —dijo de pronto—. De hecho, sí que puedes hacer algo. Puedes casarte conmigo.

CAPÍTULO 10

–¿Casarme contigo? –preguntó Glory.

–¿Por qué no? En la cama lo pasamos bien. Nos gustan las mismas cosas. Nos llevamos bien.

–Pero, no estamos enamorados –protestó ella. Sí sentía algo por él, pero no iba a decírselo. Al menos, no mientras él siguiera llorando la pérdida de la otra mujer.

–¿Qué es el amor? El respeto mutuo y la amistad me parecen igual de importantes –respondió él–. Te muestras reticente. ¿Es porque me gano la vida trabajando con las manos?

–No, no es eso –contestó ella–. Yo te admiro.

–¿Por qué? –pareció sorprendido.

–Porque tratas bien a la gente; con diplomacia y con tacto –explicó Glory–. Nunca gritas ni humillas a los demás trabajadores. Te desvives por ser amable con las mujeres y los niños. Eres sincero. No te importa trabajar duro. Y no te da miedo nada. Por todo eso.

Rodrigo no había esperado una lista de sus cualidades. Le sorprendía que sintiera eso por él. No era lo que aparentaba, pero ella lo aceptaba tal cual. Durante años, las mujeres, exceptuando a Sarina, lo habían deseado por lo que pudiera darles. Y sin embargo allí había una que pensaba que era pobre y no le importaba.

—Me siento halagado —dijo mirándola a los ojos—. Pero hay algo más. Algo que no me has dicho.

Glory apartó la mirada.

—Vamos —insistió él.

—Oí lo que le dijiste a Consuelo sobre mí —confesó—. Que no era el tipo de mujer que te atraía... que era demasiado simple...

Rodrigo la estrechó entre sus brazos y dijo:

—Tengo un temperamento muy cambiante. A veces digo cosas que no siento. Aquello no lo decía en serio. De verdad.

Ella se relajó.

Rodrigo la tumbó de nuevo y le acarició la mejilla.

—Tú no quieres tener hijos conmigo —dijo. El orgullo aún le dolía al tener que confesarlo.

—No lo decía en serio. De verdad —dijo ella. Aún no sabía si podría quedarse embarazada—. He estado pensando, y no me importaría tener un hijo.

Rodrigo arqueó las cejas y luego sonrió.

—¿De verdad?

—De verdad —contestó ella con una sonrisa, y sintió un vuelco en el corazón al ver su expresión.

—¿Entonces te casarás conmigo? —preguntó él mientras le acariciaba los labios con el dedo.

Era una locura. No podía casarse; el trabajo no le dejaba tiempo libre. No podría tener un hijo; podría morir. Pero estaba casi segura de que ya se había quedado embarazada. Si pudiera encontrar un buen médico, alguien que pudiera vigilarla de cerca, tal vez no fuera tan peligroso. Después de todo, estaba el caso de Grace Carver, que tenía una válvula cardiaca mal y sobrevivió al embarazo tras casarse con el agente del FBI Garon Grier. Si Grace podía, ¿por qué ella no? Además, con su pasado, no quería tener el bebé fuera del matrimonio. Aquellos valores tradicionales que le habían enseñado de niña no desaparecían tan fácilmente.

–Vamos –insistió él.

Glory lo miró y sonrió. Nunca se arriesgaba. Siempre se mostraba conservadora. Pero había cierta promesa en aquellos ojos negros, y el corazón le latía desbocado en el pecho.

–Sí –dijo, negándose a pensar en las consecuencias.

–¿Sí, qué? –bromeó él.

–Sí, me casaré contigo –susurró Glory.

Segundos después, Rodrigo estaba devorando su boca con pasión. Glory lo deseaba. No le importaba que no tuviese ni un penique a su nombre y que nunca pudiera proporcionarle una seguridad financiera. Se parecía tanto a Sarina...

Se apartó de ella y se incorporó. Glory parecía ensimismada, feliz. Él se sintió culpable porque estaba utilizándola, en cierto modo, para escapar del dolor del rechazo. Pero ella jamás tendría que saberlo. Podrían estar juntos durante un tiempo, disfrutando el uno del otro. Entonces, más tarde, quizá hubiese un bebé. La idea de pronto le resultó deprimente. Se estaba engañando a sí mismo al pensar que podría ser feliz con una sustituta, aunque fuera con un bebé. Nunca sería Sarina, y el bebé nunca sería Bernadette. El dolor era como una cuerda alrededor de su corazón; asfixiante.

–¿Cuándo? –preguntó ella, e interrumpió sus pensamientos.

Rodrigo se levantó y frunció el ceño.

–¿Cuándo quieres?

Ella vaciló un instante. De pronto Rodrigo le parecía distinto. Tal vez estuviese ya arrepintiéndose. Tal vez ella también debería arrepentirse; su vida corría peligro y estaba viviendo una mentira. No podía casarse con nadie...

–Hoy –dijo él abruptamente–. Ahora mismo.

–¿Ahora mismo?

–Podemos cruzar la frontera en poco tiempo –dijo Rodrigo–. Las bodas mexicanas son vinculantes.

Glory sentía que la cabeza le daba vueltas. Fuentes había enviado un asesino tras ella. Marco había disparado contra su puerta hacía menos de media hora. El verdadero asesino aún seguía suelto, y ella iba a casarse con un hombre que probablemente fuese traficante de drogas, aunque no hubiese sido condenado.

–¿Qué sucede? –preguntó él.

No podía decirle todo eso. Al menos de momento. Lo miró a los ojos y supo que no importaría. Fuera lo que fuera, ya estaba enamorada de él. Era demasiado tarde para echarse atrás. Incluso aunque sólo pudieran tener poco tiempo juntos, seguramente aquello fuese mejor que no tener recuerdos de amor en absoluto.

—No sucede nada —mintió mientras se ponía en pie—. Yo me apunto si tú te apuntas.

Rodrigo le agarró la cintura con las manos y la miró a los ojos.

—Me aceptas por pura fe —le dijo—. Sé que sospechas que no soy lo que parezco. Hemos tratado de evitar el tema, pero sé que estuviste con Márquez anoche. Sé dónde estuviste, Glory.

Glory se sintió anestesiada. No quería tener que pensar en sus actividades nocturnas. Quería casarse con él. Quería vivir con él.

—Tú no sabías dónde iba Márquez, ¿verdad? —preguntó él.

Glory aceptó la vía de escape que estaba ofreciéndole.

—No. Dijo que íbamos a dar una vuelta.

—¿Te dijo por qué estaba vigilando el almacén de Comanche Wells?

—Oh, sí —mintió ella—. Dijo que se trataba de un grupo de inmigrantes ilegales que querían entrar en el condado y que se refugiaban en ese almacén hasta encontrar hogares seguros.

Rodrigo sintió que se había quitado un peso de encima. Al parecer, Márquez no estaba metido en el caso. Estaba trabajando en algo totalmente diferente y probablemente sospechara que formaba parte de aquella operación con inmigrantes. Eso hizo que se sintiera menos amenazado.

—Rodrigo —dijo ella suavemente—. No estarás metido en algo que vaya contra la ley, ¿verdad?

Él suspiró. No podía contarle la verdad.

–¿Te servirá si te doy mi palabra de que, de ahora en adelante, nunca infringiré la ley?

Los ojos de Glory estaban radiantes, llenos de sueños por cumplir.

–¿De verdad? –preguntó.

–Sí –contestó él con una sonrisa.

–Pero me habría casado contigo aunque estuvieras implicado en algo ilegal, Rodrigo. Aunque albergaría la esperanza de que lo dejaras, por mí.

Rodrigo se sentía como un chico en su primera cita. Comenzó a sonreír y no pudo parar.

–Te prometo que nunca te haré daño. Y que te protegeré de cualquiera que pretenda hacértelo. Si nos casamos, podremos compartir la habitación y nadie se acercará a ti por las noches. Yo cuidaré de ti.

La cara de Glory se iluminó.

–Yo también cuidaré de ti –dijo.

–¿De verdad? –preguntó él riéndose–. Qué amable por tu parte.

Glory se abrazó a él impulsivamente y apoyó la mejilla en su pecho.

–En toda mi vida –dijo suavemente–, nunca me he sentido tan segura como cuando estoy contigo.

Eso le hizo sentir aún más culpable, pero no dejó que se notara y simplemente la abrazó con fuerza.

–Así es como quiero que te sientas.

Saboreó aquel contacto tan íntimo, pensando en la facilidad con que podría haberla perdido por la temeridad de Marco. Se preguntó qué habría visto exactamente para poner su vida en peligro. Pensaba averiguarlo, pero aún no.

Tras un minuto, la apartó de su pecho y dijo:

—Será mejor que nos vayamos.

—¿Qué pasa con Consuelo? —preguntó ella.

—Fingiremos que no sabía nada sobre el tema y ganaremos tiempo.

—¿Realmente crees que pensaba dejar que su hijo me matara?

—No lo sé, Glory —contestó él sinceramente—. No creo que lo deseara.

—Yo tampoco. Marco pertenece a la banda de Los Serpientes —añadió ella—. Ellos no olvidan los errores.

Rodrigo ladeó la cabeza mientras la observaba.

—Es cierto —se preguntó si Márquez le habría contado eso. ¿Cómo si no conocería la existencia de una banda callejera de la gran ciudad?

—Puede que no viva lo suficiente como para que presenten cargos.

—Es cierto.

—Pobre Consuelo.

—Sigues preocupada por lo de anoche, ¿verdad? —preguntó él mientras tomaba uno de sus rizos con los dedos.

Se refería a la venta de droga. Ella levantó la mano y le tapó la boca con los dedos.

—No me importa lo que seas ni lo que hagas —dijo—. Sólo sé que... que me importas y que confío en ti. No importa. Nada importa.

Rodrigo tomó aliento. Glory pensaba que era un criminal y no le importaba. Lo deseaba a pesar de todo.

—Algún día, tal vez importe —dijo con sinceridad.

—Entonces afrontaremos juntos ese día, cuando llegue —contestó ella con testarudez.

—Supe que eras especial la primera vez que te vi, cuando hiciste que me subiera por las paredes con la broma de la embajadora.

—No te gustó mucho.

—La verdad es que sí me gustó —contestó él—. Te admiré al ver que no te acobardabas ante nadie.

Glory quiso preguntarle por la mujer rubia, a la que realmente amaba. Tal vez hubiera habido una auténtica ruptura. Pero fue una cobarde. Realmente no quería saberlo. Sin embargo, conseguiría que Rodrigo se enamorase de ella. Sabía que podría, si lo intentaba. Mantendría el secreto sobre el bebé y sobre su trabajo, y avanzaría día a día.

Los casó el cura de un pueblo en una pequeña capilla. El cura no hablaba inglés, pero el español era la lengua materna de Rodrigo, de modo que no importó. Glory no había dicho nada de anillos, pero Rodrigo sacó unos durante la ceremonia y se los puso en el dedo. El anillo de boda era un precioso aro con un dibujo de oro blanco y amarillo. La alianza tenía los mismos detalles y estaba rematada con un enorme diamante. Debían de haber costado una fortuna. Quiso protestar, pero era demasiado tarde. Le quedaban un poco ajustados, y no pudo evitar preguntarse si los habría comprado para otra persona; la mujer rubia, tal vez.

—Son preciosos —dijo mientras regresaban en el coche.

—¿El qué?

—Los anillos. ¿Cómo los conseguiste tan rápido?

—Los tenía desde hacía unos meses —contestó él.

Los odiaba. Quiso quitárselos del dedo y tirarlos por la ventanilla. Aunque eso no serviría de nada. Rodrigo aún lloraba la pérdida de aquella mujer rubia y de su hija. Pero tal vez si tenía paciencia podría conseguir que la amara. Entonces le pediría los anillos de boda y de compromiso. Cuando pudiera hablarle con total tranquilidad del bebé que probablemente estuviera gestándose en su interior, tal vez Rodrigo le comprara otro juego de anillos, adquiridos exclusivamente para ella.

Consuelo estaba en la cocina cuando regresaron a casa. Había estado llorando y parecía pálida. Se puso en pie de un salto cuando se abrió la puerta trasera.

—Estás bien —exclamó al ver a Glory—. ¡Estaba tan preocupada! Cuando regresé, te habías ido, y lo único que me dijeron los empleados fue que habían oído sirenas. Marco me llamó desde el centro de detención y me dijo que necesitaba un abogado. ¿Para qué?

Rodrigo no sonrió.

—Marco disparó una pistola contra la puerta del dormitorio de Glory; estaba intentando matarla.

Consuelo pareció horrorizada.

—No. Oh, no, él nunca te haría daño. Ha sido un malentendido, nada más —dijo firmemente—. Sé que ha sido arrestado, pero dijo que sólo estaba intentando llamar tu atención. Fue el otro chico quien disparó. Dijo que el policía lo acusa de asalto y de haber efectuado los disparos, pero Marco no tiene pistola. Está en libertad condicional, así que tendría que regresar a la cárcel si tuviera un arma.

«Hablando de vivir en un sueño», pensó Glory. Pobre mujer. No podía dejar de defender a su hijo, incluso después de haber sido pillado in fraganti.

—Además, la policía no ha encontrado el arma —añadió Consuelo. Se quedó mirándolos y entonces se dio cuenta de que Glory llevaba anillos—. ¡Os habéis casado!

—Sí —contestó Rodrigo sonriendo—. Hemos cruzado la frontera.

—¡Pero deberíais habérmelo dicho! Puedo preparar una tarta y una cena especial —intentaba negarlo todo—. Tengo que ir a ver si hay suficientes huevos...

—Consuelo, esta noche no —dijo Rodrigo—. Ha sido un día muy duro para Glory. Todavía no se siente bien, después del incidente de antes.

La mujer la miró y observó su cara roja y sus ojos hinchados.

—*Pobrecita* —dijo en español—. Lo siento mucho. ¡Lo siento!

Glory se acercó a ella y la abrazó.

—Tú no tienes que disculparte por nada —dijo suavemente—. Gracias por la oferta, pero preferiría acostarme y no pensar en comer. Estoy muy cansada.

—Claro que lo estás —dijo Consuelo. Por un instante, su mirada pareció extraña. Glory no encontró la manera de describirla. Pero luego sonrió y la mirada desapareció—. Piensa en lo que te apetezca comer y te lo llevaré más tarde. ¿De acuerdo?

—De acuerdo —contestó Glory.

Rodrigo la agarró del brazo y la condujo hasta su habitación. Puso cara de rabia al ver los agujeros de bala en la puerta.

—Tienes que trasladarte a mi habitación —le dijo.

—Ahora no —contestó ella riéndose—. Lo siento, pero es cierto que estoy cansada. Sólo quiero tumbarme un rato.

—No es mala idea. Tengo que ir a ver a los hombres para comprobar lo que están haciendo. Se suponía que Castillo debía encargarse de ellos después de la comida, pero quiero asegurarme. Estarás bien —añadió, y le dio un beso en la boca—. Métete el teléfono móvil en el bolsillo y llámame si necesitas algo.

—No sé tu número —respondió ella.

Rodrigo estiró la mano y ella le entregó el teléfono. Él lo abrió para guardar el número, y frunció el ceño al ver los nombres que había grabados.

—¿Oficina del fiscal de San Antonio? —preguntó.

—Es por el caso de Fuentes —contestó ella, obligándose a no parecer nerviosa.

—Claro —qué coincidencia, pensaba él, que ambos estuvieran en peligro por culpa de Fuentes. Marcó su número, lo guardó en marcación rápida y le devolvió el teléfono—. Soy el número quince —dijo, y comenzó a reírse—. Debes de pasar mucho tiempo al teléfono.

Muchas horas al día cuando estaba en el trabajo, pero no podía decírselo.

—Trabajo para una agencia cuando no estoy cocinando —le dijo apresuradamente—. Tengo clientes regulares para los que trabajo.

Rodrigo asintió, pero su mente ya se había puesto en marcha.

—Volveré enseguida —prometió. La ayudó a meterse en la cama y le dio un último beso—. Está muy guapa, señora Ramírez —bromeó. Era extraño lo bien que sonaba.

Ella sintió lo mismo y sonrió con todo su corazón.

—Señora Ramírez —repitió con un suspiro. Jamás había pensado en casarse, y de pronto lo había hecho con un hombre que podía ser narcotraficante. Pero no quería pensar en eso. Iba a disfrutar cada momento que estuviera casada con aquel hombre tan fantástico y tan sexy.

Rodrigo le dirigió un guiño desde la puerta.

Ella cerró los ojos y se quedó dormida.

Aquella noche durmió en los brazos de Rodrigo. Fue la primera noche en toda su vida adulta que durmió bien. No se había acercado a ella con intenciones sexuales, argumentando que ya había tenido suficiente por un día. Además, dijo que tenían el resto de sus vidas para disfrutar de ese placer en particular.

Glory trabajó en la cocina con Consuelo, como de costumbre, pero la otra mujer estaba claramente distraída. Casi al mediodía, sonó el teléfono y se apresuró a contestar.

—¿Marco? —exclamó—. ¿Dónde estás? ¿Qué? No. ¡No! ¿Cómo pueden haberla encontrado? Oh, ese idiota. ¡Te advertí que...! —miró a Glory. Estaba hablando en español. Glory estaba trabajando a pocos metros y parecía ajena a lo que estaba diciendo—. Buscaré un abogado para que te represente. Sí, lo comprendo. Lo haré. ¡He dicho que lo haré, Marco! No te preocupes, encontraré la manera de sacarte de allí. De momento, haz lo que te digan. Sí. Sí. Te quiero.

Colgó el teléfono y regresó a los fogones junto a Glory.

—¿Malas noticias? —preguntó Glory.

—Ese idiota con el que se junta Marco tenía la pistola. Fue él quien disparó a tu puerta, porque estaba borracho —dijo Consuelo—. Ahora él se escapa y Marco es acusado de violar la condicional por tenencia de armas. ¡Me dan ganas de estrangular a ese chico!

Nunca nada era culpa de Marco, pensó Glory. Siempre era otra persona la que cometía el error y culpaba a Marco.

—¿Tú no viste quién disparó el arma? —preguntó Consuelo.

—Claro que no. Estaba detrás de la puerta —contestó Glory.

—Marco jura que no fue él.

Glory recordaba la amenaza de Marco. Había dicho que la próxima vez la atraparía. No quería mencionárselo a Consuelo, o su buena relación laboral acabaría en ese instante. Aunque sí le dolía un poco que Consuelo estuviera defendiendo a su hijo, que realmente había intentado dispararle.

—Tienen a Marco en el centro de detenciones. Tengo que ir a llevarle algo de dinero. ¿Puedes quedarte aquí?

—Sí —le aseguró Glory.

—Sólo queda una remesa de confitura de melocotón y ya no tendremos que hacer nada hasta que lleguen las manzanas, así que no creo que te cueste mucho terminar.

—Me las arreglaré. Vete y encárgate de tu hijo.

Consuelo se quitó el delantal y se alisó la blusa sobre los pantalones. Era extraño, pensó Glory. Aquellos pantalones parecían de seda. Al igual que la blusa. Era un atuendo algo caro para llevar en la cocina.

—No tardaré —le aseguró Consuelo con una sonrisa.

—De acuerdo.

Mientras Consuelo y Rodrigo estaban fuera de casa, Glory telefoneó a la consulta de la doctora Lou Coltrain y concertó una cita con ella para esa tarde. Probablemente Consuelo comiera antes de regresar, y a Rodrigo no le importaría comer algo frío; le dejaría una nota, aunque no mencionaría dónde iba.

No había muchas consultas aquel día, de modo que pudo ver a Lou pronto. La doctora, alta y rubia, sonrió al verla entrar en la consulta.

—¿Señorita Barnes? Soy Lou Coltrain.

—Encantada de conocerla —dijo Glory—. Me encantaría que me dijera que no estoy embarazada.

—¿Por qué?

—Es un mal momento. Y... tengo la tensión alta —añadió.

—¿Cómo de alta?

Glory se lo dijo.

—¿Estás medicada?

—Sí —le dijo la dosis y el efecto de las pastillas que tomaba.

—¿Está casada?

Glory se sonrojó y después se rió.

—Sí. Me casé ayer, en México.

Lou vaciló un instante.

—¿Sabe? Un análisis de sangre el día después de casarse no va a ser muy determinante.

—Hace varias semanas desde mi última regla —le dijo Glory—. Este hombre tan increíble y sexy apareció sin avisar. No pude resistirme y... no pude negarme cuando me pidió que me casara con él. Realmente quiere tener un hijo.

Lou acercó su taburete y se sentó.

—¿Qué desea usted? —preguntó.

Glory vaciló.

—Pensé que quería seguir con mi trabajo sin complicaciones. Pero ahora las complicaciones son mucho más excitantes que el trabajo. Mi médico y mi jefe me enviaron aquí para mantenerme alejada del estrés y del peligro.

—Entiendo —dijo Lou mientras escribía en su libreta—. ¿Cuál es el nombre y el número de teléfono de su médico?

Glory se los dio.

—¿Está tomando algo para diluir la sangre aparte del diurético y la medicina para la hipertensión?

—Sí.

—¿Alguna angina?

—Ayer —respondió Glory.

—¿Qué la desencadenó?

—Un hombre me disparó a través de la puerta de mi dormitorio.

Lou dejó de escribir y miró a su paciente con la boca abierta.

—¡Así que eso es lo que ocurrió! Oímos las sirenas, y alguien dijo que había un francotirador suelto por la granja Pendleton. ¿Lo atraparon?

—En el acto —contestó Glory con una sonrisa—. Al menos a uno de ellos.

—¿Por qué estaba disparándole a usted?

—Tengo pruebas de que un narcotraficante conspiró para cometer asesinato —contestó Glory—. Tengo que vivir el tiempo suficiente para testificar en el juicio.

—Todo eso y un bebé... ¡Señorita Barnes, es usted una heroína!

—Señora —la corrigió Glory—. Señora Ramírez.

—Aún recuerdo la primera vez que alguien me llamó señora Coltrain —dijo la doctora—. La emoción nunca desaparece, ¿verdad? Bien, deje que le saque sangre y luego hablamos.

Media hora y una urgencia más tarde, Lou regresó al despacho de Glory, se sentó y sonrió.

—Tiene que tomar decisiones.

—¿Lo estoy? —preguntó Glory casi sin aliento.

—Lo está —respondió Lou—. Podría ser un falso positivo a estas alturas, pero, considerando los síntomas que tiene, lo dudo. Si está pensando en abortar, éste es el momento para hacerlo. Si es lo que desea.

—No lo es —dijo Glory, y vaciló—. Existe un riesgo, ¿verdad?

—¿Ha estado tomando la medicina para diluir la sangre regularmente?

—Sí. ¡No pensé que...!

—Tiene que ir a ver a su médico —dijo Lou, tratando de no sonar tan preocupada como realmente estaba.

—No puedo volver a San Antonio ahora mismo —respondió Glory—. Soy una diana andante allí.

—Entonces la derivaré a una cardióloga que viene desde Houston un día a la semana. Es muy buena, y viene mañana.

—Eso estaría bien.

—Deje que la examine para hacer unas recomendaciones. Luego hablaremos todos. Incluyendo su marido —añadió la doctora—. Él forma parte de esto. No puede tomar esa decisión usted sola.

—Puede que tenga que hacerlo —dijo Glory con tristeza—. No le he contado a lo que me dedico realmente, ni lo graves que son mis problemas de salud.

—¿Eso es acertado?

—La verdad es que no. Pero no pensaba en quedarme embarazada cuando nos...

—Es entonces cuando se debe pensar en eso —le recordó Lou—. Especialmente en su caso.

—Estaba confundida —dijo Glory—. No he tenido mucha vida familiar —dado que Lou parecía una persona empática y agradable, Glory se abrió a ella y le habló de su pasado, incluyendo el trágico destino de su padre.

—La gente que ha tenido menos traumas que usted siempre echa la culpa de sus problemas a la niñez. Y mírese.

—Yo tuve suerte —dijo Glory—. Al menos en algunos aspectos —miró a Lou fijamente—. Yo deseo tener este bebé. Por favor, dígame que hay probabilidades...

—Siempre hay probabilidades, aunque sean pocas... —respondió Lou—. Pero tiene que hablar con la cardióloga antes de tomar una decisión. No es sensato perder la vida por traer un niño al mundo.

—Dígaselo a Grace Grier —dijo Glory.

Lou se rió.

—Mi marido se lo dijo, pero fue inútil, claro. Grace era una mujer muy decidida.

—Yo también lo soy. Me gradué en la facultad de derecho con honores —añadió.

—No me sorprende.

Lou concertó la cita para Glory. Se dijo a sí misma que tendría que inventarse algo para salir de la casa sin levantar sospechas. No lo sabía, pero ese problema estaba a punto de resolverse solo.

Lo primero que advirtió cuando entró en la casa fue lo tranquila que estaba. No sonaba ningún reloj. No se oía nada en la cocina. El agua no corría. Nada. Fue como entrar en una tumba. Se preguntó por qué le habría venido esa analogía a la cabeza al tiempo que se apoyaba en el bastón y fruncía el ceño.

Segundos más tarde, la analogía cerró de un portazo tras ella.

—Por fin —dijo una voz familiar—. ¡Por fin te tengo donde te quería! ¡Sola, sin poder escapar!

CAPÍTULO 11

Glory agarró el mango del bastón con fuerza. Durante los años que había pasado rodeada de policías y sheriffs, había aprendido algunas técnicas básicas de autodefensa. Esperaba que esas técnicas pudieran salvarle la vida, porque oyó el seguro de una pistola tras ella.

–Date la vuelta –dijo la voz–. ¡Quiero que veas quién va a matarte!

Glory pensaba que se le iba a salir el corazón por la boca, pero no iba a rendirse sin luchar. Llevaba el bastón de su bisabuelo, el que había utilizado para matar serpientes de cascabel. Era pesado y mortífero. Se apoyó en el bastón, como si le resultara doloroso darse la vuelta. Se movió muy lentamente, hasta que pudo ver un poco de tela por el rabillo del ojo. Entonces levantó el bastón de pronto, se giró con rapidez sobre su pierna sana y asestó un golpe certero con todas sus fuerzas. Se oyó un grito.

La pistola, el bastón y Consuelo cayeron al suelo. Glory no vaciló. Se lanzó a por la pistola, la agarró y apuntó a la cocinera, que estaba tendida en el suelo, tratando de entender lo que había ocurrido.

Glory se incorporó y trató de respirar profundamente. Se arrastró hacia la mesa donde había dejado el bolso y lo tiró al suelo junto a ella. Sacó su móvil sin dejar de mirar a Consuelo, que se retorcía.

Abrió el teléfono con la mano que tenía libre y marcó el 911. Cuando contestó la operadora, le dio la información con calma y pidió ayuda.

—¿Señora, hay una pistola implicada?

—Sí, la hay —contestó Glory—, y estoy apuntando con ella a la mujer que acaba de intentar matarme.

—Enviaremos una unidad a su casa en pocos minutos. Por favor, manténgase al teléfono.

Consuelo se dio la vuelta. Se sentó y sintió el golpe en la cabeza. Observó entonces a Glory, que estaba apuntándola con su propia pistola.

—Si te mueves, te mato —dijo Glory sin pensar.

—¡Oh, eres tú! —exclamó Consuelo—. ¡Gracias a Dios! ¡Me habían dicho que alguien iba a matarme!

—Buen intento —contestó Glory.

—Me creerán si soy lo suficientemente convincente —dijo Consuelo, e intentó levantarse.

—Yo que tú no lo haría —respondió Glory, y amartilló la pistola, tratando de aparentar seguridad, pero sabía que no podría efectuar un disparo certero ni aunque lograra sujetar el arma sin que le temblara la mano.

Sin embargo, el farol debió de funcionar, porque Consuelo vaciló.

Glory rezaba para no tener que disparar. Probablemente le daría a cualquier cosa menos a Consuelo. Ni siquiera podía manejar una pistola del calibre 22, y aquélla era una Colt Automática del 45.

Le temblaba la mano al sujetar el arma. Consuelo la observaba con interés creciente. Justo cuando Glory empezaba a temer que la mujer pudiera lanzarse sobre ella, oyó las sirenas en el jardín.

Segundos más tarde, Cash Grier entraba por la puerta trasera seguido de dos agentes.

—Parece que el ganso está en la cazuela —le dijo Glory a Consuelo.

—Ha sido todo un malentendido —dijo Consuelo con una sonrisa temblorosa—. Me llamaron y dijeron que alguien quería matarme, y Glory entró sin avisar.

Cash se acercó a Glory.

—¿Es eso lo que ha ocurrido? —le preguntó.

—No —contestó Glory mientras le entregaba el arma—. Entré en casa y ella apareció detrás de mí. Me dijo que me diera la vuelta para poder ver quién iba a matarme.

—¡Eso es mentira! —exclamó Consuelo—. ¡Me llamaron...!

Se detuvo cuando uno de los agentes la puso en pie y la esposó.

—Sí, te llamaron —convino Cash—. Te llamó Fuentes para decirte que llevaras a cabo tu misión.

Consuelo se quedó con la boca abierta.

—¿Se me olvidó mencionar que pinchamos tu teléfono? —añadió Cash.

Consuelo sonrió a Glory con frialdad, mostrando por fin sus verdaderas intenciones.

—Puede que haya fallado —dijo—, pero Fuentes encontrará a otro para que haga el trabajo.

—Lo dudo —le dijo Cash—. También pinchamos su teléfono.

—Brillante —murmuró Glory.

Cash la ayudó a levantarse mientras se llevaban a Consuelo al coche patrulla.

—A veces tenemos suerte —dijo él—. Pero también tenemos problemas. Márquez dio orden de pinchar el teléfono de Fuentes, pero Fuentes ha desaparecido y nadie sabe dónde está.

Glory sintió que le temblaban las rodillas. Se sentó en una silla junto a la mesa de la cocina.

—Así que Consuelo tenía razón. Enviará a otro a matarme.

—Estamos trabajando en un caso —dijo Cash—. No puedo contarte los detalles, pero implica un gran cargamento de una sustancia ilegal. Fuentes ha tenido problemas con sus distribuidores. Si pierde este cargamento, no tendremos que ir tras él. Sus distribuidores nos lo entregarán.

—¿Puedo ayudar? —preguntó ella.

—Claro. No juegues con pistolas —dijo él—. Me he enterado de lo de las prácticas de tiro.

—Sí, bueno, probablemente le habría dado a algo si hubiera disparado con eso —dijo ella señalando la pistola.

—Menos mal que mientes bien —añadió él—. ¿Estás bien?

Glory asintió.

—¿Sabes? Vine aquí para intentar alejarme del estrés.

—Ya hemos atrapado a la asesina —dijo Cash—. Y estamos trabajando en la operación de Fuentes. Con un poco de suerte, volverás a San Antonio dentro de poco. Si realmente quieres irte. También nos hemos enterado de lo de la boda.

—¿Cómo? ¡Si no se lo he dicho a nadie!

Cash pareció intranquilo. Luego frunció el ceño.

—Es curioso. No recuerdo cómo me he enterado.

Aquello resultaba sospechoso. Estaba ocurriendo algo que a ella no le contaban.

—¿Quién te lo ha dicho? —insistió.

Cash empezaba a estar acorralado cuando se oyó una furgoneta en el jardín. Rodrigo entró por la puerta como un tornado. Se fijó en la escena. Su camisa estaba manchada de sudor y el pelo mojado le caía sobre la frente. Era un día muy caluroso.

—He oído las sirenas. ¿Qué ha pasado? —preguntó.

—Un pequeño problema con el servicio —dijo Glory.

—¿Te importa traducir eso? —dijo mientras se acercaba a ella.

Glory cambió de posición en la silla. Le dolía mucho la cadera.

—Cuando llegué a casa, Consuelo estaba esperándome con esa pistola.

—¿Consuelo? —preguntó él, completamente sorprendido. Se arrodilló frente a Glory y le acarició los brazos—. ¿Te ha hecho algo? ¿Estás herida?

Fue como ir al cielo. Glory adoraba aquella mirada, mezcla de preocupación por ella y de furia hacia la persona que había intentado matarla. Se sintió segura.

—Por suerte tu esposa es habilidosa con el bastón —intervino Cash. Levantó el bastón para ver su peso y frunció el ceño—. Es pesado.

—Era de mi bisabuelo —dijo Glory—. En sus tiempos, los hombres engrasaban sus bastones, así eran más pesados y podían usarlos para defenderse. Solía matar serpientes de cascabel con eso. Es una suerte que sea tan pesado, porque sólo me bastó un golpe para derribar a Consuelo.

—Qué valiente —dijo Rodrigo con orgullo.

Glory quería creer que su preocupación era real. Se lanzó a sus brazos y saboreo la fuerza de su abrazo.

—Una vez más, has tenido que salvarte sola —dijo él—. Ya van dos veces en pocos días. Dos veces son demasiadas. Tengo que cuidar mejor de ti, señora Ramírez.

Cash observó los anillos que llevaba Glory.

—Bonitos anillos —dijo, tratando de salir del agujero en el que casi se había caído.

—Oh, los has visto —dijo Glory, y se relajó.

—Nunca habría imaginado que Consuelo era una asesina —dijo Rodrigo sin dejar de abrazarla—. ¡Debería haberlo sabido! Si Marco estaba implicado, Consuelo también tenía que estarlo.

—Tiene un historial policial tan largo como mi pierna —dijo Cash—. Imagino que aquí no comprobáis el pasado de los empleados.

—¿Para una cocinera? —musitó Rodrigo—. Sé realista.

—Observé que llevaba ropa de seda —comentó Glory—. Me pareció extraño para trabajar en una cocina,

—También debí darme cuenta de eso —dijo Rodrigo.

Ella simplemente sonrió. No quería herir sus sentimientos diciendo que un granjero apenas reconocería la seda si la veía.

Rodrigo vio esa mirada y tuvo que aguantarse la respuesta. Por supuesto, Glory no tenía por qué pensar que pudiera ser algo más de lo que aparentaba.

—Glory tendrá que rellenar una denuncia, ¿no? —le preguntó a Cash.

—Sí, si vamos a presentar cargos contra Consuelo. También tendrá que denunciar a Marco; lo dejé correr porque estaba muy disgustada. ¡Jamás imaginé que tuviera que presentar dos denuncias!

—No me importa —contestó Glory—. Dime lo que tengo que hacer —añadió, fingiendo que no conocía el procedimiento.

Cash le siguió la corriente, tratando de no reírse.

—La llevaré al juzgado para que pueda denunciar a la madre y al hijo —le dijo a Rodrigo—. Imagino que tú estarás ocupado buscando una nueva cocinera.

—Desde luego —convino Rodrigo mientras ayudaba a Glory a levantarse—. Tenemos que sacar más cargamentos, y éstos son los últimos melocotones. Es una pena que Consuelo haya tenido que atacar en este momento. Si hubiera esperado unos días, habría sido genial para la granja.

—No creo que la granja fuera su prioridad —murmuró Glory—. Terminaré mi trabajo en cuanto haya ayudado al jefe Grier a meter a Marco y a Consuelo entre rejas.

—Habla con la juez —le dijo Rodrigo a Cash—. Intenta que establezca la fianza en un millón de dólares para cada uno.

—Haré lo posible —prometió Cash.

—¿Seguro que estás bien? —le preguntó a Glory, que tenía la cara roja.

—Estoy bien. Un poco agitada por todo esto, nada más —le aseguró ella. Le dolía la cabeza, y el corazón le latía demasiado rápido. Esperaba no desmayarse.

—¿La traerás de vuelta a casa? —le preguntó a Cash.

—Por supuesto.

—Entonces voy a empezar a buscar una cocinera —respondió Rodrigo.

—Puedes intentarlo con la esposa de Ángel Martínez —dijo Glory—. Es una gran cocinera, según dice Ángel.

—Probablemente sean inmigrantes ilegales —contestó Rodrigo.

—Eso no lo sabes.

Rodrigo la miró a los ojos durante varios segundos y finalmente sonrió.

—De acuerdo —dijo—. Pero, si acabo en prisión por contratar ilegales, tendrás que pagarme la fianza.

—Nadie va a necesitar fianza salvo Consuelo y su hijo, podéis creerme —les aseguró Cash con una sonrisa—. Ángel y su familia no tendrán ningún problema —por suerte no miró a Glory cuando dijo eso. Ambos habían pedido favores para que se tratara el caso de Ángel con la esperanza de obtener un resultado positivo. Mientras tanto, ese hombre tenía tres hijos a los que mantener, y su mujer no trabajaba.

—¿Qué hará la mujer con los niños? —preguntó Rodrigo—. Todos tienen menos de siete años. No puede dejarlos solos mientras trabaje aquí.

—Puede traer a los niños —contestó Glory—. Los mantendremos ocupados mientras cocinamos.

Rodrigo la miró largo rato, pero no dijo nada.

Cash y ella fueron al juzgado y presentaron una denuncia por asalto contra Marco y otra por intento de asesinato contra Consuelo. Cash la denunció también por posesión de armas, pues Consuelo tenía antecedentes y no se le permitía tener un arma. Glory rellenó los informes y prestó declaración. El juez se mostró fascinado por la historia, sobre todo al saber que Glory se había defendido sola.

—Estos capos de la droga son cada vez más poderosos —comentó—. Pero, mientras siga habiendo demanda, seguirá habiendo oferta. Eso se aplica a casi todo, sobre todo a las drogas. Cuando yo era pequeño, no teníamos droga en los colegios. Tengo que admitir que jamás conocí a nadie que las consumiera. Pero eso fue en los cincuenta. El mundo ha cambiado mucho desde entonces. Veíamos a Hopalong Cassidy y a Roy Rogers en el cine y a Superman en la televisión en blanco y negro. Teníamos muchos héroes a los que emular. Me parece que en el mundo moderno, demasiados chicos admiran a los traficantes de droga, y su objetivo en la vida es crecer e ir a la cárcel. Por alguna razón, estamos perdiendo a una generación entera de ciudadanos, y las drogas son en gran parte responsables. Dinero rápido, coches caros, ninguna posibilidad de ascenso y una sentencia cuando te detienen. ¿Qué atractivo tiene eso?

—A mí no me pregunte —contestó Glory—. Yo paso mi tiempo intentando meterlos en prisión.

—Ya he oído hablar de usted —dijo el magistrado con una sonrisa—. Es toda una leyenda, señorita Barnes. Conocí a su padre. Era un buen hombre. A todos nos dolió ver cómo lo encarcelaban por un delito que no cometió.

—Muchas gracias —dijo ella, aguantando las lágrimas—. Yo limpié su nombre, aunque hubieran pasado años. Su condena fue la razón por la que estudié derecho.

—Eso pensaba. Me alegro de haber tenido la oportunidad de conocerla. Ahora que Blake Kemp es nuestro fiscal, puede considerar la idea de regresar aquí a luchar contra el crimen. Podría buscar balas de plata y una máscara...

Ella se rió.

—Nunca podría pasar por el llanero solitario —le aseguró—. Soy demasiado baja.

—Aun así —dijo él—. Es una idea.

—Todos los magistrados que he conocido eran algo sombríos —le dijo Glory a Cash de camino a casa.

—Lionel no —respondió él—. Es un personaje en el pueblo. Creo que el término es «excéntrico».

—¿Hace excentricidades?

—Eso depende de cómo se mire. Supongo que mucha gente se sentiría incómoda con un lobo en casa, pero él es soltero. Puede hacer lo que quiera.

—¿Un lobo? ¿Un lobo de verdad?

—Sí. Una loba, en realidad. Es una belleza. La encontró en la autopista y tuvo que pasar por todo el infierno burocrático habitual para ayudarla. Los veterinarios no pueden tratar a animales salvajes. Hay que buscar un rehabilitador certificado. Y no hay muchos, de modo que muchos animales heridos mueren mientras buscas a alguien que conteste al teléfono. Muchos de ellos están tan ocupados que tiemblan cada vez que suena el teléfono. Bueno, el caso es que Lionel acogió a la loba y la cuidó hasta que estuvo bien. Luego hizo el curso para obtener el certificado de rehabilitador. Está especializado en lobos. De modo que pudo quedarse con la loba, que había perdido una pata a consecuencia del accidente. Nunca hubiera podido volver a vivir en libertad. La lleva a la escuela a veces y da conferencias sobre lobos. Es una loba muy tranquila. A los niños les encanta. Va con correa, claro. Puede que sea un excéntrico, pero no está loco. Lo único que haría falta es un niño que huela a mortadela...

—¡Oh, para! Exclamó ella riéndose—. ¡Eso es terrible!

—Sería terrible. Pero Lionel es una persona responsable. Incluso tiene una licencia de lobos.

—¡Nadie consigue una licencia de lobos! —dijo ella.

—Se puede, si conoces al jefe de policía y éste tiene contactos con los mandamases del pueblo.

—Sí, pero eso es sólo porque los mandamases te tienen miedo —dijo ella—. Eres demasiado peligroso como para arriesgarse a ofenderte.

—Vaya, gracias —contestó él.

—Oh, eres una leyenda local en Texas —le confesó Glory—. Nuestro jefe de justicia estatal amenaza a la gente contigo.

—Sólo a los federales —dijo él—. Y sólo si le enfadan mucho. Al fin y al cabo, soy su primo.

—¿De verdad?

—Tengo contactos en lugares extraños —musitó él con

una sonrisa–. Como uno de nuestros federales, que trabaja de incógnito. Han puesto precio a su cabeza en todos los países del mundo salvo éste. Ha ayudado a atrapar a algunos de los mayores miembros del cártel de la droga, por no mencionar que atrapó a un asesino infantil en Centroamérica a caballo y en mitad de la selva. No es tarea fácil en un día normal, pero ese día además llovía.

–¿Quién es ese loco? –preguntó ella riéndose.

Cash adquirió una mirada extraña y se aclaró la garganta.

–Bueno, no sé su nombre –mintió–. Ya sabes, iba de incógnito.

–Debe de estar en la lista oficial de personas a las que llamar en una emergencia –contestó ella con una sonrisa.

–Así es.

–Ojalá pudieras conseguir que viniera aquí para llevar a Fuentes a la selva y darle su merecido –murmuró–. Sigue suelto, y yo sigo en peligro.

–Estamos ocupándonos de ello. Ten paciencia. Y ten cuidado también. En la granja hay personas peligrosas.

–¿Qué quieres decir? –preguntó ella.

Cash maldijo en silencio. No era su intención decir nada, pero sería mejor que Glory supiera la verdad. Si no, podría bajar la guardia y acabar muerta.

–Uno o dos empleados de la granja tienen antecedentes, principalmente por violencia. Uno de ellos mató a un policía en Dallas y nunca lograron demostrarlo; mató también al único testigo que había –aparcó frente a la granja, apagó el motor y se giró para mirarla. Estaba pálida–. Ese bastón es una buena arma, pero la gente se enterará de que lo utilizaste. No te funcionará una segunda vez. Me gustaría llevarte al campo de prácticas de tiro y enseñarte a disparar debidamente —levantó una mano cuando vio que Glory se disponía a hablar—. No es física nuclear. Se puede enseñar. Enviaré a alguien a buscarte el sábado por la mañana, sobre las nueve. Márquez estará en casa. Tiene un revólver del calibre 32 que puedes utilizar. No pesa tanto como una del 45 y se ajustará mejor a tu mano.

—Él ya intentó enseñarme —protestó ella.

—Márquez intentó enseñar a su madre —dijo Cash—. Le enseñó a disparar a los cuervos.

—¿Perdón? —le sorprendía. Bárbara, la madre adoptiva de Márquez, adoraba a los cuervos.

—Estaba explicándole el retroceso de la pistola y dijo que tenía que compensar. No le dijo cómo. Ella pensó que se refería a que debía levantar la punta del arma cuando disparara, y eso hizo. Le dio a un cuervo. Por suerte sólo le alcanzó en las plumas de la cola y el animal siguió volando. Pero ahora la llaman la Espantacuervos, y no quiere volver a tocar un arma.

Glory se echó a reír. Era muy típico de Rick, que no era el mejor profesor del mundo, aunque mostrara entusiasmo.

—Así que te enseñaré yo —respondió Cash.

—De acuerdo. Mi seguro lo cubre todo. Pero asegúrate de que no haya coches patrulla cerca.

—Lo haré. Cuídate. No te alejes de la casa, lleva siempre el teléfono móvil y no vayas a ninguna parte sola. Ni siquiera fuera, sobre todo de noche.

Glory se mordió el labio inferior. Durante unos minutos, se había olvidado de su situación.

—Sabes cosas que no me cuentas —dijo.

Él asintió.

—No puedo contártelas. Simplemente vigila tus espaldas. Márquez te recogerá a eso de las nueve el sábado por la mañana. Y no le digas por qué voy a enseñarte yo en vez de él. Tiene un verdadero problema de actitud con la autoridad.

—Lo sé —dijo ella riéndose—. No diré nada. Gracias, Cash.

—Todos estamos en el mismo bando —le dijo él—. Tenemos que cuidarnos los unos a los otros.

—Desde luego.

Glory entró en la casa y cerró la puerta, nerviosa e inquieta. Cash Grier sabía algo sobre alguien de la granja, alguien con antecedentes que había matado a un policía y que seguía suelto. Sólo conocía a un hombre lo suficientemente rudo como para hacer algo así: su marido. Era curioso que no hubiera investigado el pasado de Consuelo, o haberle pedido a Jason Pendleton que lo hiciera. ¿Y si Rodrigo trabajaba para Fuentes y le pedían que la matara después de que Consuelo la hubiera pifiado?

Sintió como si todo su mundo se hiciera pedazos a su alrededor. Dos intentos de asesinato, dos salvamentos. Había tenido suerte de que Marco disparase a la puerta y no a la pared. También había tenido suerte al poder usar el bastón para derribar a Consuelo. Pero, si su propio marido intentaba matarla, ¿qué haría?

Observó que Cash no había mencionado que Rodrigo pudiera protegerla. ¿Habría alguna razón? ¿Acaso sabía que Rodrigo estaba implicado en la venta de droga realizada en Comanche Wells? ¿Se lo habría dicho Márquez?

Se sentía muy cansada. Su vida se había vuelto increíblemente complicada. Además de eso, se había olvidado de tomar la medicación para la tensión. Apretó los dientes. Estaba embarazada y tenía que tomar medicinas peligrosas si no quería acabar en el hospital. ¡Si tan sólo pudiera ir a San Antonio para visitar a su médico!

Entonces recordó su cita con la cardióloga al día siguiente. Necesitaría una excusa para ir al pueblo. Ya se le ocurriría algo, si Carla Martínez trabajaba de cocinera.

Se tomó la medicina con la esperanza de que no dañara al feto y luego regresó a la cocina a trabajar.

Una hora más tarde, Carla Martínez se presentó en la puerta trasera con sus tres hijos; dos niñas y un niño. El chico, Hernando, era el mayor, con siete años.

—*¿Podemos entrar?* —preguntó Carla en español.

Obviamente no hablaba inglés. Glory se sintió aliviada de haber estudiado idiomas.

—*Sí, entre* —dijo con una sonrisa—. *¡Bienvenidos! Muchas gracias por ayudarme.*

—*De nada, señora* —contestó Carla respetuosamente.

Glory le mostró lo que tenía que hacer, luego sentó a los niños a la mesa y les dio mantequilla de cacahuete y galletas junto con un vaso de leche; salvo a la pequeña, que sólo tenía tres años. La niña se reía con sus preciosos ojos negros. Glory no pudo resistirlo. La tomó en brazos y la llevó consigo al fregadero, donde consiguió enjuagar los platos con una mano mientras sujetaba a la niña con la otra.

Rodrigo apareció sin avisar, para hacer de intérprete a Glory. Se detuvo en la puerta y observó fascinado cómo compaginaba el trabajo con la niña. Estaba riéndose, feliz, encantada con ella. Pensó en lo agradable que sería tener un hijo. Pero entonces recordó a Bernadette en sus brazos, abrazándolo y preguntándole qué haría sin él. Quería tanto a esa niña. Había sido un duro golpe que su madre y ella se fueran a vivir con Colby Lane. Su tristeza se reflejaba en su expresión.

Glory sintió su presencia, se dio la vuelta y vio el rostro serio de Rodrigo al otro lado de la cocina. Ni siquiera le hizo falta hablar. Supo lo que estaba sintiendo, y por qué. En ese momento, supo que nunca podría decirle lo de su hijo, y se preguntó si estaría a punto de cumplir con el encargo de Fuentes y quitarla a ella de en medio.

Rodrigo vio la extraña mirada en sus ojos y frunció el ceño.

—¿Ocurre algo? —preguntó.

—Nada. Acabamos de empezar —contestó Glory.

—Pensé que necesitarías un traductor.

—No, pero gracias. El español se me da bien. No me queda más remedio, con mi trabajo —podría haberse mordido la lengua con aquel comentario.

—¿Tu trabajo?

—En la agencia —explicó—. Tengo muchos clientes que necesitan a alguien bilingüe.

—Entiendo —Rodrigo miró a Carla y le preguntó en español cómo estaba.

Carla se mostró entusiasmada con la señora Ramírez y con el trabajo. Le iba a encantar trabajar allí.

Al menos alguien estaba feliz, pensó al mirar de nuevo a Glory. Parecía distinta de pronto. ¿Cash le habría dicho algo? La observó intensamente y se dio cuenta de que se mostraría más cercana si supiera su secreto. Pero se sentía inquieta por algo. Tal vez tuviera miedo de que Consuelo pudiera escapar; o de que Fuentes enviara a otra persona a matarla.

Él no creía que el capo de la droga tuviera tiempo. Castillo, otro hombre y él iban a cruzar la frontera el sábado con un cargamento a través de un puente flotante improvisado con barriles de aceite. Era el mayor cargamento del que Fuentes se había hecho cargo; cocaína pura, y mucha. Poco sabía Fuentes de que su nuevo distribuidor iba a recibir mucha ayuda. Fuentes tenía que caer. Era escoria. El joven miembro de la banda que había estado pasándole información decía que Fuentes había matado a chicos simplemente por quejarse de su trato. No tenía respeto por nadie. Había golpeado a su propia madre delante de un miembro de la banda porque se le habían quemado los huevos. El chico decía que nadie quería trabajar para un monstruo como él, sin importar el dinero.

Se preguntó cómo reaccionaría Glory cuando supiera la verdad sobre su papel en aquella misión. Era una mujer dulce, pero no tenía cultura ni sofisticación. Nunca encajaría en su mundo. Había cometido un terrible error al casarse con ella. Había sido la emoción del momento, para castigar a Sarina por olvidarse de él. Pero lo único que había conseguido era darse cuenta de lo triste que estaba.

No podía pasar el resto de su vida atado a aquella mujer. Iba a tener que abordar el tema del divorcio.

Pero, primero, tenía que ayudar a capturar a Fuentes. Tal vez eso le salvara la vida a Glory. Cuando todo hubiera acabado, quería saber cómo se había metido ella en aquel lío. Fuentes no enviaba a asesinos a sueldo para matar a empleadas en una agencia sin una buena razón. Decía que había visto algo ilegal, pero él quería saber qué. Por desgracia no tenía tiempo para interrogatorios en ese momento. Tenía un trabajo que hacer.

CAPÍTULO 12

Glory fue a ver a la cardióloga al día siguiente y dejó a Carla al cargo. Le había pedido a Ángel que se quedara con los niños para que pudiera trabajar sin distracciones, y Rodrigo le había dado a éste medio día libre. Glory le había dicho a su marido que tenía una revisión dental en el pueblo.

Su frialdad hacia él había provocado que Rodrigo regresara a su antiguo dormitorio. Ni siquiera había parpadeado cuando ella lo sugirió, porque le dolía la cadera y no le dejaría dormir. Era una excusa barata y él lo sabía. Se daba cuenta de que no lo miraba a los ojos. Algo iba mal. Estaba seguro de que tenía que ver con el hecho de que Glory lo hubiera visto la noche de la venta de la droga. Probablemente Márquez le hubiera dicho que era un criminal. Ella lo había negado, pero dudaba que fuera cierto. Deseó poder tener tiempo para interpretar lo que sentía hacia aquella esposa temporal. Pero no lo tenía. El trabajo era su prioridad en ese momento. Más tarde, Glory y él tendrían que hablar sobre su relación. Pero él tenía claro que quería poner fin al matrimonio.

Glory se sentía culpable por mentir a Rodrigo, pero por otra parte temía que su marido fuese el sustituto de Consuelo. Estaba involucrado en el narcotráfico, eso ya lo sabía. No era tan descabellado pensar que pudiera cometer un asesinato. No entendía por qué no lograba sacárselo de la cabeza y dejar que Cash Grier se encargara de sus actividades ilegales. Parecía fácil. Pero no lo era. Una parte de ella aún deseaba a Rodrigo y ansiaba abrazarlo. Cada vez que pensaba en el bebé que crecía en su interior, sentía la pena como una losa. No sabía qué hacer. Toda su vida había cambiado desde que Cash Grier le comentó que había personas con antecedentes trabajando en la granja. Sabía que se refería a Rodrigo, y tenía la sensación de que estaba mezclado en algo mucho más siniestro que el simple narcotráfico.

La cardióloga era una mujer pequeña, enérgica y brillante. Examinó a Glory, le hizo un electrocardiograma y, minutos después, un ecocardiograma. Las pruebas le permitieron ver de cerca el corazón de Glory y asegurarse de que no había bloqueos alrededor. Cuando Glory le contó sus hábitos alimenticios y su determinación por mantenerse delgada, la doctora se quedó impresionada.

El único problema eran los anticoagulantes y la medicina para la hipertensión que Glory tomaba por necesidad. Si había algún problema con el feto, la incapacidad de su cuerpo para detener la hemorragia podría costarle el bebé. De hecho, su afección podría provocarle un desprendimiento prematuro de la placenta o un aborto espontáneo incluso sin intervención médica.

—Si hubiera sido un embarazo planeado —dijo la cardióloga—, podríamos haberle recetado medicinas alternativas que representarían un menor riesgo para el bebé. Sin embargo, considerando la severidad de su hipertensión, el riesgo para la salud de ambos es elevado. La mayoría de los médicos le recomendarían un aborto inmediato. De lo contrario, podría morir.

Glory sintió que todo daba vueltas a su alrededor al verse cara a cara con la realidad de su enfermedad, y tuvo que controlar las náuseas en la consulta.

—No —dijo—. No, no puedo. No lo haré. Usted no lo comprende. Soy una persona de fe. Va en contra de todo lo que creo...

La doctora le colocó una mano en el hombro.

—No puedo obligarla a tomar una decisión así. Pero tendrá que llevar un seguimiento constante. Tendré que examinarla al menos dos veces al mes y modificar las medicinas que toma.

—Podría dejar de tomar los anticoagulantes —dijo Glory.

—Considerando su historial médico, no se lo aconsejo. No veo obstrucciones evidentes, eso es cierto. Pero, si a su propio médico le preocupaba que pudiera haber problemas después de lo que diagnosticó como un leve ataque al corazón... —se detuvo—. Si se hubiera hecho el cateterismo en el corazón...

—Sufría demasiado estrés en esa época como para hacerlo —explicó Glory—. Qué ironía.

—Los anticoagulantes evitarían que una pequeña obstrucción le produjera un ataque al corazón o una apoplejía —le dijo a Glory—. Debe continuar tomándolos, así como la medicina para la tensión y los diuréticos. Como ya he dicho, le recetaré medicinas que sean poco dañinas para el feto. Preferiría enviarla a Houston para que le hicieran el cateterismo, sólo para asegurarnos de que no haya obstrucciones que no aparezcan en estas pruebas. Pero no es el momento. Ya tiene suficiente estrés. Desea mucho tener este bebé, ¿verdad?

—Sí —contestó Glory sin duda, aunque no había estado tan segura al entrar en la consulta. Un hijo propio. Podía ser madre. Podría tener a alguien de su propia sangre a quien cuidar y amar. El riesgo merecía la pena a cambio de eso. El hecho de que el padre de la criatura tuviera tendencias criminales era algo en lo que prefería no pensar.

—Entonces haremos lo que podamos —le aseguró la doctora Warner—. La doctora Coltrain debería enviarla a un obstetra.

—Quiere hacerlo, pero sería arriesgado ver a uno en San Antonio, donde yo vivo —dijo Glory—. En mi trabajo están pasando cosas muy peligrosas en este momento. Ése sería otro estrés que añadir a la lista. Verá, soy abogada. Un hombre al que estoy procesando por conspiración para cometer un asesinato está intentando matarme. Soy la única que oyó su confesión. Espero que el caso se resuelva pronto. Mientras tanto, debo evitar más preocupaciones.

—Lo entiendo. Es una suerte que aún esté en la primera fase del embarazo. Puede decirle a Lou Coltrain que se ponga en contacto conmigo si empieza a tener más problemas con el corazón. Yo no veo ningún problema evidente. Pero, si su médico en San Antonio diagnosticó un ataque al corazón, hemos de ser cautelosos. Si comienza a sentir dolor o presión en el pecho, y en el brazo izquierdo y la mandíbula, sobre todo si tiene náuseas y sudor frío, llame a una ambulancia inmediatamente. No se haga la valiente y piense que puede superarlo.

—No lo haré —contestó Glory—. Se lo prometo. Estoy mejor desde que llegué aquí, salvo porque alguien ha intentado matarme dos veces en una semana —añadió en tono de broma.

La doctora arqueó las cejas.

—Tal vez deba considerar una profesión menos estresante —dijo—. Su trabajo y su enfermedad constituyen una mezcla peligrosa.

—Ya me lo han dicho —respondió ella—. Pero, ahora mismo, no hay mucho que pueda hacer al respecto. Es el único trabajo que tengo.

—Si me necesita, sólo tiene que llamarme. Puedo hacer que mi marido me traiga aquí con su avioneta en diez minutos. Ahora está retirado, pero durante años fue piloto comercial. Ahora imparte clases de vuelo en Houston.

—Le tomo la palabra. Muchas gracias.

—Le haré las recetas y se las llevarán al mostrador de recepción mientras rellena la factura —añadió la doctora—. Si tiene problemas con la medicación, cualquier reacción, sólo tiene que llamarme. Buscaremos las medicinas menos agresivas. Mientras tanto, por favor, trate de no estresarse.

–Lo haré.

Pocos minutos después, Glory se montó en su viejo coche y puso el motor en marcha. Estaba emocionada. Al parecer, no se iba a morir inmediatamente, pero sí era cierto que tenía demasiado estrés. Vivir en una casa con un hombre en el que ya no confiaba, y al que aún amaba, era su mayor problema.

Aquel viejo coche protestó cuando metió la primera. Echaba de menos su nuevo coche, que estaba en el garaje de los Pendleton por una cuestión de seguridad. No lo llevaba al trabajo porque podía ser un blanco fácil para los miembros de las bandas a los que procesaba. Le gustaba demasiado, y no se había atrevido a llevarlo allí, donde fingía ser una simple obrera. Levantaría serías sospechas sobre su estatus económico.

Al menos el bebé estaba a salvo por el momento. Pero tenía que ser cuidadosa y no hacerse daño. Sonrió al imaginarse los años venideros con su bebé.

Era justo la hora de comer cuando Glory entró en la cocina. Carla le dirigió una sonrisa. Ángel estaba sentado a la mesa con los tres niños, que estaban devorando unas galletas. La niña pequeña se rió y se lanzó hacia Glory, que la levantó y la abrazó contra su pecho.

—¿Queda algo para mí también? —bromeó al ver el enorme cuenco de ensalada sobre la mesa.

—*¡Cómo no!* —exclamó Carla—. *Siéntese.*

Glory se sentó mientras Carla le servía la ensalada y colocaba el bote de aliño sobre la mesa.

—¿Y Rodrigo? —preguntó Glory al no ver cubiertos para él.

Carla pareció preocuparse. Su marido y ella intercambiaron una mirada rápida.

—¿Le ha ocurrido algo?

—¡No! —exclamó Ángel—. Claro que no, señora. Es sólo que... Castillo, un amigo suyo y él se subieron a la furgoneta y se fueron al pueblo. El señor Ramírez dijo que tenían un importante trabajo que hacer, y que no volverían hasta el domingo. Me dijo que le dijera que se mantuviera cerca de la casa.

Glory removió la ensalada sin prestarle mucha atención. De modo que Rodrigo se había marchado. Imaginaba que Fuentes habría enviado un mensaje y que su marido y sus compañeros habrían ido a algún tipo de reunión. Tenía hasta el domingo para decidir qué hacer. No era mucho tiempo para preparar la manera de defenderse por tercera vez de un intento de asesinato.

—¿Ocurre algo? —preguntó Ángel al ver que no empezaba a comer.

Glory se dio cuenta de que la estaban mirando y se obligó a reír.

—No, claro que no —mintió, y saboreó la ensalada—. Está muy buena —miró a Carla—. *Muy sabrosa.*

Carla sonrió y se volvió para ayudar a su hija pequeña con un taco.

Márquez la llevó al campo de tiro del departamento de policía el sábado por la mañana. Parecía tranquilo y distraído.

—Me ocultas algo —dijo ella.

Márquez la miró, sonrió y se encogió de hombros.

—Problemas de trabajo.

—¿Relacionados con las drogas?

Él hizo una mueca extraña.

Glory asintió y suspiró.

—Mi marido —murmuró.

—No hagas eso —masculló él—. Los abogados no pueden leer las mentes.

—Yo no leo las mentes. Es una conclusión lógica.

—Pareces muy tranquila al respecto.

—Me pondría a gritar y a agitar los puños, pero tal vez la gente se hiciera una idea equivocada.

—Es cierto —contestó él riéndose.

—Rodrigo, Castillo y otro hombre han salido el fin de semana —le contó a Márquez.

—Lo sé.

—¿Los estás siguiendo?

—No —contestó él mientras se acercaban al campo de tiro—. Pero unos amigos míos sí.

De pronto Glory se sintió muy vieja.

—Está implicado en la operación de Fuentes, ¿verdad?

Márquez no contestó.

—No tienes que protegerme —insistió—. Lo reconocí cuando salía del almacén en Comanche Wells. De hecho, incluso admitió que había estado allí, pero no dijo el motivo.

—Eres lista.

—No creas —contestó ella—. Estoy embarazada.

La furgoneta se fue hacia la cuneta, y ella gritó asustada.

—Lo siento —dijo él mientras enderezaba el volante. Se detuvo en mitad de la carretera y la miró—. ¿Estás enamorada de él?

Glory no quería admitirlo y miró hacia abajo.

—Sí —dijo tras varios segundos—. Pensé que con la edad venía la sabiduría. No en mi caso.

—Glory, tu corazón...

—He ido a ver a una cardióloga, y a la doctora Lou Coltrain —se apresuró a explicar—. Me va a enviar a un obstetra en cuanto mi vida deje de estar amenazada por el asesino.

—¿Pero es seguro? —insistió él.

Glory sintió la pregunta como un cuchillo.

—Tengo que tomar anticoagulantes para no tener otro ataque al corazón. La cardióloga me ha dicho que, si tengo problemas con el embarazo, eso podría ser peligroso. Me ha cambiado la medicación. Acabo de empezar con la nueva.

—Lo siento mucho —dijo él, y era sincero.

—Él no puede saberlo —dijo Glory.

—Puede que las cosas cambien a mejor dentro de poco.

—Él no puede saberlo —insistió Glory mirándolo a los ojos.

—De acuerdo. Es tu problema. Pero, si necesitas ayuda...
—Gracias —contestó ella con una sonrisa.

Cash Grier iba vestido de civil, con el pelo recogido en una coleta, y estaba esperándolos en el campo de tiro.

Miró a Márquez, que también llevaba coleta, y luego a Glory, que tenía el pelo recogido en una trenza.

—Siempre hay una rara entre la multitud —advirtió al ver su peinado.

—Yo no soy rara —contestó ella—. Simplemente tengo mejor gusto.

Cash resopló. Apuntó a la diana y disparó seis balas contra el círculo más pequeño.

—Fanfarrón —murmuró Márquez.

—Soy el jefe de policía —le recordó Cash al detective—. Tengo que dar buen ejemplo a mis hombres.

—Puede que haga falta una porra para dar ejemplo a Kilraven —contestó Márquez—. ¿O acaso no sabes que estuvo ayer en la oficina del FBI en San Antonio pidiéndole información a Jon Blackhawk sobre la red de distribución de Fuentes?

—¿Que hizo qué? —gruñó Cash.

—¿Quién es Kilraven? —preguntó Glory.

—El agente que te salvó de Marco el otro día —le recordó Cash.

—Oh. El que casi echa a perder la venta de droga en Comanche Wells —recordó ella.

—Exacto —afirmó Márquez, y miró a Cash, que parecía furioso—. Alégrate. Tú lo contrataste como especialista en bandas. Las bandas distribuyen la droga. No es tan raro que pregunte por Fuentes.

Cash extrajo el cargador de su pistola y lo rellenó.

—Me gustan las iniciativas individuales, hasta que se convierten en anarquía.

—Kilraven no es un anarquista —dijo Márquez—. Simplemente está acostumbrado a dar órdenes, no a recibirlas.

—Pues está en el sitio equivocado —dijo Cash—. No sabe jugar en equipo.

—Si no recuerdo mal, tú tampoco sabías hasta que empezaste a trabajar aquí en el departamento de policía —le recordó Márquez—. Si tú pudiste adaptarte, él también puede. El problema es que vosotros los policías no pasáis igual de desapercibidos que los militares. Estáis acostumbrados a trabajar solos o en grupos pequeños.

Cash suspiró.

—Supongo. Es cierto que interceptó una red de narcotráfico en el instituto local. Tomó prestado uno de los perros de la DEA y fue registrando taquilla a taquilla. Molestó a la junta educativa, y a algunos padres, pero efectuó varias detenciones.

—El fin justifica los medios —dijo Márquez riéndose.

Glory estaba a punto de protestar cuando se mareó y tuvo que sentarse en la hierba.

—¿Estás bien? —preguntó Cash.

—No es nada —contestó ella—. Náuseas matutinas.

Cash y Márquez intercambiaron una mirada que ella no vio.

—Él no puede saberlo —dijo ella—. Márquez ya me lo ha prometido. Prométemelo tú también.

—Es tu marido —señaló Cash.

—Trabaja para Fuentes —dijo ella tajantemente—. Yo soy abogada. Eso tampoco puede saberlo, pase lo que pase.

Cash estaba preocupado, pero no se atrevió a decirle por qué.

—Los secretos son peligrosos.

—Eso me han dicho —contestó ella—. Pero esto sigue siendo información privilegiada.

—De acuerdo. Es tu decisión —dijo Cash finalmente.

Glory se puso en pie. No podía usar el bastón y disparar un arma, de modo que había dejado el bastón en la furgoneta de Márquez. Sin embargo, se sentía bastante estable. La cadera no le dolía tanto como antes. Estaría bien siempre y cuando no hiciese esfuerzos.

Márquez sacó una Smith & Wesson del calibre 32 de su cinturón.

—¿Un revólver? —preguntó ella—. Nadie usa ya revólver —señaló a Cash—. Él tiene una Glock del 40. Tú utilizas una Colt del 45. ¿Y yo voy a aprender a disparar un revólver? ¿Por qué no me dais una piedra y enseño a golpear en la cabeza con ella?

—Porque una automática puede fallar en determinadas circunstancias —dijo Cash.

—Se puede disparar una Glock bajo el agua —le informó ella.

—Un revólver no se atasca —respondió él—. Y además se puede disparar con una mano porque es pequeño.

—Es una pistola de niñas —insistió ella.

Márquez la cargó y se la entregó.

—No discutas. Es indecoroso.

Glory lo miró con odio.

—De acuerdo —interrumpió Cash—. Empecemos de una vez.

Para cuando se montó en la furgoneta con Márquez para volver a casa, tenía las manos hinchadas y doloridas.

—Nadie me dijo que iba a tener que disparar la pistola con ambas manos —murmuró.

—Así es como lo enseña el FBI —comentó él con una sonrisa—. ¿Y si te disparan en una mano? Tienes que poder disparar con la otra.

—Supongo —palpó el bolso y notó la forma de la pistola. Llevaba también una caja de munición que Márquez le había proporcionado. Pensó en Rodrigo y se preguntó si tendría que usar la pistola con él.

—Cuanto antes se cierre este caso, mejor —dijo él, pensando en voz alta.

—Cuando se cierre, puede que mi marido comparta celda con Fuentes —observó la expresión sombría de Márquez—. Es cierto, ¿verdad?

Él no se atrevía a decirle lo que sabía, y eso le destrozaba. Glory ya tenía demasiado estrés encima.

—¿Qué hago si Rodrigo llama y me pide que me reúna con él en algún sitio?

—No vayas —contestó él.

—Pensaba que dirías eso —parecía tan triste como realmente se sentía. Era irónico; por primera vez en su vida, estaba loca por un hombre, y éste resultaba ser una sabandija. No era justo.

—Lo sé —dijo Márquez. Glory se dio cuenta entonces de que lo había dicho en voz alta.

—Bueno, nosotros hacemos el trabajo, cueste lo que cueste, para poder salvar unas cuantas vidas —añadió ella en voz baja.

—Ésa es la idea.

Glory miró por la ventanilla y contempló el paisaje.

—Debería haberme mudado a una isla desierta para pasarme el resto de mi vida haciendo collares de nácar en la playa.

Márquez se rió.

—Ése es un sueño muy común en mi oficina, sobre todo cuando nuestro nuevo teniente empieza a agobiarse con los presupuestos.

—Pensé que eso era por lo que tu último teniente era famoso.

—No, no —le aclaró él—. Nuestro último teniente estaba obsesionado con nuestros propios gastos; era un tacaño. No, éste se queja a los gobernantes sobre la falta de fondos. Quiere que tengamos mejor equipamiento y más entrenamiento. Quiere que me vaya a la escuela del FBI en Quantico.

—Me impresiona —admitió ella.

—A mí también. Dicen que ese curso puede volver loca a la gente, pero se aprende mucho.

—Te echarían a perder. Volverías con todo tipo de ideas nuevas para mejorar tu departamento y te encontraríamos en una cuneta pocos días después con una nota de tu teniente, ofreciéndote en adopción a cualquier agencia que quisiera acogerte.

—Aguafiestas.

—¿Quién es exactamente ese tal Kilraven? —preguntó ella de pronto.

—Es un nuevo agente —contestó tras apretar los labios.

Algo en el modo de decirlo hizo que Glory sospechara.

—Oh, no —dijo ella—. Me ocultas algo.

—No te oculto nada —mintió él.

—Se lo preguntaré a Cash Grier.

—Tendrías mejor suerte si le preguntaras a una almeja.

—Dímelo. Puedo guardar un secreto.

—Sé de buena tinta que ha sido enviado aquí desde Langley...

—¿Langley? —preguntó extrañada.

—Sí, Langley —confirmó él—. Para atrapar a un potencial secuestrador vinculado con un gobierno hostil de Sudamérica. Según los rumores, el secuestrador es muy bueno en su trabajo y ya tiene en mente al rehén perfecto. Cree que el rehén le proporcionaría mucho dinero procedente de cierta agencia federal de la que es un miembro valioso.

—¿Quién?

—¿Quien qué?

—¿Quién es la víctima potencial?

—No estamos seguros —le dijo Márquez—. Pero creemos que puede ser un agente de narcóticos; el mismo que ayudó recientemente a capturar a Cara Domínguez. Le ha costado al cártel más de un billón de dólares en los últimos años.

—¿Y no les vendría mejor matarlos? —preguntó ella.

—Estoy seguro de que ésa es la idea. Pero quieren dinero, y creen que pueden pedir rescate. Lo matarán, claro, pero cuando tengan el dinero.

—Pensé que nuestro gobierno no negociaba con terroristas.

—No lo hacemos, a ojos de la gente.

—Recientemente hubo una conspiración para atrapar a Jared Cameron, ¿verdad? —preguntó ella.

—Frustrada por su guardaespaldas...

—Tony el Bailarín —dijo ella con una sonrisa—. ¡Menudo nombre!

—En realidad es Danzetta.

—Lo sé, pero el otro suena más romántico, en cierto sentido criminal.

—Suena a la mafia, de la que Tony no forma parte. De hecho es Cherokee.

—Es guapo.

—¿Lo conoces?

Ella asintió.

—Nos dio información sobre esos secuestradores que atraparon cerca de aquí. También tenían contactos con Sudamérica, pero vuestro fiscal no tenía jurisdicción sobre un crimen federal. De modo que se los envió a nuestro fiscal federal para que fueran juzgados. Pero se escaparon.

—Nos enteramos —contestó él, y sacudió la cabeza—. Menudo caso, aquél. Dos guardias fueron acusados de colaboración, pero desaparecieron antes de que pudieran ser procesados.

—Mucho dinero y muchos problemas para nosotros —dijo ella—. Se rumorea que aún están en el país.

—También hemos oído eso nosotros.

Márquez aparcó frente a su puerta.

—Lleva contigo la pistola todo el tiempo —le aconsejó.

—Así lo haré, sobre todo cuando los hijos de Carla estén en la casa. No quiero que se hagan daño.

—Si necesitas ayuda, llámame, o llama a Cash. Vendremos enseguida.

—Lo haré —contestó, y notó cómo volvía la depresión—. Gracias, Rick.

—¿Para qué están los amigos?

Fue una larga noche de sábado. No paró de llover, y los árboles dibujaban extrañas siluetas en la oscuridad con la luz de los relámpagos. Aquello hizo que Glory se pusiera más nerviosa de lo que ya estaba. Carla y Ángel ya se habían ido a casa con los niños. Glory estaba sola.

Caminó por todas las habitaciones. Todo había cambiado desde su infancia. La casa había sido completamente remodelada. Incluso los suelos eran nuevos. Se frotó los brazos y sintió un escalofrío que probablemente fuera psicológico, por la tormenta. Jacobsville tenía tornados. No quería verse metida en uno estando sola. De pequeña la aterrorizaban. Su madre la había dejado tullida durante una tormenta.

Probablemente hubiera un refugio para tormentas, pero no recordaba dónde. Correr hacia él en la oscuridad a través de la lluvia era más arriesgado que quedarse en la casa. En cualquier caso, daba miedo.

Se preguntó dónde estaría Rodrigo y qué estaría haciendo. Si las autoridades lo atrapaban, lo cual parecía posible, ¿qué haría ella?; estaban cada uno a un lado de la ley. No importaban sus sentimientos, no podía echar toda su carrera por la borda por un hombre que no la amaba.

Recordó lo que le había dicho la cardióloga sobre su mala elección de profesión. Sabía que el trabajo era demasiado para ella. Pero lo que nadie comprendía era que el único seguro médico que tenía era el de la póliza de su trabajo. Si lo dejaba, ¿cómo podría permitírselo?

Bueno, si conseguía otro trabajo y tenía un ataque al corazón, siempre podía sentarse frente a la sala de urgencias del hospital con un vaso de plástico y pedir monedas para pagar la factura. Los Pendleton se la pagarían, pero quería ser independiente. Ya habían hecho demasiado por ella. Pero su trabajo era un riesgo. Si no hacía algo, acabaría muerta. Los juicios criminales no eran cualquier cosa. Había fuertes peleas. A veces entre los abogados, a veces entre los propios testigos. En otras ocasiones, los que discutían eran los fiscales. Incluso una vez, el juez había arremetido contra ella por presionar demasiado al testigo en un caso de asesinato. No era un trabajo para cualquiera; provocaba mucho estrés.

Los truenos sonaban con más fuerzas, y los relámpagos iluminaban cada rincón de la casa. ¿Dónde estaba Rodrigo?

Los enormes bidones de aceite estaban atados, formando un puente flotante sobre un tramo del río en el que, temporalmente, no había guardias fronterizos. El amigo de Castillo vigilaba mientras Rodrigo colocaba la furgoneta sobre el puente, con Castillo en la orilla, guiando a la furgoneta con los faros. Había cientos de kilos de cocaína pura en la parte trasera. Los tres hombres habían decidido que sería más fácil atravesar la frontera de ese modo que utilizando mejor equipamiento y más personas. Antes existía un túnel, pero había sido descubierto. Aquella zona había sido asegurada mediante una transferencia monetaria de la que Rodrigo no sabía nada. Estaba bastante seguro de que había sido obra de algún agente local. Estaban rodeados de campo, junto a la parte trasera de uno de los ranchos de ganado más grandes de la zona. Estaba seguro de que habían sobornado a alguien del rancho para que mirase hacia otro lado.

Castillo sonreía frente a los faros. Sólo unos pocos metros más. Rodrigo pasó con la furgoneta sobre el último de los bidones y llegó a tierra firme.

—¡Sí! —exclamó Castillo—. ¡Lo hemos conseguido!

Rodrigo detuvo la furgoneta y se bajó.

—Dinero fácil —dijo riéndose—. Ayúdame a sacar los barriles del agua.

—Déjalos —sugirió Castillo—. Con lo que nos van a pagar por este trabajo, podemos comprar más. Es peligroso quedarnos aquí mucho tiempo, por fácil que parezca.

—Probablemente tengas razón —convino Rodrigo, y le hizo señas al otro hombre para que se reuniera con ellos.

—Ya sé que te lo he preguntado antes, ¿pero estás seguro de este gringo? —preguntó Castillo.

—¿Arriesgaría mi vida por alguien de quien no esté seguro? —respondió Rodrigo.

—No —contestó Castillo—. Claro que no —volvió a mirar a su alrededor. No había coches, ni furgonetas, ni aviones, ni helicópteros. Estaban teniendo mucha suerte.

Se subió a la furgoneta junto a Rodrigo. Luego miró por la ventanilla y frunció el ceño.

—¿Dónde está tu primo? —preguntó, y dio un respingo al sentir el frío acero en las costillas.

—Quédate quieto y no hagas ninguna estupidez —dijo Rodrigo. Levantó la otra mano, en la que sostenía la radio portátil, y apretó el botón con el pulgar—. El lobo está en la puerta —dijo con calma.

Mientras Castillo intentaba descifrar aquel mensaje, al menos una docena de vehículos aparecieron a su alrededor con los faros encendidos.

—Amigo —dijo Rodrigo—, bienvenido a la tierra de la libertad y al hogar de los valientes.

CAPÍTULO 13

Glory estaba comiéndose las uñas sin poder parar. La tensión ya había hecho que se le acelerase el corazón y la respiración. Estaba desesperada por saber dónde estaba Rodrigo, y cómo estaba.

La tormenta estaba empezando a amainar. Se oía la lluvia gotear desde los aleros. Ya no había relámpagos, aunque de vez en cuando se oía algún trueno en la distancia.

Se acercó a la puerta principal y asomó la cabeza, sintiendo el revólver del 32 como una roca en el bolsillo de sus vaqueros. Si tan sólo pudiera averiguar qué estaba pasando, aunque fueran malas noticias. Tal vez Rodrigo fuese a la cárcel, pero incluso eso sería bueno, siempre y cuando no muriese. Ella no podría soportar la idea de no volver a verlo.

Dio un respingo al oír el teléfono móvil. Lo sacó del bolsillo y contestó.

—¿Sí?

—Acabamos de interceptar el cargamento de cocaína más grande de la historia del condado de Jacobs —dijo Márquez al otro lado de la línea.

—¿Qué pasa con Rodrigo? —preguntó ella—. ¿Estaba implicado? ¿Está bien?

—Hemos tenido un pequeño problema —dijo Márquez—. Se lo han llevado a Urgencias... Glory, espera. ¡Escucha!

Pero Glory ya había colgado. Agarró el bolso y salió por la puerta con toda la rapidez que le permitía la cadera. Se subió al coche, cerró las puertas con el cerrojo y se alejó hacia la autopista. El teléfono volvió a sonar, pero en esa ocasión lo ignoró.

—Por favor, Dios, no dejes que se muera —murmuró—. Haré cualquier cosa. Renunciaré a él. Me iré de su vida. Haré lo que sea... ¡Por favor, que no se muera!

El pueblo estaba lejos. Aquel viejo coche estaba bien para la ciudad, donde sólo tenía que recorrer un par de manzanas para ir a trabajar, pero en carretera no servía para nada. Apenas podía alcanzar el límite de velocidad. Realmente echaba de menos su deportivo.

La oscuridad era casi total. Era una noche sin luna y ella no pensaba con claridad. Si Fuentes había enviado a un asesino tras ella, estaba dándole la oportunidad perfecta para matarla. No había tomado ninguna precaución salvo cerrar con cerrojo las puertas y meterse la pistola en el bolsillo. Era un movimiento estúpido. Pero sólo pensaba con el corazón, y su corazón quería ver a Rodrigo, asegurarse de que estuviera bien. Nada más importaba. Si estaba implicado en el narcotráfico, si lo arrestaban, ella sabría cómo ayudarlo. ¡Si seguía vivo!

Para cuando aparcó en el aparcamiento del hospital de Jacobsville, el corazón le latía a toda velocidad y apenas podía respirar. Salió del coche y sintió el dolor intenso en la cadera. Comenzó a caminar hacia la entrada y tuvo que volver hacia el coche. No podía meter un arma de fuego en el hospital. La metió en la guantera y regresó al hospital a toda velocidad.

Había una multitud en la sala de espera. Era sábado por la noche, la noche más ajetreada. Se colocó frente a uno de los mostradores.

—Rodrigo Ramírez —dijo entrecortadamente—. ¡Es mi marido!

—El doctor Coltrain lo tiene en la sala tres —contestó la recepcionista—. Si es tan amable de sentarse...

Pero Glory ya había echado a andar. Apenas advirtió a los hombres que había junto a la sala, ni siquiera los miró. Atravesó la cortina y allí estaba Rodrigo, sin camisa, sexy y masculino, y tan guapo que le produjo un vuelco en el corazón. Pero lo mejor de todo era que estaba sentado en la camilla, sonriendo mientras el cuñado de Lou, Copper Coltrain, le cosía el brazo.

—¡Rodrigo! —exclamó Glory.

Rodrigo arqueó las cejas mientras ella corría hacia sus brazos. Glory le acarició el vello del pecho y suspiró aliviada al sentir sus latidos.

—¿Qué haces aquí? —preguntó él—. ¿Cómo lo has sabido?

—Márquez me llamó —contestó ella, y se apartó un poco para poder mirarlo a los ojos—. ¿Estás bien?

—Estoy bien —dijo él con una sonrisa—. Es sólo una herida. Las he tenido peores.

Glory estaba tan aliviada que no se había fijado en los demás al principio, pero ahora era consciente de que había varios hombres de uniforme. El corazón le dio un vuelco. Sabía que su marido estaba involucrado en el mundo de la droga. Pero ella no era de las que abandonaban el barco mientras se hundía. Se estiró con orgullo y dijo:

—Todo va a salir bien. Te conseguiremos el mejor abogado de Texas —le aseguró a Rodrigo—. No digas nada que pueda incriminarte. De hecho, no digas nada hasta que estés con el abogado...

Se detuvo porque Rodrigo había empezado a reírse. Mientras lo escuchaba, se dio cuenta de que los demás también estaban riéndose. Miró hacia atrás y reconoció a Cash Grier, al sheriff Hayes Carson, al agente de la DEA Alexander Cobb y a un hombre desconocido con un traje caro.

Cash levantó una chaqueta.

—Esto es de tu marido, Glory —le dijo. Le dio la vuelta a la chaqueta y Glory leyó las letras DEA impresas en la espalda.

Frunció el ceño y se quedó mirando la chaqueta. Su marido llevaba esa chaqueta cuando le dispararon. ¿Estaba haciéndose pasar por agente federal? Se giró lentamente hacia él. Tenía una placa en la mano. Una placa de la DEA.

—No estoy bajo arresto —le dijo Rodrigo—. Yo estaba en la operación.

—Él es el agente de incógnito —dijo Cash—. No se atrevía a decírtelo.

Glory se quedó mirando a Rodrigo, sintiéndose como una idiota.

—Eres tú el agente de la DEA que iba de incógnito.

Él asintió.

—Tengo un primo que ha conseguido mantenerse al servicio de los dos últimos capos de la droga, además de éste. Él me infiltró.

—Podrían haberte matado —dijo ella.

—No es la primera misión peligrosa que realizo, Glory. Mi compañera y yo trabajamos de incógnito en Houston en el caso de Cara Domínguez.

—¿Tu compañera?

—Sarina Lane —dijo Alexander Cobb.

La mujer rubia. Glory comenzaba a encajar todas las piezas.

Rodrigo sintió un nudo en el corazón. No le gustaba oír el nombre de casada de Sarina. Antes de que pudiera hablar, comenzó a sonar su móvil. Lo abrió y su cara cambió. Sonrió.

—Sí, lo tenemos todo —dijo riéndose—. ¿Te sorprende que pueda trabajar sin ti? —añadió en tono cariñoso—. Sí. Sólo me han disparado en el brazo. Una herida superficial. Nada comparado con el balazo que recibiste tú en Houston cuando acorralamos a la banda de Domínguez en el almacén. Sí. Estoy bien. ¿Mañana? ¡Sería fantástico! Puedes venir. Sí. Dale un beso a Bernadette de mi parte. Nos vemos mañana.

Colgó el teléfono. Glory no necesitó que nadie le dijera que la persona al otro extremo de la línea era Sarina. La compañera de Rodrigo. Su amada. A la que siempre amaría.

Se sintió mareada y rezó para no desmayarse a sus pies por la impresión.

—Deberías irte a casa —le dijo Rodrigo al ver el color de sus mejillas. Debería sentirse halagado porque se preocupara tanto por él, pero se sentía un poco avergonzado por su aspecto. Ni siquiera se había cepillado el pelo. Parecía una granjera sin interés. Él siempre había tenido mujeres atractivas a su alrededor, mujeres que se vestían bien y atraían a los hombres. Aquella mujer desaliñada, en cambio, no atraería a nadie, y mucho menos a él.—. Aún tengo que informar sobre la misión cuando el médico termine conmigo —le dijo despreocupadamente—. Llegaré tarde.

Glory quiso protestar, pero eso sólo conseguiría enfadarlo delante de sus compañeros.

—Por supuesto. Sólo quería asegurarme de que estuvieras bien —dijo ella, tratando de sonar tranquila. Su actitud le hacía sentir cohibida.

—Hablaremos más tarde —añadió Rodrigo.

—Sí.

Márquez entró con una sonrisa.

—¡Menuda redada! —exclamó—. Buen trabajo, chicos. Hay varios equipos de noticias aparcando en la puerta. ¿Quién quiere ser el representante?

—Yo no —dijo Rodrigo inmediatamente—. De lo contrario, ya no podré hacer misiones de incógnito.

—Yo hablaré con ellos —dijo Cobb—. Bueno, podemos hacerlo los tres —añadió señalando a Cash y a Hayes Carson—. No quiero que me acusen de atribuirme el mérito por algo en lo que todos hemos colaborado.

—Muy amable por tu parte —dijo Cash riéndose.

—No es eso —musitó Cobb—. Necesito la cooperación

de tu hermano en un caso que puede que esté relacionado con San Antonio. ¡No puedo permitirme ofenderte!

—¿Su hermano? —preguntó el hombre del traje.

—Garon. Es un agente especial que trabaja para el FBI en San Antonio.

—Por eso el nombre me resultaba familiar —dijo el hombre.

—Será mejor que me vaya —murmuró Glory. No sería bueno que alguien de los equipos de noticias la reconociera cuando Fuentes aún iba tras ella. Ya había sido entrevistada más de una vez por los casos que procesaba. No necesitaba aparecer también en la televisión local.

—Me aseguraré de que llegues a casa sana y salva —dijo Márquez—. No quiero que conduzcas sola de noche. Sobre todo ahora. No sabemos dónde está Fuentes, a pesar de que acabemos de confiscar el mayor cargamento de droga hasta la fecha.

Glory miró a Rodrigo, pero él estaba hablando con Hayes Carson y no la miró. Era como si fuera invisible a sus ojos.

Se dio la vuelta, levantó la cabeza y salió con Márquez.

En realidad, Márquez condujo tras ella en su furgoneta para que llegara sana y salva a casa.

Glory cerró la puerta de su coche y se dirigió hacia el porche.

—¿Quieres café? —le preguntó.

Él vaciló. Estaba cansado, pero Glory parecía necesitar un amigo. Su marido la había despreciado, casi como si se avergonzara de ella. Se merecía algo mejor, sobre todo en su estado.

—Claro —dijo finalmente, y entró con ella en la casa.

Glory sirvió café descafeinado y partió algo de bizcocho. Se bebieron el café en silencio.

—Llevas en el negocio el tiempo suficiente para saber cómo se muestran los agentes de la ley después de una misión —dijo él—. Es la mejor sensación del mundo para ellos. Les lleva tiempo volver a bajar a la tierra. Mientras tanto, puedes hablar todo lo que quieras para desahogarte.

—Qué curioso —dijo ella—. Pensé que para eso estaban los maridos y las mujeres; para hablar.

—Rodrigo no es el típico policía —respondió él—. Ha hecho muchas cosas con las que el resto sólo soñamos.

Glory recordó lo que Márquez y Cash le habían contado sobre el agente de incógnito a cuya cabeza habían puesto precio en todo el mundo por su éxito al atrapar a capos de la droga.

—Supongo —dijo—. Esa historia sobre cuando persiguió a un asesino de niños a caballo por la selva bajo la lluvia fue bastante impresionante.

Márquez se rió.

—Ésa es sólo la punta del iceberg —contestó—. Antes de hacerse agente federal, trabajaba con un legendario grupo de mercenarios en el extranjero. Tiene licencia de piloto, habla seis idiomas, es un excelente cocinero y está emparentado con media realeza europea.

—¿Rodrigo? —preguntó ella sorprendida.

—Sus padres formaban parte de la realeza —dijo él—. Su padre era danés y su madre española. Menuda mezcla.

Fue toda una sorpresa. No sabía nada sobre el hombre con el que se había casado; nada en absoluto.

—¿Por qué empezó a trabajar de incógnito? —preguntó—. Casi todos los agentes federales que hacen eso acaban asesinados.

—Él tiene más razones que la mayoría. López se encaprichó de su hermana, que trabajaba en un club nocturno. Abusó de ella y luego la mató. Rodrigo se volvió loco. Se emborrachó, estrelló un helicóptero y luego irrumpió en la oficina de Alexander Cobb para obtener información y equipamiento necesarios para ir tras Manuel López. Todo el mundo le tiene miedo. Es el hombre más peligroso que conozco.

Glory estaba empezando a darse cuenta de eso.

—No está domesticado —dijo.

—No. Estuvo a punto de casarse con su compañera, pero ella seguía enamorada de su ex marido, Colby Lane. Ha tenido relaciones con debutantes, estrellas de cine e incluso mujeres de la realeza. Pero siempre hay un nuevo caso. Vive gracias a la adrenalina. No creo que pudiera renunciar a su trabajo, incluso aunque amara a una mujer... —vaciló al ver la cara de Glory—. No quería decir eso.

—Ambos sabemos que no me quiere, Rick —dijo ella tras una pausa—. Me ha ignorado antes en el hospital. Le avergüenzo. Soy demasiado simple.

—Estoy seguro de que nunca te diría eso.

Glory agarró la taza con ambas manos y se quedó mirándola.

—Quiero irme a casa.

—¿Qué pasa con el bebé?

Le dolía sólo pensar en ello.

—Él no querrá tenerlo —dijo, y estaba segura de ello. Consígueme una casa segura en San Antonio y me quedaré allí hasta que encuentres a Fuentes.

—Creo que el fiscal se encargará de eso, ahora que hemos echado por tierra la reputación de Fuentes.

—Le llamaré esta noche a su casa —dijo ella—. Luego te llamaré a ti, si me dice que le parece bien. Me gustaría irme mañana.

—¿Por qué tan deprisa? —preguntó él. Entonces recordó lo que había oído en el hospital; Sarina y su hija irían a ver a Rodrigo al día siguiente. Glory no querría estar allí cuando llegaran.

—Te llamaré —repitió ella.

—De acuerdo. Estaré en casa de mi madre —dijo él—. Este fin de semana no estoy de servicio.

Glory sintió un vuelco en el corazón. Márquez no tenía muchos fines de semana cuando no estaba de servicio.

—Lo siento.

—Oye, lo único que hago es ver la televisión. Mi madre pasa casi todos los domingos en el asilo de ancianos después de la iglesia, leyendo para los mayores.

—Es una mujer encantadora, tu madre.

—Sí —contestó él.

—Gracias, Rick —dijo ella—. Estaba un poco nerviosa por salir sola de noche, aun con la pistola.

—¿Dónde está la pistola?

—En mi coche —contestó ella—. No quería meterla en el hospital.

—Sácala del coche antes de que me marche y guárdala en casa. Aún no estás fuera de peligro.
—Ya lo sé –dijo ella con un suspiro.

Glory telefoneó al fiscal a su casa y él estuvo de acuerdo en que regresara al trabajo, en una casa segura. Uno de los investigadores la seguiría a todas partes y la policía enviaría coches patrulla extra. Pero, al igual que Márquez, no creía que Fuentes siguiera siendo un problema. Ella tampoco lo creía. Gracias a Rodrigo y a sus compañeros, Fuentes iba a tener serios problemas por la mercancía confiscada.

Rick tenía que llegar a mediodía para acompañarla de vuelta a San Antonio. Le había hecho jurar que no mencionaría nada sobre su trabajo. No había razón para contárselo a Rodrigo. Él regresaría a Houston en poco tiempo y probablemente no volvieran a verse. Podrían divorciarse sin incidentes y fingir que no se habían conocido. Estaba tan dolida por su actitud que ni siquiera le importaba que fueran a separarse.

Le oyó entrar en mitad de la noche, pero no tenía la luz encendida y no hizo ningún ruido cuando lo oyó vacilar frente a su puerta. No la abrió.

A la mañana siguiente, Glory se quedó en su habitación hasta que él se marchó. Luego se preparó un huevo pasado por agua con tostadas y un café. Ya había empaquetado casi todas sus cosas. Ya sólo era cuestión de esperar a Rick para que la acompañase a la ciudad.

De pronto oyó la puerta de un coche cerrándose y las risas de una niña.

Se acercó a la ventana y se asomó. Rodrigo tenía a la niña en brazos y miraba a la mujer rubia con una sonrisa. Viéndolos, Glory se sintió como una intrusa. Seguían siendo una familia, sin importar la presencia del señor Lane en sus vidas. No podía soportar ver lo feliz que parecía Rodrigo. Regresó a su habitación para terminar de hacer la maleta.

Cuando terminó, se puso unos vaqueros, una blusa color magenta y unas sandalias y salió al porche, porque Rick llegaría en cualquier momento. Vio el coche de Sarina, pero ella no estaba por ninguna parte.

Caminó hasta el otro extremo del porche y se detuvo en seco al oír voces al doblar la esquina.

—... pero estás casado —estaba diciendo Sarina.

—Con una chica de campo que viste como una pordiosera y que no tiene habilidades sociales ni cultura —dijo él fríamente—. Anoche me dio vergüenza que mis compañeros me vieran con ella. Está tullida y Fuentes quiere matarla porque presenció algo ilegal que hizo. Sólo me casé con ella por pena. Fue la peor razón del mundo —no añadió que había sentido un intenso deseo por ella que no podía negar.

—¿Entonces qué vas a hacer? —preguntó Sarina.

—Lo que tenga que hacer, con tal de salir de este lío en el que me he metido.

Glory se alejó de ellos, sintiéndose enferma. Rodrigo se avergonzaba de ella. Se había casado por pena. Sentía como si toda su vida hubiera estallado en mil pedazos.

Salió del porche y caminó en dirección contraria, hasta el viejo puente de hierro que ya nadie usaba desde que terminaran el nuevo. Se subió a la barandilla y se sentó allí, cegada por las lágrimas, sintiéndose como si acabara de recibir una puñalada en el corazón. El hombre al que amaba hablaba de ella con desdén, con odio, y ella estaba embarazada de él. Se sentía como una idiota. ¿Cómo había podido pensar que llegaría a amarla? Estaba tullida y era demasiado simple para él. Rodrigo pensaba que la chica que había trabajado con él en la granja no era más que una chica de campo. Debería haber sido divertido, pero no lo era. Sumado a eso, su afección podía costarle no sólo el bebé, sino la vida. Su futuro se mostraba sombrío ante sus ojos.

Miró hacia el río. Era profundo en aquel tramo. Una mujer se había tirado desde ese mismo puente a principios de los años veinte y se había ahogado porque había pillado a su marido con su mejor amiga. Sarina Lane no era amiga suya, pero Glory entendía cómo debía de haberse sentido la mujer que se había ahogado allí. Había quien decía que la había visto caminando por el puente de noche, con un vestido blanco. Lo llamaban el puente encantado. Pero Glory no tenía miedo. Ella era un espíritu afín.

El sonido del agua era hipnótico. Realmente no era una suicida. Simplemente estaba dolida. Pero algo hacía que se acercara cada vez más al borde. Era como si una voz susurrara desde las profundidades del agua y le asegurase que todo el dolor acabaría con un solo salto. Sería libre. No tendría que caminar más con bastón, ni tomar la medicina para la tensión, ni oír a su marido resaltando sus defectos...

—¡Glory!

Al principio no oyó a Márquez. Ni lo oyó ni lo vio hasta que no la agarró por la cintura y la bajó de la barandilla.

—¿Qué diablos estás haciendo? —preguntó. Tenía la cara pálida—. ¡No pensé que pudiera llegar a tiempo!

Debía de haber corrido colina abajo. Pero era peor aún. Rodrigo y Sarina también estaban corriendo colina abajo.

—¿Qué ha ocurrido? —preguntó Rodrigo al llegar.

—Pensé que iba a sal... a caerse —dijo Rick.

—No me habría caído —le dijo ella sin mirar a los demás—. Solía pescar desde este puente. Cuando era pequeña, mi bisabuelo me traía aquí. Sólo teníamos palos e hilo de pescar, pero los sábados que él no tenía que quitar nieve pescábamos barbos para la cena.

—¿Por qué estabas sentada aquí, en primer lugar? —preguntó Rodrigo.

—Siempre lo he hecho —contestó ella—. Solía quedarme con las piernas colgando.

—¡Podrías haberte caído! —insistió él. Parecía realmente preocupado, pero Glory sabía que no lo estaba. Después de todo, la mujer a la que amaba estaba de pie a su lado. No podía hacerle ver que no le importaba en absoluto su esposa.

Lo miró a los ojos y dijo:

—Si me hubiera caído, no te habría importado, ¿verdad? —ignoró la mirada de Sarina y se giró hacia Rick—. Estoy lista para irme.

—¿Dónde diablos vas? —preguntó Rodrigo.

—A casa. Rick va a seguirme, por si acaso Fuentes aún va detrás de mí.

Rodrigo no pensaba con claridad. Fuentes aún iba detrás de Glory y ella iba a marcharse con aquel detective que parecía más preocupado que él mismo. Se sentía avergonzado.

—¿Dónde está tu casa? —le preguntó.

Glory no contestó.

—Será mejor que nos vayamos. Lo siento por el trabajo —le dijo a Rodrigo—, pero seguro que no te será difícil reemplazarme. Hay muchas chicas de campo simples por aquí que no esperan nada mejor de la vida que trabajar en la cocina —añadió aquello deliberadamente, y levantó la vista justo a tiempo de ver cómo absorbía las palabras Rodrigo. Supo que había oído la conversación con Sarina. Le avergonzaba. No lo decía en serio. No realmente.

Pareció que Sarina quiso decir algo, pero Glory simplemente pasó frente a ellos y siguió caminando. La cadera le dolía, pero no iba a mostrar signos de debilidad frente a la sabandija con la que aún estaba casada.

Márquez la alcanzó.

—¿Has hecho la maleta? —le preguntó.

—Sí. Está en el salón. Sólo tengo que ir a buscar el bolso y el bastón.

Entraron juntos en la casa. Se echó el bolso al hombro y se apoyó en el bastón para seguir a Márquez.

Rodrigo y Sarina estaban de pie en el porche. Rodrigo tenía el ceño fruncido.

—¿Dónde vas exactamente? —le preguntó, y miró de reojo a Márquez mientras éste metía la maleta en el coche.

Glory lo miró fijamente. Estaba destrozada, pero intentó ocultarlo.

–Eso es información confidencial. En cualquier caso, dado que la operación de Fuentes se tambalea, creemos que estará demasiado ocupado con su propia vida como para intentar quitarme la mía. Puedes enviar flores si me equivoco y al final me mata –dijo tajantemente.

Rodrigo se estremeció.

–No nos hemos presentado antes en el puente –dijo Sarina–. Soy...

–Sarina Lane –contestó Glory–. Sí, lo sé. El señor Ramírez habla mucho de ti.

Rodrigo la miró fijamente. No le gustaba que se dirigiese a él formalmente. Pero, antes de que pudiera hablar, regresó Márquez.

–Estoy listo –le dijo a Glory.

–De acuerdo –dijo ella, y se dirigió a Rodrigo–. Gracias por dejar que me quedase aquí mientras Fuentes me perseguía. Espero no dejarte colgado.

–Carla y otro empleado terminarán con la fruta –dijo él–. Sólo es un proyecto de prueba. Si tiene éxito, Pendleton tendrá que contratar a más cocineros para que se hagan cargo de la demanda.

–Por supuesto –dijo ella, e incluso sonrió–. Bueno, adiós.

–Habrá ciertas formalidades legales...

–Mi abogado se pondrá en contacto contigo. Puedes firmar los papeles del divorcio cuando quieras –dijo ella–. Cuanto antes, mejor –añadió amargamente. Se dio la vuelta, se apoyó en el bastón y se alejó de la vida de Rodrigo sin mirar atrás.

Se puso el cinturón, puso en marcha el coche y salió del jardín tras la furgoneta de Rick. No agitó la mano. No miró atrás. Simplemente condujo, incluso cuando la carretera se volvió algo borrosa.

Sarina frunció el ceño. Rodrigo estaba viendo alejarse a los coches como si estuviera viendo una película. Con el ceño fruncido, rígido.

–Oyó lo que dijiste de ella –dijo Sarina–. Debe de haberle dolido mucho. Parece que es muy orgullosa.

Rodrigo apretó los dientes. Estaba recordando lo que había dicho Glory sobre su infancia en los hogares de acogida, siendo siempre la intrusa, la no deseada. No comprendía por qué había dicho esas cosas tan crueles sobre ella. No estaba emocionalmente implicado con ella. Sólo la deseaba. ¿Por qué entonces se sentía tan mal al verla marchar?

–Fue un acto de locura –dijo secamente–. El divorcio sería lo mejor para ambos.

Sarina estaba pensando. Había algo extraño en la otra mujer. No sabía qué, pero allí había algo más de lo que Rodrigo admitía. Decía que no le importaba Glory, pero su mirada estaba atormentada. No estaba fingiendo. Glory no lo conocía lo suficiente para saberlo, pero ella sí. No sólo eso, sino que también sabía que había visto a Glory en otra parte, en un escenario distinto. Por alguna razón, no podía dejar de pensar en San Antonio.

De modo que, cuando regresó a Houston, telefoneó a un compañero de la oficina de la DEA en San Antonio y comenzó a hacer preguntas.

CAPÍTULO 14

Todos los coches patrulla y las precauciones le parecían a Glory innecesarios de pronto. Acababa de mudarse a su nueva casa y estaba bebiéndose el primer café descafeinado del lunes por la mañana cuando llamó Márquez.

—Adivina —dijo él.

—Has ganado la lotería y te vas a Tahití.

—Eso estaría bien. Pero llamo para decirte que acaban de encontrar a Fuentes boca abajo en un arroyo entre Jacobsville y San Antonio. Ni siquiera se molestaron en esconder el cuerpo; se ve desde la autopista.

—¿Cómo?

—Teníamos razón al pensar que sus superiores no olvidan los errores. Éste era el segundo cargamento importante que Fuentes perdía, y su organización no perdona. No da más oportunidades. Está más que muerto.

—¿Entonces estoy a salvo? —preguntó ella.

—Completamente —respondió Márquez—. Nuestro topo

en la organización dijo que Fuentes estaba loco por contratar a un asesino para matar a una fiscal en este país sin autorización, cuando él ya estaba en el punto de mira por cargos de asesinato. No es que no maten abogados, policías y periodistas, pero no es así como operan. En cualquier caso, el gran capo de la droga les dijo que te dejaran en paz.

—Vaya, no le he comprado nada —bromeó ella.

—Es un bonito regalo, ¿verdad? Es una pena que no podamos averiguar quién es. Tal vez la DEA tenga mejor suerte. De modo que puedes volver a tu antiguo apartamento cuando quieras, y tu jefe dice que el papeleo se está acumulando. Menuda indirecta.

Glory sonrió. Era la primera buena noticia que recibía en mucho tiempo.

—De acuerdo. Menos mal que no he deshecho la maleta.

—Sí. Iré a la hora de comer para trasladarte.

—Rick, ya has hecho bastante...

—Eres mi amiga —dijo él sin más.

—Entonces gracias. Te espero a mediodía. ¡Pediré pizza!

Glory aún seguía mareada por la noche, de vuelta en su propio apartamento. Las náuseas parecían empeorar y durar cada vez más. Además sentía algo de dolor. Concertó una cita con su médico en San Antonio y comenzó a preparar la ropa de trabajo para el día siguiente. Cuando se miró en el espejo, vio la factura que le habían pasado los acontecimientos de los últimos días. Estaba pálida y consumida, pero al menos ya no tenía que fingir. Podría ponerse maquillaje y volver a llevar lentillas; vestirse como quisiera y no tener que disimular. Resultaba amargo recordar lo que había dicho Rodrigo sobre su falta de cultura y de habilidades sociales.

Estaba vistiéndose a la mañana siguiente cuando sonó el telefonillo. Pulsó el botón del intercomunicador, preguntándose quién podría ser a esas horas.

—¿Puedo subir?

Apretó la mandíbula.

—¿Por qué? —preguntó, porque conocía aquella voz femenina muy bien.

—Tengo que contarte una cosa.

Quiso ignorarla, pero no era culpa de Sarina que Rodrigo no pudiera seguir viviendo sin ella.

—De acuerdo —dijo finalmente, y pulsó el botón para abrir.

Glory llevaba un traje gris y una camisa rosa, con el pelo recogido en un moño y algo de maquillaje, cuando abrió la puerta para recibir a su rival.

—Pareces distinta —dijo Sarina.

—En el trabajo, tengo que defender la imagen de la oficina del fiscal —contestó ella—. ¿Qué puedo hacer por ti?

—No es fácil llegar a conocerlo —comenzó Sarina—. Rodrigo aún lloraba la muerte de su hermana cuando yo fui compañera suya en Arizona. Variaba entre la ira y la distancia emocional; al menos hasta que conoció a Bernadette. Le encantan los niños —dijo deliberadamente, y miró su tripa, como si supiera la razón por la que Glory ya no podía abrocharse el último botón de la falda.

—No se lo digas —le pidió.

Sarina negó con la cabeza.

—Eso es asunto tuyo. Pero debería saberlo.

—¿Por qué? No será Bernadette.

—Lo siento mucho —dijo Sarina compasivamente—. Tú no lo comprenderás, pero entiendo cómo te sientes. Yo estaba completamente enamorada de mi marido cuando me dejó por otra mujer, una que sólo deseaba su dinero. Colby y yo estuvimos separados hasta que Bernadette empezó a ir al colegio, y hasta que esa bruja lo convenció de que era estéril.

Glory se relajó un poco.

—Sí —añadió Sarina con una sonrisa—. Estoy muy enamorada de mi marido. Lo único que siempre pude darle a Rodrigo fue amistad. No fue suficiente. Es muy tenaz. Por eso es tan peligroso en el trabajo. Pero también es un arma de doble filo.

Glory se llevó la mano al vientre.

—No sé si puedo tener este bebé —confesó. Era agradable poder contárselo a alguien. Llevaba demasiado tiempo viviendo con miedo—. Tuve un ligero ataque al corazón en el trabajo —añadió lentamente—. He trabajado duro para llegar hasta aquí. Y estoy pagando el precio. Tengo que tomar medicación para la tensión y para el colesterol, y ahora tengo que tomar también anticoagulantes para no tener otro ataque. Las pruebas normales no mostraban ninguna obstrucción, pero quieren que me haga un cateterismo y no me arriesgaré mientras esté embarazada. Si dejo de tomar los anticoagulantes, el niño se salvará, pero yo podría morir. ¿Cómo le digo eso a Rodrigo? Él piensa que no quiero tener hijos. No es cierto, pero tal vez sería mejor dejarle creer eso.

Sarina negó con la cabeza.

—No es mejor —dijo. Sacó un pedazo de papel del bolsillo y se lo entregó a Glory—. Ésta es la dirección de su casa, en Houston. Ha vuelto allí para hacer el informe sobre la misión, y para hacer la conexión entre Fuentes y unos traficantes locales. Ve a verlo. Díselo.

—No querrá saberlo.

Sarina se quedó mirándola.

—¿No merece la pena luchar por ello?

Glory miró la nota que tenía en la mano. Era una esperanza lejana. Sólo le serviría para sufrir más. Simplemente se encogió de hombros.

—Sí —dijo—. Iré.

Y así lo hizo. Tuvo que ir a casa de los Pendleton a recoger su coche para el viaje. El viejo, que llevaba al trabajo, estaba en las últimas.

Rodrigo vivía en una urbanización privada. Era un complejo de apartamentos muy bonito y lujoso. Casi todos los coches aparcados eran caros. Si podía permitirse vivir allí, era porque tenía más dinero que el que le proporcionaba un sueldo de agente federal. Entonces recordó que estaba emparentado con las casas reales de Europa. Probablemente fuese rico.

Tuvo que mostrar su tarjeta de trabajo al guardia de seguridad en la entrada y mentir sobre el propósito de su visita. El guardia dijo que tendría que corroborarlo con el señor Ramírez, pero resultó que Rodrigo no estaba en casa. El guardia miró anhelante de arriba abajo el Jaguar XKE de color verde. Era una auténtica belleza; un regalo de los Pendleton las navidades pasadas.

—Sólo será un minuto —dijo ella—. Tengo que darle unos papeles sobre un caso que llevo en San Antonio.

—Oh, sí. Todos oímos lo ocurrido en el condado de Jacobs —contestó el guardia—. ¿Estaba usted allí?

—Bueno, sólo periféricamente, me temo —contestó ella—. Pero conseguiré procesar a algunos de los conspiradores —era sólo una posibilidad, pero hizo que sonara como si fuera el propósito de su visita.

—Adelante. El señor Ramírez juega al tenis casi todos los sábados por la mañana —dijo el guardia—. Puede esperarlo dentro.

—Muchísimas gracias.

—De nada.

Glory se alejó en su coche y el guardia frunció el ceño. ¿Debería haberle dicho que ya había entrado otra joven a ver al señor Ramírez, y que tenía la llave del apartamento?

Ignorando alegremente las posibles complicaciones, Glory aparcó y bajó del coche; se dirigió al apartamento del que el guardia le había dado la dirección. Había un niño hispano jugando con un balón de fútbol en el jardín situado entre los bloques de apartamentos. Le dirigió una sonrisa y se preguntó si su bebé sería un niño.

—¿Te gusta el fútbol? —preguntó el niño.

—Sí. Veo todos los partidos —contestó ella—, y nunca me pierdo el Mundial.

—A mí me gusta Márquez —contestó él—. Es el capitán del equipo mexicano. Es un gran jugador.

—¿Márquez? —preguntó ella, pensando en su propio Márquez, el detective.

El niño asintió.

—Nosotros lo llamamos Rafa. Quiero ser como él cuando sea mayor. Mira lo que sé hacer —comenzó a pasarse el balón de una rodilla a otra y ella se rió.

Oyó pisadas detrás y se dio la vuelta. Y allí estaba Rodrigo, pero no el hombre al que había conocido en Jacobsville. Era otra persona. Era como la gente a la que Jason y Gracie invitaban a sus eventos sociales. Llevaba un traje de Armani y zapatos italianos. Llevaba el pelo arreglado, no simplemente corto, y tenía un aspecto sexy... y peligroso.

—¡Hola, Rodrigo! —exclamó el niño—. ¿Quieres jugar?

—Ahora no. Vete a casa, Domingo —contestó Rodrigo.

El niño miró de un adulto al otro.

—Claro —dijo sin discutir.

—¿Qué quieres? —le preguntó a Glory.

Ella vaciló. Debería haberse vestido mejor. Llevaba los mismos vaqueros y la camiseta que había usado en la granja. No se había puesto mucho maquillaje y no llevaba el bastón, porque no quería compasión. Intentó parecer cómoda.

—Quería contarte una cosa —dijo. No sabía cómo empezar.

—Imagino que alguien ha hablado contigo —contestó él con una sonrisa fría.

—Bueno, sí.

—Y, ahora que sabes que podría haberme permitido

comprar esa granja y cincuenta como ésa, esos votos matrimoniales que dijimos te parecen de más valor, ¿verdad?

—Debes de estar bromeando —dijo ella. No era una Pendleton, pero la trataban como a una de ellos. Tenía un armario lleno de ropa de diseño que Gracie y Jason le habían regalado. Por no hablar del Jaguar deportivo que conducía.

—¿Bromeando? —Rodrigo la miró de arriba abajo y entornó los ojos—. No es ninguna broma. No creas que vas a aprovecharte de mi compasión y vas a salir de aquí siendo rica. No tengo nada para criaturas mercenarias como tú —estaba escandalizado de ver que lo había seguido hasta allí, de ver que era tan descarada como para intentar meterse de nuevo en su vida después de haber acordado que se divorciarían.

—¿Mercenaria? —Glory estaba horrorizada. No era aquello lo que esperaba.

Antes de que Rodrigo pudiera decir nada más, o de que ella encontrara una respuesta que no implicara una patada en la entrepierna, la puerta del apartamento se abrió y apareció una hermosa mujer de pelo negro y piel morena.

—¿Vienes, Rodrigo? —preguntó—. ¡Casi quemo la paella!

—Enseguida voy, Conchita —contestó él.

Glory jamás se había sentido tan estúpida. Rodrigo la miró con desprecio.

—Es fantástica en la cama —susurró.

Glory no quería que viera el dolor que le estaba causando. Se dio la vuelta y comenzó a caminar hacia el coche. La cadera le dolía, pero también la tripa. Eran unos dolores extraños. Pensó en los anticoagulantes que llevaba tomando tanto tiempo y esperó que no perjudicaran al bebé. El bebé. Se juró a sí misma que Rodrigo nunca lo sabría. ¡Nunca!

Rodrigó la vio alejarse. Se sentía furioso y, a la vez, arrepentido. Glory era orgullosa. Nunca había pedido un trato especial en la granja y tenía agallas; había conseguido salvarse de Marco y de Consuelo sin su ayuda. La había acusado de ir tras su dinero. Se dijo a sí mismo que tal vez fuera cierto. Ella no tenía nada. ¿Acaso podía culparla por querer tener una vida mejor?

Mientras subía los escalones, oyó el motor de un coche y miró hacia el aparcamiento justo a tiempo de ver un deportivo verde alejarse. No reconoció el coche, pero supo que no podía ser de Glory. Tal vez la hubiese llevado algún amigo. Sin más, se fue a comer paella y a olvidarse de Glory.

Glory se quedó sin insultos antes de salir de Houston. Para cuando llegó a la autopista, ya se los iba inventando. Le volvió el dolor de la tripa. No se le pasaba. Su médico estaba en San Antonio, y Jacobsville estaba mucho más cerca. Lou Coltrain conocía su historial. Decidió que ésa sería la mejor opción. Esperó poder llegar a tiempo y pisó el acelerador con fuerza.

La suerte estuvo de su lado. A las afueras de Jacobsville, un coche patrulla le dio las luces e hizo que se detuviera.

Reconoció al agente que se acercaba, pues había estado presente en el incidente con Marco.

Kilraven sacó su libreta y comenzó a ponerle la multa sin ni siquiera mirar.

—¿Puedo ver su permiso de conducir, por favor? —preguntó.

—En cuanto me lleve al hospital —contestó ella apenas sin poder hablar—. Creo que... voy a perder a mi bebé.

—¡Dios mío! —exclamó él.

Abrió la puerta, le desabrochó el cinturón y la llevó, como si no pesara nada, hasta el coche patrulla. La sentó en el asiento del copiloto y le abrochó el cinturón. Durante todo el tiempo, no dejó de hablar por la radio.

—Voy de camino con una mujer embarazada que podría estar sufriendo un aborto —dijo—. Que nos reciban en la entrada de Urgencias. No hay tiempo para esperar a una ambulancia.

—Diez-cuatro —contestó la operadora—. ¿Puede identificar a la paciente?

—Gloryanne Barnes —dijo él—. Notifíqueselo a la doctora Lou Coltrain.

—Mi... bolso. Las llaves —consiguió decir Glory entre jadeos de dolor.

Kilraven corrió a buscarlos, cerró el coche y regresó tras el volante. Dejó el bolso y las llaves a los pies de Glory y puso el coche en marcha. Salió disparado y dejó huellas de neumático en el asfalto.

—Le colgarán por eso —dijo ella.

—Parece abogada —contestó él riéndose.

—Soy abogada.

—Lo sé.

Glory habría investigado más, pero el dolor hizo que se doblara hacia delante a pesar del cinturón. Las lágrimas le resbalaban por las mejillas mientras se acercaban al hospital.

El resto fue un torbellino de dolor y de gritos, de manos que la levantaban. Poco después, la voz tranquila de Lou Coltrain. Sintió un pinchazo en el brazo. Luego, paz.

Cuando volvió a abrir los ojos, Kilraven, el policía que la había llevado al hospital, estaba junto a la cama, observándola con ojos brillantes y grises que destacaban sobre su piel morena.

—Me ha traído usted —murmuró ella.

—Sí.

Se tocó el vientre y comenzó a llorar en silencio. Sabía que había perdido el bebé. Sentía el vacío.

—He perdido a mi bebé, ¿verdad?

—Lo siento —contestó el policía.

Ella lo miró angustiada.

—Se pondrá bien —añadió él—. Sólo necesita tiempo.

—¿Usted ha perdido a un hijo?

—Sí.

A Glory le costaba respirar. Tenía las mejillas sonrojadas y el corazón muy acelerado.

Kilraven pulsó el botón del intercomunicador y dijo algo suavemente. Segundos más tarde, entró una enfermera para comprobar sus constantes vitales. Frunció el ceño.

—Quédese quieta —dijo—. Enseguida vuelvo.

—¿Qué sucede? —le preguntó Glory al agente.

—Me colgarán si se lo digo.

—No se atreverían. Dígamelo.

—Creo que está sufriendo un ataque al corazón.

Glory asintió.

—Eso pensaba yo también.

Poco después regresó la enfermera acompañada del doctor Copper Coltrain. Éste comprobó sus constantes vitales y le susurró algo a la enfermera, que asintió y salió de la habitación.

—Un ataque al corazón —murmuró Glory.

—Creo que no. Probablemente sea un episodio de angina, pero le haremos pruebas —el médico miró al policía—. No puede tener visitas.

Kilraven juntó las manos detrás de la espalda y se quedó quieto, desafiando a Coltrain con la mirada.

—Él me ha salvado —dijo Glory—. No habría podido llegar yo sola.

La expresión de Coltrain se suavizó, sólo un poco. La enfermera regresó y le entregó una jeringuilla. Al sentir el pinchazo, Glory sólo tuvo tiempo de sonreír antes de que todo se volviera oscuro.

Los dos días siguientes fueron como una nube. Se despertó al oír un improperio fuera de la habitación. Reconoció la voz del sheriff Hayes Carson. Se preguntó si lo haría a menudo, pues utilizaba unas frases muy extrañas.

—¡Caracoles! —exclamó Carson—. ¡No pienso darle los papeles del divorcio a una mujer en su estado! —estaba gritándole al teléfono—. ¡Dígale a su maldito cliente que, si quiere dárselos, puede venir él mismo al hospital de Jacobsville!

—Está molestando a los pacientes —intervino Lou Coltrain.

—Lo siento —murmuró Hayes—. No he podido evitarlo.

Lou y él intercambiaron una mirada. No entraron a la habitación para hablar con Glory. Lo cual fue una pena, pues tres horas después apareció su marido sin avisar y la miró como si no pudiera creerse lo que estaba viendo.

—¿Qué quieres? —preguntó ella.

—El sheriff se ha negado a darte los papeles del divorcio —contestó mientras sacaba los papeles del bolsillo, pero vaciló. Glory parecía agotada, enferma—. ¿Qué diablos haces aquí? ¿Es otra vez por la cadera?

—¿Y a ti qué te importa? —respondió ella—. Ni siquiera me preguntaste para qué había ido a verte. Piensas que soy una mercenaria, ¿no? Crees que el dinero lo es todo para mí.

Rodrigo apretó los dientes.

—Eso es lo que todas las mujeres han querido siempre de mí —contestó—. Salvo...

—Salvo Sarina, sí —concluyó ella—. Pero no puedes tenerla, ¿verdad? Supongo que Conchita es tu premio de consolación. ¡Es una pena que no me diera cuenta de que estaba ocupando el lugar de tu antigua compañera!

Rodrigo entornó los ojos y sonrió fríamente. Su orgullo estaba herido, de modo que contraatacó.

—Fuiste una pobre sustituta.

—¡Lárgate! —exclamó ella intentando incorporarse. El movimiento hizo que se mareara. Sintió que se le aceleraba de nuevo el corazón, a pesar de las medicinas que le estaban dando.

—¿Dejo los papeles del divorcio sobre la mesa antes de irme? —preguntó él.

—Te diré dónde puedes metértelos. ¡Lárgate! —gritó—. ¡Fuera!

Copper Coltrain entró en la habitación como un tornado.

—Fuera de aquí —le dijo a Rodrigo—. Ahora mismo.

—Estoy hablando con mi esposa... —contestó Rodrigo.

Coltrain lo sacó a rastras de la habitación.

—Tuvo un ataque de angina poco después de ingresar. Tiene la tensión extremadamente alta y ya había tenido un ataque al corazón antes de venir a Jacobsville —le dijo—. La tensión ha empeorado desde que perdiera el bebé hace dos días...

—¿Bebé? —Rodrigo se apoyó en la pared y miró a Coltrain fijamente—. ¿Estaba... estaba embarazada?

—Sí —contestó el doctor—. Supongo que lo sabría.

Rodrigo cerró los ojos. Glory había ido a Houston para decirle algo, y no la había dejado hablar. Estaba embarazada. Había ido a contárselo. Y él la había ignorado. Un ataque al corazón. La tensión alta. Sería peligroso para ella tener un hijo. Sabía que era propensa a desvanecerse, pero no le había dado importancia; sólo se había fijado en su cadera. Glory le había dicho que no quería tener hijos. Era mentira. Era su salud la que se lo impedía, y él ni siquiera se había dado cuenta. «Que Dios me perdone», pensó. «¡Dios, perdóname!».

—Le he dicho cosas horribles ahí dentro —dijo—. Estaba furioso porque hubiese aparecido en mi apartamento en Houston y luego se hubiese marchado sin decirme nada.

Pensé que iba en busca de dinero... –cerró los ojos de nuevo–. No sabía nada de esto.

–Para ser un hombre casado, no sabe mucho sobre su esposa.

–Rellené los papeles del divorcio. Mi abogado dijo que el sheriff se negaba a dárselos a Glory. Pensé que tal vez estaría ingresada por la cadera... Deberían fustigarme por lo que le he dicho.

–Una disculpa no vendría mal.

–No voy a disgustarla más de lo que ya lo he hecho –le dijo al médico–. ¿Se pondrá bien?

Coltrain asintió.

–Ya la está tratando un cardiólogo.

–Bien. Bien. Si necesita algo...

–Tiene un buen seguro. Cuidaremos de ella.

Rodrigo se apartó de la pared. Intentó decir algo, pero simplemente se encogió de hombros. Se avergonzaba de sí mismo. Glory no había hecho nada para merecerse ese trato por su parte. Se había portado muy mal con ella, y no sólo aquel día. No se comprendía a sí mismo. En absoluto.

Coltrain se alejó. Sabía interpretar muy bien a las personas. Aquel hombre no tenía ni idea de lo que pasaba. Tal vez fuese mejor que no lo supiera, si iba a divorciarse de Glory. Mejor, pensó. Ella se merecía algo mejor.

El policía que había llevado a Glory al hospital, Kilraven, regresó de la cafetería y vio a su marido frente a la puerta. Una de las enfermeras le había dicho quién era, y sentía odio hacia él por lo que había dicho Hayes Carson.

–Ha sufrido mucho –le dijo–. No necesita más disgustos.

Rodrigo lo miró con frialdad.

—No he venido aquí a disgustarla. Nadie me dijo que hubiese abortado. Ni siquiera sabía que estuviese embarazada.

—Ya lo he oído —dijo Kilraven—. Es una pena que quieras vivir en el pasado. Glory tiene más coraje y redaños que ninguna mujer que conozca.

—Sí —contestó Rodrigo—. Pero somos completamente incompatibles. Estará mejor sin mí.

—Eso no lo dudo —dijo el policía con una sonrisa.

A Rodrigo no le gustó la arrogancia de aquella sonrisa, y tuvo que controlar el impulso de darle un puñetazo. No era el lugar. Además, se sentía particularmente culpable. Si no hubiera sido tan cruel con Glory, tal vez ella no hubiese perdido el bebé. Su bebé. Él era responsable de su pérdida. Seguro que podría haber encontrado una manera más amable de sacarla de su vida.

—Yo me ocuparé de ella —dijo Kilraven, irrumpiendo en sus pensamientos—. El divorcio la ayudará a curarse. Por lo que he visto, no ha hecho nada tan malo en su vida como para merecerse un marido como tú.

—Estabas deseando reemplazarme, ¿verdad? —preguntó Rodrigo—. Puedes quedarte con ella. Nunca habría encajado en mi mundo.

Se dio la vuelta y se marchó. Kilraven le había puesto furioso. Glory aún era su esposa. Aún podía quedarse con ella; no tenía por qué firmar los papeles del divorcio. Pero la culpa iba comiéndolo por dentro. Había perdido a su hijo. Glory nunca se lo perdonaría. Él tampoco se lo perdonaría a sí mismo.

Al salir, estuvo a punto de chocarse con Jason Pendleton y su hermanastra, Gracie.

–Rodrigo –dijo Jason–. Ya oímos lo de la redada. Buen trabajo.

Rodrigo no estaba prestando atención. Aún veía la cara desencajada de Glory y maldiciéndose por ser el responsable.

–Sí –contestó sin interés–. ¿Qué hacéis aquí?

–Visitar a un familiar –dijo Jason–. ¿Estás bien?

–La verdad es que no. Tengo que irme. Me alegro de veros.

Ambos observaron cómo se marchaba.

–Es un hombre extraño –musitó Gracie.

–Todos los hombres lo son –contestó Jason, y sonrió al ver cómo su hermanastra se sonrojaba–. Vamos. Veamos qué podemos hacer por Glory.

Glory se tomó dos semanas libres para hacerse pruebas y para asimilar el dolor de haber perdido a su bebé. Su jefe era bueno con ella, le dio tiempo libre cuando lo necesitó y encontró a alguien para sustituirla cuando tuvo que hacerse el cateterismo. Al final le hicieron una angioplastia con balón para eliminar la placa que bloqueaba una arteria. Después, Glory se centró en la dieta, tomó las medicinas con regularidad e intentó convencerse a sí misma de que podría volver a su trabajo a pesar de que la tensión respondía mejor a los medicamentos cuando no trabajaba. El médico la advirtió de que tenía un defecto cardiaco congénito que se había agravado con la edad. Añadió que, incluso con cambios en su estilo de vida, podría morir si no encontraba un trabajo menos estresante. Era lo mismo de siempre, pero Glory no escuchaba. Ya no le importaba. Había perdido a su hijo y a su marido, y el trabajo no era suficiente para mantenerla aferrada al mundo. Pero lo hacía con fervor y devoción, buscando pruebas e interrogando a testigos para procesar a los asesinos. Los abogados defensores se echaban a temblar cuando la veían aparecer en el juzgado. Decían que la señorita Barnes podía quitar el óxido de los barcos con esa lengua.

Rodrigo no había seguido con el divorcio, pero ella sí. Alegó abandono y falta de afecto, así como diferencias irreconciliables. Él le ofreció dinero, aunque, según la ley de Texas, no estaba obligado a hacerlo. Glory lo rechazó. Rodrigo firmó los papeles y abandonó el país. Nadie supo dónde fue.

Glory estaba disfrutando de un testigo hostil en el estrado en un juicio por asesinato. El hombre había mentido en todo, sobre todo en su implicación en el crimen.

—Cambió su declaración para conseguir reducción de condena, ¿verdad, señor Salinger? —preguntó ella.

—Bueno, sí, pero me coaccionaron.

Glory llevaba un taje gris pálido muy caro y una blusa verde como sus ojos, así como unos zapatos grises de tacón bajo. Se había cortado el pelo, y ahora le llegaba a la altura de los hombros. Llevaba lentillas y maquillaje, y estaba muy guapa. Su baja autoestima había aumentado en las últimas semanas gracias a las atenciones del agente Kilraven, de Jacobsville, que pasaba sus días libres en el juicio, viéndola trabajar. Ella era una de las pocas personas que sabía que Kilraven era hermanastro de Jon Blackhawk, agente del FBI de San Antonio. Estaba trabajando de incógnito en Jacobsville con la ayuda del jefe de policía, Cash Grier. Ni siquiera ella sabía exactamente cuál era su misión. Era un hombre discreto. Pero también muy masculino, y sabía cómo encandilar a las mujeres. Glory se sentía mejor gracias a su interés. Deseaba poder corresponderle, pero simplemente sentía amistad hacia él.

Glory lo miró, sentado entre la multitud, y le sonrió. Él le devolvió la sonrisa.

—¿Coaccionaron? —repitió ella. Se acercó más al testigo, con el archivo en la mano—. Qué extraño.

—¿Por qué? —preguntó él.

—Aquí dice... —dijo señalando el archivo—, que solicitó una reunión con el fiscal de este caso; es decir, yo. Y juró que haría cualquier cosa para obtener una reducción de condena.

—Bueno, puede que dijera eso —convino el testigo con el ceño fruncido.

—Firmó esta declaración en presencia de su abogado. Es correcto, ¿verdad, señor Bailey? —le preguntó al abogado de la defensa.

Éste se puso en pie y contestó:

—Sí, lo es.

—Gracias, señor Bailey —se volvió hacia el testigo y se inclinó hacia él—. Repetirá la declaración que me hizo a mí, señor Salinger —dijo con desdén—, o haré que le acusen de perjurio y pediré la condena máxima que un juez pueda dictar. ¿Está claro? —el testigo vaciló—. He dicho que si está claro —repitió alzando la voz.

—¡Sí, sí! —contestó él—. Vi al acusado disparar a la víctima.

—¿Lo vio? ¿O lo ayudó, señor Salinger? —se inclinó de nuevo hacia él—. ¿No es cierto que usted apuntó a la víctima con la pistola mientras su amigo y compañero, el acusado, le rajaba el cuello de oreja a oreja y veía cómo se desangraba en el suelo?

Hubo un lamento del lado de la acusación. La madre de la víctima. Glory odiaba tener que ser tan explícita, pero era necesario para obligar a aquel testigo a hablar.

—¡Sí! —exclamó Salinger—. Sí, sí. Yo apunté a la víctima mientras mi compañero lo mataba. Le vi hacerlo. Pero me obligó a ayudarlo. ¡Me obligó!

—¡Mentiroso! —gritó el acusado.

—¡Orden! ¡Orden en la sala! —exclamó el juez. El testigo había empezado a sollozar. El abogado defensor apretaba los dientes.

—¡Protesto! —gritó—. ¡Protesto, señoría!

—Denegada —contestó el juez.

El abogado defensor se sentó y maldijo en voz baja mientras miraba a Glory con odio.

—¿El abogado defensor protesta por la verdad? Vaya, vaya —murmuró Glory.

—Otra palabra, señorita Barnes, y la acusaré de desacato —dijo el juez Lenox.

—Lo siento mucho, su señoría —dijo Glory, y se volvió hacia el abogado defensor—. Nada más que añadir.

—¿Señor Bailey? —preguntó el juez.

El abogado sabía que la había fastidiado.

—Nada más, señoría —dijo tras una pausa. Su cliente lo miró con odio mientras el agente se acercaba para llevárselo de la sala.

—Nos retiraremos para comer y volveremos con el sumario a la una en punto. Se levanta la sesión —el juez golpeó con el mazo y se puso en pie.

—¡Todos en pie!

Todo el mundo se levantó.

Al fondo de la sala, Rodrigo Ramírez estaba en pie junto con un fiscal, viendo el juicio.

—¿No tiene algo especial? —preguntó Cord Maxwell—. Es una agitadora. Es tan buena que los abogados defensores se estremecen cuando oyen su nombre. Estuvo desaparecida durante un tiempo. Nadie sabe por qué, pero ahora ha vuelto y acumula condenas sin parar. Hay rumores de que la propondrán para fiscal del distrito dentro de tres años.

—Lo entiendo —respondió Rodrigo. Había dado un respingo al oír al juez llamarla señorita Barnes. Aquél era el apellido de Glory. Pero aquella mujer elegante y sofisticada sentada a la mesa de la acusación no se parecía en nada a la patética mujer que había trabajado para él en Jacobsville. Y su pelo antes era largo. Largo y precioso.

Rodrigo había intentado no pensar en ella, pero sin conseguirlo. Una parte de él la había amado, a pesar de toda su retórica sobre no superar lo de Sarina. Echaba de menos a Glory, y había sentido lo del bebé. Tal vez hubiera sido un desastre si se hubieran mantenido casados, pero él habría honrados sus votos, y habría adorado al bebé. Era una pena que no la hubiese dejado hablar. La culpa no le dejaba dormir por las noches. Cuando había vuelto a casa después del hospital, se había emborrachado terriblemente. No le había servido para aliviar el dolor. Nada servía.

—Van a hacer un receso —le dijo Maxwell—. Vamos a hablar con ella.

Rodrigo lo siguió por el pasillo hasta el lugar en el que el abogado defensor desafiaba con la mirada a su oponente.

—Ya me debes otra comida, Will —bromeó ella.

—¡Yo podría ganar casos si te encerraran en un armario lejos de aquí!

—Cuidado, Bailey —dijo un hombre alto de ojos grises mientras se colocaba junto a Glory—. Si la encierras, tendré que arrestarte.

—No tienes jurisdicción aquí —contestó Bailey riéndose—. Y no pienso acercarme a Jacobsville mientras trabajes allí. Márquez me ha hablado demasiado de ti.

—Mentiras —respondió Kilraven—. Soy tan dulce que la gente me pide que la espose cuando infringen la ley, sólo para no herir mis sentimientos.

—Ya te gustaría —dijo Glory riéndose—. Vamos a comer algo...

—¿Señorita Barnes? —dijo Maxwell.

Glory se volvió con cara radiante y se encontró cara a cara con los ojos de Rodrigo.

CAPÍTULO 15

Los ojos verdes de Glory perdieron el brillo y se tornaron fríos. Miró a su ex marido con tanta intensidad que el agente de la DEA Maxwell tuvo que aclararse la garganta para llamar su atención.

—Maxwell, ¿verdad? —preguntó ella, tratando de recomponerse—. ¿Qué puedo hacer por usted?

—Usted lleva uno de nuestros casos en el juzgado —contestó él—. El señor Ramírez es el agente federal que efectúa las detenciones. Nos gustaría que hablara con él. Va a estar fuera del país durante el juicio y su testimonio sería crucial para el caso.

Glory no quería hablar con Rodrigo. Evitaba mirarlo. A su lado, sintió cómo Kilraven le estrechaba la mano con fuerza. Lo miró y sonrió. A veces casi pensaba que podía leerle el pensamiento.

—¿El caso? —preguntó Rodrigo. No le gustaba que aquel hombre tocara a Glory.

Glory se volvió hacia él y borró la sonrisa de su cara.

—¿Qué caso es? —preguntó ella.

—El acusado es un hombre llamado Vernon Redding —contestó Maxwell. Obviamente estaba desconcertado por aquellas miradas. No sabía nada de la relación que había entre ellos.

—El caso Redding —musitó Glory—. Oh, sí. Cargos por tráfico. Reg Barton es el que se encarga —dijo aliviada—. Come tarde, así que probablemente puedan encontrarlo en nuestra otra oficina en el juzgado anexo.

—Genial. Entonces iremos allí. Muchas gracias. Me alegro de volver a verla, señorita Barnes.

—Sí. Lo mismo digo —no miró a Rodrigo, ni le soltó la mano a Kilraven.

Rodrigo quería decir algo más. Aún estaba acostumbrándose a la idea de que su modesta ex mujer fuese aquella abogada elegante y sofisticada. Había ocultado aquella faceta de su vida ante él. No era simple ni estúpida. Obviamente tenía una carrera. Tenía formación e iba vestida de manera que cualquier hombre querría dejarse ver con ella. Era muy atractiva con el pelo cortado así. Pero lo odiaba y no le importaba expresarlo con su mirada.

—Me alegro de volver a verte —dijo él.

—¿De verdad? Es una pena que no pueda corresponderte —dijo ella secamente—. Esperaba no volver a verte en lo que me quedara de vida.

Rodrigo vaciló un instante. Después, tras encogerse de hombros y mirar de soslayo a Kilraven, se dio la vuelta y salió de la sala acompañado de Maxwell.

Glory se sentó rápidamente. El corazón le latía muy deprisa y tuvo que hacer un esfuerzo por respirar.

—Ve a buscar a Haynes —susurró.

Kilraven se dio la vuelta y salió apresuradamente por la puerta lateral. Pero no tuvo que ir a buscar a Haynes, porque ella corría hacia él.

—¡No se ha tomado la medicación esta mañana! —exclamó sin aliento.

—Lo sé.

Se dieron la vuelta y corrieron de nuevo hacia la sala. Rodrigo se había detenido y había regresado nada más ver a Kilraven salir corriendo de la sala. Observó cómo Haynes le daba unas pastillas a Glory mientras Kilraven le servía un baso de agua.

Rodrigo frunció el ceño. Glory no debería realizar aquel trabajo. Acabaría matándola. Sintió un intenso dolor al darse cuenta lo lejos que había ido en su desesperación por escapar de ella. Si hubiera cuidado de ella, si hubiese sido amable, tal vez el bebé hubiese sobrevivido y ella no lo miraría con ese desprecio.

Kilraven levantó la vista y lo miró con frialdad. Rodrigo no se achantaba ante las amenazas. Pero no era el momento para buscar más problemas. Obviamente Glory ya había tenido suficiente durante un día.

Regresó con Maxwell. Iría a ver a Glory antes de marcharse de la ciudad. Tal vez existiese la posibilidad, por pequeña que fuera, de redimirse antes de abandonar el país. No quería marcharse sabiendo que ella lo odiaba.

* * *

Había planeado ir a verla a su apartamento aquella tarde, pero Jason Pendleton le había invitado a una fiesta e insistió en que asistiera. Eran conocidos. Sentía curiosidad por la insistencia de Jason, pero no le parecía bien negarse. Jason le había ayudado con la operación de Fuentes al darle la administración de la granja. De modo que se puso la chaqueta de gala y los gemelos de diamantes y condujo en su Mercedes hacia la mansión de la familia.

Todo estaba gloriosamente iluminado. Había aparcacoches, de modo que le entregó las llaves al chico y subió hacia la puerta por las escaleras semicirculares que bordeaban la fuente. Había un Jaguar XKE de color verde aparcado en la puerta. Recordó haber visto ese coche antes, en su apartamento, meses atrás. Pero no le dio importancia. Debía de haber docenas de coches así en Texas.

Jason y Gracie lo saludaron en la entrada y luego caminó por el pasillo hacia el salón de baile. Era noche de gala. Se acercaba Acción de Gracias y la casa estaba decorada con colores navideños. Jason murmuró que Gracie pondría el árbol de Navidad en agosto si pudiera; le encantaban las fiestas. Él insistía en que esperase hasta Acción de Gracias para el árbol, pero Gracie ya había decorado el salón de baile con flores y guirnaldas verdes, doradas y rojas.

Jason odiaba las aglomeraciones, pero estaba trabajando en la absorción de una compañía informática y aquélla era su manera de hacer negocios. Solía encandilar a su presa presentándole a estrellas de Hollywood y deportistas en reuniones como ésa. Era un negocio seguro.

Rodrigo aceptó un whisky con hielo y lo balanceó suavemente mientras caminaba. Se encontró con una joven estrella de cine que había sido su cita para el estreno de su segunda película en Londres. Aquella noche iba acompañada de un piloto de carreras, pero igualmente le dirigió una sonrisa brillante. Había intentado todo lo posible para llevárselo a la cama, pero por entonces Rodrigo aún estaba obsesionado intentando que Sarina se casara con él. Era evidente que la estrella se sentía atraída por su guapo acompañante, pero aun así le hacía ojitos a Rodrigo. Él levantó el vaso y brindó en la distancia antes de darse la vuelta.

Al hacerlo, se dio de bruces con Kilraven, que también iba con chaqueta de gala, y que encajaba a la perfección entre los famosos.

Frunció el ceño. Había algo familiar en aquel hombre. No parecía el típico agente que trabajara como patrullero para un departamento de policía. Observó que llevaba ropa cara y un vaso con lo que parecía ser té helado.

—¿No bebes whisky? —le preguntó Rodrigo.

—No bebo.

Entonces se acordó. La aversión de aquel hombre al alcohol era casi una manía, y todo el mundo hablaba de él debido a eso.

—Estuviste con nosotros en Perú hace cinco años —recordó con una sonrisa.

Kilraven arqueó las cejas.

—¿Nosotros?

—No en la DEA —aclaró Rodrigo.

Kilraven frunció el ceño. Se quedó mirando a Rodrigo durante varios segundos y dijo:

—Laremos. Tú estabas con Laremos.

Rodrigo asintió.

—Tú estabas en la unidad paramilitar.

—Si lo haces público —dijo Kilraven en voz baja—, a medianoche estarás muerto.

—No te atreverías —contestó Rodrigo.

—¿Por qué no?

—Porque tu jefe y yo jugamos al ajedrez todas las semanas. Y le dejo ganar.

Kilraven sonrió.

—¿Qué estás haciendo aquí? —preguntó Rodrigo—. ¿Conoces a los Pendleton?

—No. Conozco a su hermanastra.

—Deben de tenerla guardada en un armario —murmuró Rodrigo antes de dar un trago al whisky—. Nunca la he visto.

—Estaba fuera hace unos minutos, asegurándose de que su coche siguiera ahí. Creo que Gracie se lo había pedido prestado, y Gracie conduce como si bajara escalones.

—¿Con los pies primero? —preguntó Rodrigo.

—Exacto.

—Ese coche no sería un Jaguar verde descapotable, ¿verdad?

—De hecho, sí. El verde eléctrico es mi color favorito —dijo una voz femenina detrás él.

Se dio la vuelta y vio a Glory, con un precioso vestido negro de tirantes. Estaba guapísima, con el escote a la altura perfecta para resultar modesto y sugerente a la vez. Tenía un brandy en la mano, y la melena rizada hacia delante, lo que le daba un aspecto de duendecillo.

—Hola, Rodrigo —dijo ella—. Qué curioso verte aquí.

—Iba a decir lo mismo. No me habías dicho que estuvieras emparentada con los Pendleton —respondió él.

—¿Desde cuándo mi vida privada es asunto tuyo?

—La vida privada es como una religión para ti, ¿verdad? —respondió él—. ¡Ni siquiera te molestaste en decirle a tu marido que estabas embarazada!

—Lo intenté, pero entonces comenzaste a enumerar las habilidades de tu nueva novia en la cama —contestó ella—. Claro, que ella ya tampoco está, ¿verdad? ¡Sigues deseando a tu antigua compañera! ¿Me recuerdas? ¿La cocinera simple, tullida y estúpida de la que te avergonzabas ante tus compañeros?

Rodrigo había dicho eso. No podía negarlo. Pero le molestaba que sacara el tema.

—¡Nunca te dije eso!

—Lo dijiste a mis espaldas —dijo ella—. ¡No tuviste las agallas de decírmelo a la cara!

—Contrólate —contestó él—. Nadie me habla de ese modo. Y menos una fiscal provocadora como tú. ¡No estoy en el juzgado!

—Suerte para ti —dijo ella apretando los puños—. ¡Te haría picadillo y te lanzaría contra la cara del abogado defensor!

—Me encantaría ver cómo lo intentas.

A su alrededor la gente comenzaba a arremolinarse. La fiesta se había convertido en una obra de teatro con unos actores muy atractivos. Incluso la estrella de cine estaba escuchando atentamente. Probablemente para captar ideas para su próximo personaje, pensó Glory.

—¿Por qué no vuelves a Houston, donde deberías estar? —preguntó Glory—. ¡Estoy segura de que Conchita está deseando prepararte otra paella!

—¡Al menos ella no tiene la lengua de una arpía y el comportamiento de un asesino!

—Y lo dice el famoso mercenario.

—Yo trabajo para el gobierno —dijo él.

—¿Cómo asesino?

—Por favor, señorita y caballero —murmuró Kilraven colocándose entre ambos—. Y utilizo los términos a la ligera. Si no dejan de pelear, uno de los dos acabará esposado.

—¡Cállate! —exclamaron los dos al unísono.

Kilraven se quedó con la boca abierta.

Lo ignoraron y continuaron discutiendo.

—Me mentiste desde el minuto que entraste por la puerta —dijo Rodrigo.

—Fue muy fácil —contestó ella—. ¡Te creías cualquier cosa!

—¡Sentía pena por ti!

—Sí, te daba pena, ¿verdad? La pobre y tullida Glory... que no podía... que... —se detuvo. Tenía la cara ardiendo. Apenas podía respirar.

—¡Oh, Dios! —susurró Rodrigo. Se acercó y la tomó en brazos antes de que cayera al suelo—. ¡Busquen un médico! —exclamó, y su expresión pasó de furia a terror en cuestión de segundos.

—Traedla aquí —dijo Gracie, abriendo camino—. Iré a por su medicina. Nunca se acuerda de tomársela. Se pondrá bien —le dijo a Rodrigo, que la sujetaba en sus brazos como si temiera que fuese a morir allí—. Tiene episodios de angina, pero no son graves. Lo dijo el cardiólogo. Le despejaron la obstrucción con la angioplastia de balón, y está tomando anticoagulantes. Quédate con ella.

Gracie salió corriendo y habló con la multitud que se había reunido en torno a la puerta del estudio.

—Se pondrá bien. Por favor, déjennosla a nosotros. Cuidaremos de ella —también estaba hablando para Kilraven, que se quedó fuera de la habitación cuando cerraron la puerta.

Rodrigo tumbó a Glory en el sofá y le levantó los pies con uno de los cojines. Se sentó a su lado, sintiéndose impotente y odiándose a sí mismo por haberle provocado aquel episodio. No le había hecho más que daño. Era una mujer frágil y amable, de buen corazón. Lo había amado y él se había mostrado cruel con ella. Si moría, se quedaría solo para siempre. Ni siquiera Sarina y Bernadette serían suficientes para compensar la pérdida de Glory.

Las lágrimas resbalaban por el rostro de Glory. Se las secó con un pañuelo y sintió la culpa como una losa en el corazón.

Glory abrió los ojos y lo miró furiosa.

—Ya hemos dicho suficiente —dijo él poniéndole el dedo en los labios—. Lo siento. Lo siento por todo. Sobre todo por lo de nuestro bebé. No tenía derecho a echártelo en cara.

—Creen que... pudieron ser los anticoagulantes —dijo ella—. Tenía que tomármelos. Ya había tenido un ataque al corazón. Temían que... —las lágrimas volvieron a brotar de sus ojos—. Yo quería a ese bebé.

—Cariño —susurró él—. Cariño, perdóname. Yo también lo quería. Mi pobre bebé —comenzó a darle besos en los ojos, en la nariz, en la boca. Con aquellos besos recordó las sensaciones que había tenido en la cama con ella, amándola–. Perdóname.

Glory le habría perdonado. Ya estaba levantando los brazos para rodearle el cuello con ellos, pero la puerta se abrió en aquel instante y Gracie entró como un torbellino seguida de Jason. Rodrigo se puso en pie y trató de recuperar la compostura.

–Toma –dijo Gracie mientras le entregaba a Glory la pastilla, la cápsula y el vaso de agua.

Glory se las tragó.

–Lo siento –susurró–. He tenido un mal día en el juzgado. Bailey y yo estuvimos discutiendo durante casi tres horas hasta que hicimos un receso para comer. Se me olvidó tomar las medicinas por la mañana. Y luego, por la tarde, también.

–Descuidada –dijo Jason con cariño.

–Muy descuidada –convino ella–. Siento haberte avergonzado.

–Nada me avergüenza –dijo Jason.

–Y mucho menos una enfermedad que no puedes controlar, cielo –dijo Gracie antes de darle un beso en la mejilla–. Quédate aquí tumbada durante unos minutos. Nosotros entretendremos a los invitados. Yo leeré el futuro y Jason puede hacer piruetas futbolísticas.

–Ni lo sueñes –murmuró Jason.

Gracie lo miró y luego se dirigió a Rodrigo.

–Deja que se quede –dijo Glory inesperadamente–. Tenemos que hablar.

Los otros dos intercambiaron una mirada de preocupación. Rodrigo se acercó más.

—No volveré a disgustarla —dijo en voz baja—. Me marcho del país mañana. No volveré en mucho tiempo.

—De acuerdo —dijo Jason, y contempló la tristeza visible en el rostro de Glory—. Si nos necesitas, silba.

—Lo haré. Gracias.

Los Pendleton abandonaron la habitación y cerraron la puerta tras ellos.

Rodrigo se situó frente a ella y la miró con arrepentimiento.

—No sabíamos nada el uno del otro —dijo—. Mentimos y fingimos. No se puede construir una relación sobre una ficción.

—Lo sé —contestó Glory—. No podía contarte nada. No te conocía. Al principio tenía miedo de que estuvieras implicado en el narcotráfico, y luego, como Cash y Márquez no me decían lo que estaba pasando, comencé a pensar que tú eras el asesino que Fuentes había enviado a matarme.

Rodrigo pareció sorprendido ante aquella confesión.

—¿Pensabas que podía matarte?

Ella sonrió y dijo:

—Hace dos meses procesé a un adolescente por golpear a su abuela hasta la muerte. Estaba puesto de ácido y no sabía lo que hacía. Le han caído quince años. Ni siquiera recuerda haberlo hecho. Tengo muy mala opinión de la humanidad. Es a causa del trabajo.

Rodrigo se sentó a su lado de nuevo y se inclinó sobre ella.

—Trabajé como mercenario durante varios años —le dijo—. También he visto cosas horribles.

—No eres lo que aparentas —respondió ella—. Oí lo de tu hermana. Lo siento. ¿Tus padres siguen vivos?

Él negó con la cabeza.

—Mi padre gobernaba yates. Desapareció en una tormenta. Mi madre se murió de pena seis meses después. Sólo quedamos los dos, mi hermana y yo, y una finca comparable al producto interior bruto de un pequeño país tercermundista. No tengo que trabajar si no quiero —dijo con cinismo—. Podría hacer viajes en yate o ir a esquiar a Aspen. No me gusta ese estilo de vida, así que lo evito. He pasado gran parte de mi vida en el lado seguro y tranquilo. Nunca he querido tener eso.

—No es cierto —contestó ella—. Querías tenerlo con Sarina.

—Sí. Con Sarina sí, pero ella nunca quiso. No podía amarme.

—Algún día encontrarás a alguien —dijo ella con tono neutral—. Alguien que pueda llevar una vida excitante e ir contigo de aventuras.

Rodrigo no comprendía lo que estaba diciendo.

Ella se carcajeó.

—Sé lo que es amar un trabajo —mintió ella. ¿Qué podría hacer él con una mujer como ella?—. Toda mi vida gira en torno a mi trabajo. Es todo lo que deseo —no se atrevió a mirarlo a los ojos. Fue una pena.

Rodrigo se puso en pie y se apartó. Se detuvo al otro extremo del sofá.

—¿Te pondrás bien? —preguntó.

—Sí. Es sólo la emoción —contestó Glory. La medicina ya estaba haciendo efecto. Se sentía mucho mejor y se incorporó–. Ya me quitaron la obstrucción. Estoy todo lo bien que podré estar. Bueno, siempre tendré que tomar medicación, y a veces cojeo cuando fuerzo demasiado la cadera. Pero, para ser una tullida, me las arreglo bastante bien.

Rodrigo se volvió con expresión severa.

–No eres una tullida –dijo.

–Seguro –contestó ella riéndose.

–Glory...

–Kilraven estará echándome de menos –añadió ella antes de que pudiera continuar, y se puso en pie–. Cuida muy bien de mí. No le importan mis... defectos.

–¡Dios, no hables así! No lo dije en serio, Glory –le dijo él, desesperado por corregir aquel error–. No era yo mismo.

Ella lo miró con su cara de juzgado, la cara que los abogados defensores habían subestimado con frecuencia.

–No hace falta que te fustigues por el pasado, Rodrigo. Soy feliz con la vida que tengo ahora. Estoy segura de que tú también lo eres. Conchita es muy guapa –añadió, tratando de aparentar que no le importaba–. Espero que esté loca por ti.

Estaba cerrándole puertas en la cara. Rodrigo estaba cara a cara con su mayor miedo; perder su corazón de nuevo y sufrir la misma agonía que había sentido cuando Sarina volvió con Colby Lane. Al principio no había pensado que Glory pudiera vivir con él y llevar su estilo de vida. Pero ahora sabía que se equivocaba, estaba seguro de que tenían un futuro. Pero ella no volvería a intentarlo. Le había hecho daño. Había imaginado que deseaba a una mujer joven, fuerte y sana, y que ella estaba en otra liga. No estaba dispuesta a arriesgar su corazón después de haber sido rechazada.

—La fastidié, ¿verdad? —preguntó él. Contempló su cara, que había estado radiante sólo para él, aquellos ojos que lo habían amado tanto, aquellos brazos que se habían aferrado a él en la oscuridad. Lo había tenido todo, y lo había dejado escapar.

—No seas melodramático —dijo ella, aunque no lo miró a los ojos—. Sabes que eres más feliz sin ataduras. Vete a vivir tu vida, Rodrigo. Espero que seas feliz.

—¿Y tú? —preguntó él amargamente—. ¿Tú serás feliz?

—Ya lo soy. Kilraven me malcría en todos los sentidos.

—¡Maldita seas! —exclamó él—. ¡Y maldito sea Kilraven!

Se dio la vuelta y salió de la habitación. Dejó a Glory inquieta y sorprendida. Cuando ella salió del estudio, él ya se había ido a casa. Sus últimas palabras habían estado cargadas de furia. No podía imaginar por qué.

Antes de que Rodrigo pudiera salir por la puerta, repitiendo una y otra vez en su cabeza las palabras de rechazo de Glory, Jason Pendleton se acercó. Parecía serio.

—Ven un momento —le dijo, señalando hacia el salón, que estaba vacío.

—Tengo prisa...

—No tardaré mucho.

Rodrigo se recompuso con visible esfuerzo y siguió a Jason al salón.

Jason cerró la puerta. Nunca le había visto con un aspecto tan amenazador.

—¿Qué sabes sobre Glory?

—Nada, aparentemente —contestó.

—Tal vez sea el momento de que sepas algunas cosas —dijo Jason—. Siéntate.

Para cuando Jason terminó de contarle los detalles de la vida de Glory, Rodrigo estaba pálido y más triste de lo que se había sentido desde la muerte de su hermana. Antes estaba al corriente de la cadera de Glory, pero nada más. Teniendo en cuenta su infancia, era sorprendente que hubiera podido responder en la cama. Era una prueba más que demostraba lo mucho que lo había amado.

Se inclinó hacia delante y apoyó los antebrazos en las rodillas. Se llevó las manos a la cabeza.

—Nunca me había contado nada de eso.

—Es muy orgullosa —respondió Jason—. La hemos protegido todo lo que hemos podido. Yo no quería que fuera a Jacobsville, pero el fiscal me convenció de que, si se quedaba aquí, acabaría muerta. No comprendo por qué no la dejaste en paz y le permitiste hacer su trabajo. Nunca te había considerado una persona cruel.

—Yo nunca me había considerado como tal —contestó Rodrigo—. La deseaba. Tenía una compasión que jamás había visto en una mujer, aparte de en mi compañera, Sarina. Me obsesioné.

—El hijo que perdió era tuyo, ¿verdad?

Él asintió.

—Yo no supe nada hasta que intenté que le entregaran los papeles del divorcio.

—Sí. El matrimonio —añadió Jason—. Eso fue una sorpresa.

—Para mí también. Hasta el divorcio no me di cuenta de lo que había perdido. Gracie y tú fuisteis al hospital a ver a

Glory, ¿verdad? Yo nunca había visto a vuestra misteriosa hermanastra. Nunca os relacioné.

—Nos costó mucho ganarnos su confianza. La queremos mucho. Ningún niño debería pasar jamás por lo que ella pasó.

—¿Qué hay de esos dos chicos que la agredieron? —preguntó Rodrigo.

Jason apretó los labios.

—Alguien dio un soplo sobre ellos, diciendo que habían participado en una venta de droga. No sé quién pudo ser. Había cintas y fotos también. Les cayeron quince años a cada uno.

—No es suficiente, pero es un comienzo —murmuró Rodrigo.

—Eso no es todo. No sé cómo, pero en la cárcel se extendió la noticia de que habían sodomizado a una niña pequeña en el hogar de acogida. Lo último que supe es que tuvieron que vivir confinados por su propia seguridad.

—Se me rompe el corazón —contestó Rodrigo sarcásticamente.

—Al final todo el mundo recibe lo que se merece.

—Yo he recibido mi merecido —dijo Rodrigo con pena—. Pasaré el resto de mi vida lamentándome por lo que perdí. Glory nunca me perdonará. Ni siquiera puedo culparla.

—Estás enamorado de ella —dijo Jason entornando los ojos.

Rodrigo lo miró y se puso en pie.

—Mañana me marcho del país para reunirme con mi primo al otro lado de la frontera. Me llamó y me dijo que tiene información sobre una operación inminente llevada a cabo por algunos ex federales y un par de miembros de una banda de El Salvador. Son ellos los que ayudaron a tender una trampa a Walt Monroe, uno de nuestros agentes de incógnito, para que otro hombre pudiera matarlo. Queremos atraparlos como sea.

Jason frunció el ceño.

—¿Tu primo te llama a menudo para informarte de esas cosas?

Rodrigo se encogió de hombros.

—Antes no, pero éste es un caso especial. Le pedí que tuviera los ojos abiertos cuando oí que algunos de los miembros de bandas a los que estamos investigando iban a participar en la compra.

—Uno de mis vicepresidentes fue secuestrado cuando cruzó la frontera para hablar con unos empresarios sobre unas inversiones en petróleo. El gobierno no negocia con secuestradores, pero nosotros tuvimos que hacerlo. Lo liberamos gracias a una donación considerable, pero nunca volverá a ser el mismo. Hoy en día ayudan a financiar las operaciones con rescates. Tú serías un rehén muy jugoso, sobre todo si averiguan que participaste en la última redada.

—Llevo mucho tiempo trabajando en esto —contestó Rodrigo—. Sé cuidar de mí mismo.

—Nuestro rehén nos contó que tienen un topo en la DEA.

—Lo tenían. Un tipo llamado Kennedy, pero está en prisión.

—Kennedy no —contestó Jason—. Otro. Hay mucho dinero en juego. Compran información. No le cuentes tus planes a nadie de tu organización.

Rodrigo frunció el ceño. Era una noticia inquietante.

—Lo investigaré —dijo tras un minuto. Luego se rió—. Si me secuestran, probablemente Cobb les dé la enhorabuena. Se puso furioso al saber que yo estaba de incógnito en una de sus operaciones y que él no lo sabía. Fue su oficina la que saqueé cuando mi hermana murió. No nos fiamos el uno del otro.

—Glory me ha contado algunas de tus proezas —dijo Jason—. Eras lo único de lo que hablaba cuando regresó de Jacobsville.

Aquello sólo hizo que el dolor aumentara.

—Cuando esté mejor, dile que siento haberle provocado este ataque. Parece que se siente atraída por Kilraven últimamente. Eso no me gusta.

Jason comenzó a ver la luz.

—Le cae bien —le dijo a Rodrigo—. Pero sólo eso.

Había muchas implicaciones en aquellas pocas palabras.

—Cuando vuelva, me lanzaré al ataque —dijo Rodrigo—. Rosas, bombones, serenatas de mariachis, todo. Frente al juzgado, si es lo que hace falta.

—¿Puedo decírselo? —preguntó Jason con una sonrisa.

—Mejor no. El elemento sorpresa puede obrar maravillas —Rodrigo le devolvió la sonrisa y le estrechó la mano—. Gracias por todo.

—No deberías haber firmado esos papeles de divorcio.

—A mí me lo vas a decir —contestó él con un suspiro.

Glory regresó a su rutina, se obligó a tomar la medicación más regularmente y comenzó a disfrutar de nuevo de la vida, aunque tuviera menos luz tras la partida de Rodrigo. Por las noches, cuando cerraba los ojos, aún podía sentir sus labios besándole las lágrimas, diciéndole «cariño» al oído. El único consuelo que le quedaba era la furia de Rodrigo hacia Kilraven. Si aquello no eran celos, ella era un puerco espín.

Sabía que Rodrigo se había ido al extranjero. No sabía dónde ni por qué. Esperaba que no estuviese arriesgando su vida en otra misión. Se preguntaba dónde estaría. Lo averiguó inesperadamente una semana después, poco después de Acción de Gracias.

Márquez fue a verla a la oficina para contárselo en persona. Se mostró solemne e inquieto.

—¿Y bien? —preguntó ella.

—Se trata de Ramírez.

El corazón le dio un vuelco.

—¿Va a casarse con la mujer de la paella? —preguntó.

—No. Ha sido secuestrado —contestó Márquez—. Fue a México siguiendo la pista de un informador y fue secuestrado por el hermano de Fuentes.

—A cambio de un rescate —dijo ella lentamente.

—En parte —contestó su amigo—. Pero sobre todo por venganza. ¡Glory!

Márquez la sentó en una silla antes de que se desmayase.

—No debería habértelo dicho así. Lo siento. ¿Qué puedo hacer por ti?

—Tráeme algo frío y con burbujas de la máquina del pasillo —contestó ella—. Pero nada de cafeína.

—De acuerdo. Enseguida vuelvo.

Glory se sentía muy mal. Rodrigo había sido secuestrado. Su vida había acabado. Tal vez pidieran rescate, pero estaba segura de que lo matarían de todos modos. Era culpa suya. Si le hubiese pedido que se quedara, tal vez lo hubiese hecho. Sin embargo, se había dejado llevar por el orgullo y la indignación y prácticamente lo había expulsado de su vida. Tendría una muerte horrible. Nunca más volvería a verlo. ¡Ella sería su asesina...!

¡No! No, no iba a quedarse sentada allí y a renunciar a él sin luchar. Se incorporó y se secó las lágrimas. No era el momento para ponerse histérica y echarse la culpa. Eso no ayudaría. Rodrigo estaba en apuros y ella tenía que salvarlo. El gobierno no negociaría, eso lo sabía. La agencia de Rodrigo no podría hacer nada por él. Si alguien iba a rescatarlo, tendría que ser ella. No iba a quedarse de brazos cruzados. Esos asesinos no matarían a Rodrigo.

Descolgó el teléfono y marcó el número de Jason.

—Jason, Rodrigo ha sido secuestrado. Sé a quiénes mandar a buscarlo. Necesito dinero. No pueden trabajar gratis.

—Tienes un cheque en blanco —contestó Jason—. Y cualquier cosa que necesites.

—Gracias.

—Él también es de la familia —fue la respuesta.

Colgó el teléfono y miró a Márquez, que acababa de entrar con una lata de soda. Se la entregó y Glory dio un trago antes de hablar.

—Necesito que vengas a Jacobsville conmigo. Voy a contratar a algunos hombres buenos para rescatar a mi ex marido.

—¿Y hay alguna razón en particular para eso?

—Sí —contestó Glory poniéndose en pie. Descolgó el bolso y el abrigo del perchero y lo miró—. Nos dijimos adiós en mitad de una pelea que no terminamos. Rodrigo no va a ganar la pelea sólo por no presentarse.

Salió por la puerta y dejó tras de sí a un Márquez sorprendido.

CAPÍTULO 16

Glory quedó fascinada por la inmediata colaboración que obtuvo por parte de Cy Parks, de Eb Scott y de varios de sus compañeros cuando habló con ellos sobre rescatar a Rodrigo.

–Estuvo con nosotros en África –dijo Cy.

–Y en Oriente Medio con Dutch, Archer y Laremos para proteger a un jeque amigo nuestro cerca del Golfo Pérsico.

–Colby Lane iría encantado –añadió Cy–. Rodrigo le salvó la vida.

–No, con su mujer embarazada, no creo –musitó Eb con una sonrisa–. Se muestra muy protector con ella.

–Ya tenemos gente suficiente –señaló Cy–. Incluyendo a un agente federal muy competente.

–¿Quién? –preguntó Glory.

–Lo siento, eso es información confidencial –contestó Eb–. Te doy mi palabra de que es un hombre al que ningún secuestrador querría enfrentarse.

Cy le dirigió una sonrisa a Glory.

−Desde ahora, nos encargamos nosotros −dijo.

−Quiero ir con vosotros −protestó ella.

Él negó con la cabeza.

−Ésta es una operación para gente que entrena constantemente. Tú quieres que Rodrigo sobreviva. Si vas, y tenemos que cuidar de ti, la distracción podría costarle la vida.

Ella suspiró.

−De acuerdo. No interferiré. Nos despedimos antes de que se marchara, y no fue una despedida feliz. La versión oficial es que mi hermanastro se puso en contacto con vosotros y os pidió que rescatarais a Rodrigo. Es mejor que nunca sepa que yo estuve implicada.

−Estuvisteis casados −dijo Cy.

−Fue un impulso del que él se arrepintió −dijo ella−. Necesita una mujer que pueda llevar la vida que él lleva, no una que le impida hacer lo que desea y le amargue la vida. De todas formas, tiene a alguien en Houston. Es joven y muy guapa. Yo nunca pude competir.

Cy pareció querer decir algo, pero supo que no serviría de nada.

−Como quieras.

−Jason dijo que le llamarais −añadió ella−. Os proporcionará el equipamiento necesario −vaciló un instante−. ¿Tú no vas?... Tienes un hijo pequeño...

Cy sonrió.

−Nunca saldría de la operación con vida −dijo−. No, es un trabajo para hombres más jóvenes. Él... −añadió señalando a Eb Scott−... tiene un puñado de jóvenes atrevidos en la unidad antiterrorista que viven para el torrente de adrenalina que les da el peligro. Nuestro agente federal llevará a un equipo para rescatar a Rodrigo.

–Tendrán que pasar a México –dijo ella preocupada.

–Deja de hablar como una abogada –dijo Eb–. Resulta que Rodrigo está emparentado con gente importante del gobierno mexicano. Estoy seguro de que podré obtener el permiso, y nos ofrecerán su ayuda. El hermano de Fuentes se ha metido en un lío mayor del que podía imaginar.

–Diles que le den un puñetazo de mi parte –dijo ella–. Ya he tenido suficientes Fuentes en mi vida.

–Lo que desees –prometió Cy.

–¿Alguien me mantendrá informada... de lo que ocurra?

–Sí –contestó Cy.

–Gracias –dijo ella.

–De nada –añadió él con una sonrisa.

Fue un infierno concentrarse en el trabajo sin saber nada de lo que estaba ocurriendo en México. Conocía la reputación de Cy y de Eb. Sospechaba que Márquez sabía más de la operación de lo que le decía. No lograba que hablara. Intentó llamar a Kilraven para que le sonsacara información a Eb, pero no estaba de servicio y, cuando llamó a su casa, tampoco contestó nadie. Resultaba frustrante, como poco.

Aún podía oír la voz furiosa de Rodrigo, maldiciéndolos a Kilraven y a ella. No comprendía por qué. Al principio había pensado que serían celos, pero empezaba a replantearse esa idea. Había dejado claro que no la deseaba.

La había llamado tullida aquel día, hablando con Sarina. Había dicho que se avergonzaba de ella delante de sus amigos. Las palabras tenían mucho poder. Herían en lo más profundo del alma. Más tarde le había asegurado que no hablaba en serio, pero sólo después de enterarse de la pérdida del bebé. Probablemente su cambio de actitud se debiese a la culpa. O a la pena. Había dicho que la pena no podía sustituir al amor, y tenía razón. Glory no quería que fingiera un cariño que no podía sentir. Sería mejor que nunca supiera su implicación en el rescate, si los hombres de Eb lograban salvarlo. Considerando que el hermano de Fuentes lo culpaba a él de su muerte, era posible que Rodrigo fuese asesinado incluso antes de pedir un rescate.

Pero, si pedían el rescate, ¿a quién se lo pedirían? La respuesta resultaba tan evidente que le sorprendió no haberlo pensado antes. Telefoneó a Alexander Cobb a Houston durante la hora de comer y le preguntó si había recibido alguna llamada de rescate sobre Rodrigo.

—Sí —contestó él—. ¿Cómo lo sabías?

—No puedo decírtelo.

—Ya sabes que no lo pagaremos —añadió él—. Nuestra política es no ceder al chantaje bajo ninguna circunstancia. Estos criminales han secuestrado al menos a dos agentes federales en los últimos meses. A uno lo mataron, y al otro lo devolvieron en muy malas condiciones.

—¿Agentes federales? —preguntó ella.

—Tienen en sus filas a varios ex policías y líderes paramilitares —contestó Cobb—, incluyendo a un grupo llamado los Zetas, que estuvo en el ejército antes de cambiar de bando. Tienen topos en todas las agencias que se encargan del tráfico de drogas. Primero lo intentan con sobornos y, si eso no funciona, matan para dar ejemplo. Tres periodistas han muerto por investigar las redes del narcotráfico. Uno de nuestros informadores fue encontrado en mitad de una autopista, muerto, con una nota que decía que todos los infiltrados correrían la misma suerte. No puedes imaginar las ganas que tenemos de atrapar a esos tipos.

—Sí, me lo puedo imaginar —respondió ella.

—Supongo que sí, dado que tú procesas los casos de drogas.

—En cuanto a Rodrigo...

—Lo siento —dijo él—. Si hubiera algo que pudiera hacer, créeme, lo haría. Pero la política de la agencia tiene mis manos atadas.

Glory se sintió vacía por dentro. Las normas eran las normas.

—Lo comprendo. Gracias de todos modos.

Hubo una pausa.

—El infiltrado al que mataron era el primo de Rodrigo —dijo él.

Un escalofrío recorrió su espalda. Aquel hombre había ayudado a Rodrigo a atrapar a otros dos traficantes. Si ellos sabían que era un informador, probablemente les hubiera dicho, bajo tortura, cómo capturar a Rodrigo. Pero también significaba que no recibiría ayuda, y eso disminuía sus posibilidades de supervivencia.

—La cosa empeora por momentos —dijo pensando en voz alta.

—Hay días en los que nada sale bien —murmuró Cobb—. De todas formas, tenemos a gente fuera de la agencia negociando. El hermano de Fuentes tiene a otro hermano en prisión en México. Existe la posibilidad de que libere a Rodrigo a cambio de que suelten al hermano.

—Al menos aún queda esperanza —dijo ella.

—Es una esperanza muy pequeña, pero no dejes de tener fe —añadió él—. Mucha gente ha subestimado a Rodrigo, y les ha salido caro.

—He oído algunas de sus hazañas —dijo ella.

—Es la punta del iceberg. Él es el material del que están hechas las leyendas. No hay hombre más peligroso al servicio del gobierno. Ha regresado muchas veces de misiones que eran una muerte segura. No dejes de creer en él.

—No lo haré —prometió Glory—. Jamás. Gracias.

—De nada.

Cada vez que sonaba el teléfono, Glory daba un respingo, siempre con la esperanza de que fueran noticias sobre Rodrigo. No podía concentrarse en el trabajo. Sólo quería saber que estaba vivo en alguna parte. Entonces podría seguir con su vida. Hacía ya tiempo que había renunciado a la esperanza de compartirla con un hombre.

Y entonces, pocos días después de que comenzara todo, Cy Parks la llamó.

—¿Está vivo? —preguntó ella de entrada.

—Sí —contestó él—. Lo han liberado a cambio del hermano de Fuentes.

Podría haber dicho que era una mala elección, pues eso aumentaría el poder de los capos de la droga, pero no pudo hacerlo.

—¿Entonces está bien? —insistió.

—Sólo tiene algunas magulladuras —respondió Cy—. Y está enfadado con todos por dejar salir de la cárcel al hermano de Fuentes. Nos lo dijo a nosotros y a todos los miembros del gobierno mexicano a los que se encontró. Y además en unos cinco idiomas —añadió riéndose—. Ese hombre tiene un vocabulario precioso cuando pierde los nervios.

—¿Ha vuelto a Houston?

—Sí —contestó él—. Colby y Sarina Lane, junto con su hija, lo recogieron en el aeropuerto. Por suerte, Rodrigo dejó de maldecir en cualquier idioma salvo en danés delante de la niña.

Glory tuvo que aguantar la risa. Era muy propio de Rodrigo.

—Gracias, Cy —dijo—. Y, por favor, dales las gracias a los hombres que participaron. Sé lo mucho que arriesgaron.

—Se lo diré.

—¿No le dijisteis a Rodrigo que...?

—¿Tu participación en el rescate? No. Creo que fue un error, por cierto, pero es tu vida.

—Estoy en deuda contigo —dijo ella.

—A nosotros también nos cae bien Rodrigo, Glory —respondió Cy—. Cuídate.

—Tú también.

Glory se sentó en el sofá y se quedó mirando a la pared mientras las lágrimas de alegría resbalaban por sus mejillas. Rodrigo estaba bien; no había muerto. No lo habían despedazado y tirado en alguna autopista de México. Se sentía tan agradecida que no podía expresarlo. Había sido un día agotador entre el juicio por asesinato y la angustia mental de los últimos días. Se puso una vieja camiseta y unos pantalones de chándal y se fue a la cama.

Sonó el telefonillo y pensó que estaba soñando. Miró el reloj y vio que eran las tres de la mañana. Nadie llamaría a esa hora. Se tapó la cabeza con la almohada y volvió a dormirse.

Sintió que algo le tocaba el pelo. Era algo más que un roce. Era una caricia. Estaba soñando. Sonrió. Olió la colonia y el jabón. Rodrigo siempre olía bien. Estaba vivo. Era curioso que recordara esas cosas sobre él tan intensamente que parecía como si estuviese con ella en la habitación. Murmuró eso en voz alta.

Sonó una risa a su lado.

Ella se giró y se acurrucó contra lo que parecía ser un antebrazo. Estaba caliente y tenía algo de vello.

—Dormilona.

Se quedó quieta. No parecía la voz de un sueño. Se giró sobre su espalda y abrió los ojos. Estaba un poco desenfocado y no podía distinguir los detalles. Pero era Rodrigo, sentado al borde de la cama. Llevaba traje.

—¿Cómo...?

—¿Cómo he entrado? —preguntó él—. Olvidas lo que hacía para ganarme la vida. Aún puedo ser sigiloso.

Encendió la lámpara de la mesilla. Parecía cansado, pero sus líneas de expresión se habían suavizado. Tenía alguna magulladura en la mandíbula, y un par de cortes. Pero estaba tan guapo como siempre. Le encantaba mirarlo.

—Te imaginaba con un camisón, como el que llevabas puesto en la granja la noche que fui a buscarte —murmuró.

—No suelo ponerme cosas bonitas —contestó ella.

—En el juzgado sí. Me pareciste la mujer más elegante que jamás había visto.

—Alguien te lo dijo —murmuró ella con tristeza.

—¿Decirme qué?

—Que envié a los hombres de Eb a buscarte.

—¿De verdad? —preguntó sorprendido—. ¿Incluso después de lo que te dije en la fiesta de Jason?

—Maldita sea —murmuró ella. Acababa de delatarse—. Bueno, si no lo sabías, ¿qué haces aquí?

—No deberías haber hablado con Kilraven después de la fiesta —dijo él—. No sabe guardar un secreto.

Glory se sintió traicionada por su mejor amigo.

—Pensé que te odiaba.

Rodrigo se encogió de hombros.

—Probablemente, a su manera, pero yo no puedo odiarlo después de que me quitara de encima a tres de los mejores hombres de Fuentes y enviara a uno directo al infierno con su automática.

Glory se incorporó y se quitó el pelo de la cara. Se quedó mirándolo a los ojos.

—¿Kilraven fue a rescatarte? —preguntó.

—No puedes decírselo a nadie —contestó él—. Pero él también trabaja para el gobierno. Se desenvuelve bien en citaciones con rehenes. Antes trabajaba con Garon Grier en uno de los equipos de rescate de rehenes del FBI.

—Por eso no podía ponerme en contacto con él.

Rodrigo asintió.

—Le gustas. Le di las gracias por ayudar en mi rescate, pero también le dije que, si te tocaba, le daría su merecido.

Glory estaba confusa. No sabía cómo responder a eso.

—Escucha —dijo—. Estás en plena forma, eres inteligente y guapo. Puedes realizar misiones con hombres diez años menores que tú. Yo en cambio... —tomó aire—. Yo nunca podré realizar tareas arduas. Tengo mala salud. No encontraré una cura milagrosa. Probablemente nunca pueda tener un hijo. Sería mejor que regresaras a Houston y te casaras con Conchita, o con alguien como ella; alguien joven, fuerte y sana.

Rodrigo la miró como si sus palabras fueran rocas.

—Nunca podré convencerte de que no pensaba realmente las cosas que le dije a Sarina sobre ti, ¿verdad? He estado solo mucho tiempo. He realizado trabajos peligrosos y he disfrutado del riesgo. He conseguido mantenerme alejado de las relaciones serias. Sí, deseaba a Sarina y a Bernadette, pero eso no podía ser. Tuve que superar el dolor de perderlas. Y luego me enfrenté al dolor de perderte a ti, al dolor de ser rechazado por segunda vez. Negar que pudiera sentir algo por ti era mi manera de huir, no sólo figuradamente —se rió suavemente—. Nunca sabrás lo que sentí cuando Coltrain me dijo que habías perdido al bebé. Te había humillado, te había echado de mi vida, te había atacado por ir a verme a Houston. La pena era como una losa. Podrías haber muerto. Perder al bebé fue duro. Perderte a ti... —se detuvo y evitó su mirada—. Me emborraché. Destrocé un bar. No llegué a esos extremos ni cuando me enteré de que Sarina iba a volver con Colby Lane. De hecho acabé esposado. El juez dijo que, la próxima vez, me mandaría realizar servicios comunitarios para la comunidad con un cartel colgado del cuello en el que dijera que no se me diera alcohol.

Ella se rió a pesar de todo.

—Estás muy guapa cuando sonríes —dijo él mientras le acariciaba el pelo—. Hice una estupidez. Estaba furioso por el lugar que Kilraven ocupaba en tu vida cuando me marché de San Antonio. Caí en la trampa que me había tendido el hermano de Fuentes. No lo vi venir.

—Me alegra mucho que te liberaran.

—Yo también —respondió él acariciándole los labios con los dedos—. Es demasiado tarde para discusiones filosóficas, pero me gustaría venir a buscarte por la mañana para llevarte a dar una vuelta. Quiero enseñarte algo.

Al día siguiente era sábado. Tenía el día libre. El corazón se le aceleró.

—Debo de estar soñando —dijo ella.

Rodrigo se inclinó y la besó, lentamente al principio, luego con más pasión hasta colocarle la cabeza sobre la almohada. Ella se agarró a sus hombros y le devolvió las caricias.

Pero Rodrigo se apartó rápidamente.

—No —dijo con voz rasgada—. Ahora no. Así no. Vendré a por ti a eso de las nueve. ¿De acuerdo?

Glory se sintió sorprendida, y conmovida, por su resistencia. Parecía decidido a demostrarle que aquello era algo más que deseo por su parte. Sus ojos decían cosas increíbles.

—De acuerdo —contestó ella casi sin aliento.

Rodrigo sonrió, se puso en pie y se dirigió a la puerta.

—Hasta mañana.

Salió con el mismo sigilo con que había entrado. Ella se quedó tumbada allí, asombrada, durante varios minutos antes de apagar la luz y volver a dormirse.

Por la mañana, claro, estaba segura de haberlo soñado todo. Tenía alarma en su casa, de modo que cualquier intruso que intentara entrar la haría saltar.

Pero, a las nueve en punto, sonó el telefonillo.

—¿Bajas? —preguntó Rodrigo.

—¡Dame dos minutos! —exclamó ella, y corrió a vestirse.

Se puso unos pantalones negros y un jersey bajo el abrigo. Llevaba botas a juego. Rodrigo estaba esperándola en el vestíbulo, con vaqueros y sudadera, muy relajado y ligeramente despeinado. Estaba elegante de todas formas.

La agarró del brazo y la condujo hasta su coche.

—¿Dónde vamos? —preguntó ella cuando arrancaron.

—Es un secreto —contestó él con una sonrisa. Parecía más relajado, más feliz que nunca.

Soplaba un viento frío y caían algunos copos de nieve. La Navidad estaba cerca. La calle principal de Jacobsville estaba adornada con guirnaldas que colgaban desde los edificios. Había luces por todas partes y árboles de Navidad en los escaparates. La plaza tenía el árbol más grande de todos, flanqueado por renos iluminados y elfos, así como un Santa Claus muy realista subido a su trineo.

—Siempre me ha encantado este lugar —dijo ella—. Incluso en los momentos malos de mi niñez.

—Jason me lo contó la noche que me marché —confesó él—. Ojalá lo hubiera sabido, Glory.

—No es algo de lo que suela hablar.

—Porque no quieres compasión. Jason también me contó eso. He cometido tantos errores, contigo, cariño. Espero poder compensarte algún día.

—¿Qué tienes en mente? —preguntó ella.

—Espera y verás.

Se metió por una calle lateral y luego por otra. Finalmente aparcó frente a una casa y paró el motor.

Había un cartel de *Se Vende* en el jardín. Había árboles y arbustos por todas partes, y lo que parecían ser jardines de flores en mitad de la entrada. La casa era de estilo español, con arcos y un gran porche que parecía extenderse hasta el infinito. A un lado había un patio de piedra con un estanque y una cascada, construido de tal forma que uno pudiera sentarse en el borde y contemplar los peces de colores. Las verjas eran de hierro forjado negro. Todo el jardín estaba vallado. Había árboles de pecanas en la parte de atrás. Era la casa más bonita que Glory había visto jamás.

—El autobús de la escuela solía pasar por aquí —dijo de pronto— para recoger a algunos niños que vivían aquí. Me encantaba la casa. Solía soñar con vivir en ella algún día.

—Jason me lo dijo —respondió él—. Tiene una piscina interior climatizada. Los ejercicios en el agua ayudarían a tu cadera. Tiene una cocina moderna, un salón, un jacuzzi, vestidores y dos cuartos de baño. El jardín de atrás es lo suficientemente grande para cultivar cualquier verdura.

Glory sentía que el corazón le latía con fuerza. Se giró hacia él y lo miró a los ojos, para hacerle una pregunta que no podía pronunciar en voz alta.

Él sacó una caja del bolsillo y la abrió. Dentro había un juego de anillos con diamantes y esmeraldas.

—Este juego de anillos no lo compré pensando en otra persona —dijo, sintiéndose aún culpable—. Los compré para ti.

Glory se quedó sin palabras y los ojos se le nublaron con las lágrimas.

Rodrigo le colocó la caja en las manos y las cerró sobre ella.

—La casa viene con un agente del gobierno que ha conocido tiempos mejores —dijo—. Aún hay que adiestrarlo un poco, pero no costará mucho trabajo. El fiscal del distrito, Blake Kemp, necesita un ayudante. Los casos son menos estresantes que los que llevas en San Antonio. Aquí hay buenos médicos que pueden cuidar de ti. Yo podría trabajar para la oficina de San Antonio en vez de la de Houston. Hay muchos agentes de la DEA allí. Dejaría el trabajo de incógnito, claro. Ya me conocen demasiado, y mi primo murió intentando protegerme.

A Glory le daba vueltas la cabeza. Rodrigo deseaba casarse con ella de nuevo. Quería vivir con ella. Estaba prometiéndole cosas. Pero su mirada parecía algo indecisa, como si no estuviera seguro de su amor por él.

—Pensé que no te gustaban las chicas directas como yo —dijo.

Él se rió.

Ella también. Abrió los brazos y Rodrigo se acercó. Se unieron bajo el frío y se besaron como si no existiera el mañana. La amaba. Su boca se lo decía sin necesidad de palabras. Ella estaba diciéndole lo mismo.

El sonido de una sirena hizo que se separaran. Se giraron y miraron hacia la calle.

Cash Grier estaba sentado en su coche patrulla con las luces puestas.

–¡Escándalo público! –exclamó–. ¡Ese comportamiento no se tolera aquí, en el pueblo más puro de todos!

–Menuda historia –dijo Rodrigo–. ¡Lo que pasa es que estás celoso! ¿Por qué no te vas a casa a besar a tu propia esposa mientras yo termino de convencer a la mía?

Cash se rió escandalosamente.

–Deberías casarte con él, Glory –dijo–. Nunca he conocido a un hombre que necesitara más lecciones de comportamiento. ¡Deberías oírle maldecir!

–¡Ya lo he hecho, gracias!

Otro coche patrulla apareció tras el del jefe y encendió la sirena también.

–Ey –le dijo Kilraven a Cash–, ¡Estás obstruyendo el tráfico! ¡Muévete o te pondré una multa!

–¡Vigila esa boca, Kilraven, o te destituiré para que ayudes a cruzar la calle a los escolares!

–¡Los niños me adoran! –fue la respuesta–. ¡Hola, Glory! Creo que estás a punto de salir del mercado.

–¡Puedes apostar a que sí, Kilraven! –le dijo Rodrigo, y rodeó a Glory con un brazo–. Mira lo que consigues salvándole la vida a la gente –bromeó.

Kilraven simplemente se rió.

—Yo no me atrevería a casarme —dijo—. ¡Las mujeres se suicidarían en masa si yo saliese del mercado!

—Vamos —dijo Cash—. Sandy nos ha preparado un estofado de carne para comer en la comisaría. ¡Con pan casero y mantequilla de verdad!

—¡Una carrera! —Kilraven pisó el acelerador y adelantó a Cash mientras se despedía de Rodrigo y de Glory con la mano. El jefe de policía puso la sirena en marcha y salió tras él.

Rodrigo miró a Glory con el corazón.

—Cásate conmigo —dijo—. Te amaré hasta que la oscuridad me lleve, y la última palabra que susurre será tu nombre.

—Te quiero —contestó ella con lágrimas en los ojos.

—Y yo. Te quiero más que a mi vida.

—Me casaré contigo.

—Sí.

Se inclinó y le secó las lágrimas con sus besos. La abrazó y la mantuvo ahí durante largo rato, con los ojos cerrados, saboreando la novedad de pertenecer a alguien.

—¿No te importará que a veces no pueda seguirte? —preguntó ella, aún insegura.

Rodrigo le dio un beso en la frente.

—¿Te importaría a ti si yo fuera ciego, o si hubiera perdido un brazo, como Colby Lane?

—Oh, no —dijo ella—. Seguirías siendo Rodrigo. Y yo seguiría queriéndote. Más que nunca.

—Más que nunca —repitió él—. ¿Te gusta la casa?

—Me encanta. ¿Podemos comprarla y vivir aquí?

Rodrigo sacó unos papeles del bolsillo interior de su

chaqueta y se los entregó. Era el contrato de venta de la casa. Ella lo contempló asombrada.

—No estaba seguro de mis posibilidades —confesó Rodrigo con una sonrisa—. Pensé que, si te gustaba la casa, tal vez te casarías con el dueño para conseguirla.

—Muy bien pensado —contestó ella con una sonrisa.

—Tengo la llave —dijo Rodrigo mientras le estrechaba la mano—, por si quieres echar un vistazo antes de pedir la licencia matrimonial.

—Sí, me encantaría —contestó Glory acariciándole el hombro con la mejilla.

Rodrigo le pasó el brazo por encima y la condujo hacia la casa. Sonrió al meter la llave en la puerta y abrirla.

Había seis jarrones con rosas en el salón. Varias cajas de bombones apiladas en el sofá. Y, cuando Glory estaba intentando asimilar la sorpresa, una banda de mariachis comenzó a tocar una canción de amor.

Rodrigo suspiró.

—Flores, bombones y serenatas —dijo con una sonrisa—. La combinación perfecta para ganarse el corazón de una mujer. ¿He acertado?

—Oh, sí, cariño —contestó ella—. ¡Has acertado! —y lo besó para demostrárselo.

En los momentos más oscuros de su vida, Glory había soñado con tener un hogar, un marido e hijos. Aquello parecía un milagro. Si tan sólo pudiera haber un bebé, algún día, sería la mujer más feliz sobre la tierra.

Rodrigo pareció captar esa tristeza. La giró hacia él y le levantó la barbilla.

—A veces —dijo—, lo único que nos queda es la fe y la

esperanza. Pero los milagros suceden cada día. Espera y verás.

Ella sonrió. Era una esperanza agridulce.

Dos años más tarde, casi el mismo día, dio a luz a un niño, gracias a la atención médica constante, a los nuevos fármacos y a sus oraciones. Con los ojos empañados por las lágrimas, miró a su marido y dijo:

—Sí. ¡Los milagros ocurren!

—¿Qué te dije? —bromeó él.

Contemplaron al recién nacido y vieron en su hermoso rostro a generaciones de Ramírez y de Barnes. John Antonio Frederick Ramírez recibió el nombre por sus dos abuelos, uno de ellos danés, y por un tío abuelo.

Rodrigo la besó y dijo:

—Uno es suficiente. No pienso volver a pasar por el mismo miedo. No podría vivir si te perdiera.

Aquello fue tan profundo que hizo que a Glory se le acelerase el corazón. Podía ver la sinceridad en su mirada. Levantó la mano y le acarició la boca con los dedos.

—No me perderás —prometió—. Me pegaré a ti con pegamento.

Rodrigo tomó aliento y se relajó. Agachó la cabeza y, mientras contemplaba cómo su hijo se amamantaba, enumeró sus bendiciones. ¡Tenía tantas!

Glory sonrió para sí, segura de su amor y de los años que tenían por delante. El dolor de su vida anterior la había templado, igual que el fuego templa el acero. Su fuerza le había hecho superar los peligros a los que se había enfrentado y, finalmente, le había permitido ganar el corazón de aquel hombre. Pensó en lo que había soportado a lo largo su vida, sin temor, y supo que todo había merecido la pena a cambio de lo que tenía ahora.

Miró la cara de su hijo y sintió cómo el bebé le agarraba el dedo con la mano. Fue el día más maravilloso de su vida. Apoyó la mejilla en el hombro de Rodrigo y dijo:

—Estaba pensando.

—¿En qué?

—En que mi vida comenzó el día que te conocí.

—*¡Querida mía!* —susurró él en español—. Al igual que la mía comenzó cuando te conocí a ti.

Glory cerró los ojos y sonrió. Era, sin duda, el día perfecto.

Títulos publicados en Top Novel

Apuesta de amor — CANDACE CAMP

En sus sueños — KAT MARTIN

La novia robada — BRENDA JOYCE

Dos extraños — SANDRA BROWN

Cautiva del amor — ROSEMARY ROGERS

La dama de la reina — SHANNON DRAKE

Raintree — HOWARD, WINSTEAD JONES Y BARTON

Lo mejor de la vida — DEBBIE MACOMBER

Deseos ocultos — ANN STUART

Dime que sí — SUZANNE BROCKMANN

Secretos familiares — CANDACE CAMP

Inesperada atracción — DIANA PALMER

Última parada — NORA ROBERTS

La otra verdad — HEATHER GRAHAM

Mujeres de Hollywood... una nueva generación — JACKIE COLLINS

La hija del pirata — BRENDA JOYCE

En busca del pasado — CARLY PHILLIPS

Trilby — DIANA PALMER

Mar de tesoros — NORA ROBERTS

Más fuerte que la venganza — CANDACE CAMP

Tan lejos... tan cerca — KAT MARTIN

La novia perfecta — BRENDA JOYCE

Comenzar de nuevo — DEBBIE MACOMBER

Intriga de amor — ROSEMARY ROGERS

Corazones irlandeses — NORA ROBERTS

La novia pirata — SHANNON DRAKE

www.ingramcontent.com/pod-product-compliance
Lightning Source LLC
LaVergne TN
LVHW030341070526
838199LV00067B/6384